채널마스터
CHANNEL MASTER

채널마스터 3
CHANNEL MASTER

한태민 현대 판타지 장편소설

초판 1쇄 찍은 날 | 2018년 2월 19일
초판 1쇄 펴낸 날 | 2018년 2월 26일

지은이 | 한태민
펴낸이 | 예경원

기획 | 위시북스
편집책임 | 이규재
편집 | 이즈플러스

펴낸곳 | 예원북스
등록번호 | 제396-2012-000132호
등록일자 | 2012. 7. 25
KFN | 제1-217호

주소 | 경기도 고양시 일산동구 호수로 646-24 위너스21 II 빌딩 206A호 (우)10401
전화 | 031-819-9431 팩스 | 031-817-9432
E-mail | yewonbooks@naver.com

ⓒ한태민, 2018

ISBN 979-11-6098-823-9 04810
      979-11-6098-760-7 (set)

채널 마스터

③ CHANNEL MASTER

WISHBOOKS MODERN FANTASY STORY

한태민 현대 판타지 장편소설

채널마스터
CHANNEL MASTER

CONTENTS

CHAPTER
1

한수는 곧 현실을 직시했다.

그들은 지금 이곳에 낙오됐다. 외부의 어떤 위협이 있을지 알 수 없는 상황, 빠르게 움직여야 했다.

그전에 앞서 한수는 일단 수아에게 다가갔다. 그녀가 살았는지 죽었는지부터 확인해야 했다. 가까이 다가가자 그녀가 새근거리는 모습이 보였다. 가슴이 오르락내리락하는 걸 보니 호흡도 정상적으로 내뱉고 있었다. 얼마 지나지 않아 정신을 차릴 것으로 보였다.

"진짜 예쁘긴 정말 예쁘네."

한수는 자신도 모르게 혼잣말로 중얼거렸다.

배가 뒤집히며 배에 탔던 사람들 전부 바다에 빠졌었다. 생각지도 못한 일이었다.

　모두 살아남으려고 아우성을 쳤고 부서진 보트 파편이라도 잡았다. 한수도 간신히 보트 파편을 잡았지만 넘실거리는 파도에 휩쓸렸고 그대로 정신을 잃었다.

　그 이후 깨어나 보니 낯선 해변이었고 해변에는 자신과 수아만 있었다. 한수는 수아의 상태를 재차 확인했다. 그녀는 물에 젖은 상태여서 굴곡진 몸매가 그대로 드러나 있었다.

　그러나 한수는 필요 이상으로 그녀한테 다가가지 않았다. 그녀는 독이 든 사과였다. 그것도 코끼리 수십 마리를 죽일 만큼 치사량이 높은 독이었다.

　그녀의 안전을 확인한 뒤 한수는 곧장 파도를 타고 해변에 떠내려온 물건들부터 건지기 시작했다. 생존을 위해서 이 물건들이 다시 떠밀려가기 전에 챙겨둬야 했다.

　제일 먼저 건져낸 건 자신의 가방이었다. 혹시 하는 생각에 기다란 줄로 가방을 연결해 뒀었는데 그게 신의 한 수가 된 셈이었다. 가방 안에는 생존에 필요한 몇몇 도구가 들어 있었다.

　"졸지에 로빈슨 크루소가 된 느낌이야, 아니, 이건 블루 라군이려나?"

　88년도에 개봉한 영화 블루 라군.

　당대 최고의 미녀로 손꼽혔던 브룩 쉴즈가 출연했던 고전 영화로 한수도 고등학생일 때 친구들과 비디오를 빌려 찾아

본 적이 있었다.

그때는 순전히 노출 장면이 많다는 이유로 봤지만 어쩐지 지금 상황과 비슷하게 느껴졌다.

일단 젊은 남녀가 무인도에 갇혔고, 구조될 확률도 매우 낮은 상황이었으니까.

그러나 한수는 이내 고개를 절레절레 저었다.

당시 브룩 쉴즈는 남 주인공과 사랑에 빠져서 애를 낳고 살게 되지만 자신은 그럴 생각이 전혀 없었다.

"그랬다가는 내가 제 명에 못 살 거야."

표독스럽고 오만한 그녀의 성격은 카메라가 꺼질 때마다 익히 경험했던 한수다.

애초에 그녀와 알콩달콩한 삶을 산다는 것 자체가 머릿속에는 단 한 가닥도 없었다.

오히려 왜 하필이면 그녀와 함께 이 섬에 낙오됐는지 그게 신의 장난처럼 느껴질 정도였다.

"그래도…… 살리긴 살려야겠지."

계속 그녀를 방치해 뒀다가는 저체온증에 걸릴 수도 있었다.

한수는 그녀를 번쩍 안아 든 다음 바닷물이 차오르지 않는 모래사장 위에 올려놓았다.

그때였다.

찰싹―

한수는 순간적으로 눈앞에서 별이 튕겨 나오는 줄 알았다. 뺨이 얼얼했다. 그것도 잠시 눈을 떠보니 정수아가 날카로운 눈빛으로 자신을 노려보고 있었다.

한수는 가만히 그녀를 바라보며 물었다.

"뭡니까?"

모래를 밟고 일어난 그녀가 따지듯 소리쳤다.

"당신이야말로 뭐예요? 왜 함부로 내 몸에 손을 대는 건데요?"

"깨어났으면 일어나면 되지 왜 기절한 척한 거죠? 그랬다가 저체온증에 걸릴 수도……."

"당신이 위험해 보였으니까요."

"……저는 당신한테 전혀 관심 없습니다."

"어디서 많이 들어 본 멘트인데요? 아, 남자들이 내게 들이대기 전에 주로 하는 멘트네요."

"못 믿어도 상관없습니다. 어쨌든 깨어났으니 됐네요."

더 이상 말을 섞는 것조차 싫었다.

한수는 그녀를 뒤로 한 채 발걸음을 떼었다.

일단 이 섬부터 돌아봐야 했다.

위험요소는 없는지 또, 정말 사람이 살지 않는 무인도인지 확인해 볼 필요가 있었다.

'정말 디스커버리 채널을 안 보고 왔으면 큰일 날 뻔했을 거야.'

베어 그릴스의 지식과 경험이 없었더라면?

남들처럼 허둥지둥하다가 굶어 죽었겠지.

한수가 안도하며 움직이려 할 때였다.

"이봐요! 멈춰요!"

"또 뭐죠?"

"여긴 어디죠? 그리고 다른 사람들은 다 어디 갔죠? 왜 우리 둘만 이곳에 있는 거죠?"

속사포 같은 질문 세례에 한수가 대답했다.

"여긴 무인도고 우린 낙오됐습니다. 다른 사람들은…… 저도 알 수 없네요. 구명조끼를 입고 있었으니까 문젠 없을 겁니다. 왜 우리 둘만 여기로 떠밀려온 건지는…… 저도 궁금하군요."

"마, 말도 안 돼. 내, 내 캐리어! 내 캐리어 어디 갔죠!"

한수는 아까 전 건져 낸 표류물을 훑었다. 거기엔 수아의 캐리어도 있었다.

그때 자신의 캐리어를 본 수아가 성큼성큼 걸어왔다. 그리고 그녀가 캐리어를 열어젖혔다.

그것도 잠시 그녀가 인상을 구겼다. 캐리어 틈이 열려 있었고 그 사이로 바닷물이 들어오는 바람에 캐리어 안에 들어 있던 음식물이 온통 상해 있었다.

그녀가 꼬치구이 대신 먹던 다이어트용 식단도 바닷물에 흠뻑 젖은 상태였다.

잠잘 때 쓰던 원터치 텐트는 온데간데없이 사라지고 없었다.

그녀의 낯빛이 어두워졌다. 캐리어를 뒤적인 끝에 휴대폰을 찾아냈지만 먹통이었다.

"……어, 어떻게."

낙오됐다는 두려움일까?

그녀는 패닉 상태였다. 몸을 웅크린 채 벌벌 떨고 있었다.

한수는 그녀를 내버려 두고 섬을 돌아보기 시작했다.

괜히 다가가서 위로해 봤자 알아듣기는커녕 짜증만 낼 게 분명했기 때문이다.

한수는 언덕을 타고 정상에 올라선 뒤 섬 주변을 둘러봤다. 사면이 바다였고 사람이 사는 흔적은 전혀 보이지 않았다. 그렇게 크지 않은 섬이었다. 안으로 들어갈수록 야자나무와 정글이 같이 우거져 있었다. 하지만 지금 당장 안쪽에 들어가 보는 건 시기상조일 것 같았다.

무인도인 걸 확인한 뒤 다시 돌아왔을 때 수아가 한수를 빤히 바라보며 물었다.

"여긴 무인도인 건가요?"

"네, 무인도인 거 같네요."

"구조대가 오겠죠?"

정수아는 한류 스타다.

기상이변으로 인해 배가 전복된 것이긴 하지만 무리한 강행군을 요구한 방송국의 책임이 크다.

아마 사력을 다해 그녀를 찾으려 할 게 분명하다.

그렇지 않으면 IBC는 난리가 날 테니까.

한류 스타 정수아의 실종, 안전불감증 프로그램 폐지.

온갖 이야기가 나올 게 뻔했다.

"아마 오겠죠."

구조대가 오기 전까지 그들이 해야 할 일은 하나, 생존이었다.

한수가 수아를 보며 말했다.

"구조대는 올 겁니다. 우리는 그때까지 살아남으면 됩니다. 그러니까 제 말을 따라 행동하시면……."

수아가 표독스럽게 쏘아붙였다.

"당신이 뭔데요? 뭔데 당신 말을 따르라고 하는 건데요?"

"살아남으려면 그렇게 해야 합니다."

"전 당신을 못 믿겠어요."

뭐라 말하려던 한수는 입을 꾹 다물었다. 굳이 믿지 못하겠다고 하는 상대를 설득할 생각은 없었다. 설득할 시간에 집이라도 짓는 게 더 나았다.

각자 생존하면 그만이었다.

'집부터 지어야 해. 안전한 집.'

일단 무인도인 걸 확인한 이상, 가장 중요한 건 셸터를 마련하는 일이었다.

비바람을 피하고 혹시 모를 야생 동물의 공격에도 대비해야 했다.

한수는 곧장 움직이기 시작했다.

일분일초가 귀중했다.

일단 그는 아까 전 수거해 뒀던 짐을 일일이 확인하기 시작했다. 낯선 가방에 아직 따지 않은 생수가 세 통 들어 있었다.

그밖에는 물에 젖지 않은 비상식량 두 봉지, 손전등 두 개, 그리고 지포 라이터 하나를 찾을 수 있었다.

"휴, 이건 뜻밖의 소득이네."

불을 피우는데 적지 않은 시간이 소요될 것이라고 생각했는데 천만다행이었다.

곧 있으면 밤이 될 테고 기온이 떨어질 게 분명했다. 그전에 한수는 적당한 크기의 나무를 베어 집부터 짓기 시작했다.

한편 가만히 한수가 하는 모습을 지켜보던 수아는 한수가 건져낸 물건을 뒤적거렸다.

위성 전화나 GPS 같은 게 없나 찾아보기 위해서였다.

그러나 어디에도 그런 물건은 보이질 않았다.

결국, 어떻게 해야 할까 망설이던 수아는 촬영 장비를 담아

둔 가방에서 디지털 캠코더 하나를 꺼냈다.

배터리는 가득 차 있었고 270분까지 장기간 녹화가 가능한 DV 카세트가 들어가 있었다.

그녀는 디지털 캠코더를 켠 채 이곳저곳을 찍다가 한수를 향해 앵글을 맞췄다.

그는 구슬땀을 흘리며 반듯하게 잘라낸 나뭇가지를 이용해 집을 짓고 있었다.

수아가 들고 있는 디지털 캠코더가 그 모습을 여과 없이 담아내기 시작했다.

그것도 잠시 그녀는 이내 흥미를 잃었다.

슬슬 허기가 지고 있었다. 게다가 몸도 으슬으슬했다.

그녀는 디지털 캠코더를 옆에 설치된 거치대에 고정해 둔 채 주변을 돌기 시작했다. 지나가는 보트나 구명정이 없나 찾아보기 위함이었다.

그러는 사이 그녀가 고정해 둔 디지털 캠코더는 쉬지 않고 돌아가고 있었다.

어느새 밤이 되어가고 있었다.

두 시간 남짓한 동안 한수가 고생해가며 지은 집은 얼추 완성된 상태였다.

적당한 크기의 보금자리로, 두툼한 나무로 골조를 잡고 그 위에 나뭇가지로 단단히 고정해 둔 야자나무 잎을 둘렀다.

덕분에 초가집이라고 하기엔 민망하지만 비슷한 구조의 쉘터를 완성할 수 있었다.

"여기 들어와서 자든 안 자든 그건 정수아 씨 선택입니다. 하지만 얼어 죽고 싶지 않다면 이곳에서 자는 게 나을 테죠."

한수는 퉁명스럽게 쏘아붙였다.

아까 전 뺨을 맞은 것부터 시작해서 자신을 혐오하는 듯한 그녀의 시선에 울분이 치솟은 상태였다.

그런 탓에 웬만해서는 그녀하고 말을 섞기조차 싫었다.

'블루 라군은 개뿔. 차라리 로빈슨 크루소나 캐스트 어웨이였으면 더 나았을 텐데.'

이럴 바에는 혼자 무인도로 떠밀려오는 게 차라리 더 나았을 것이다.

그랬다면 정신적으로 스트레스받는 일은 없었을 테니까.

그 대신 한수는 아까 전 찾은 지포 라이터로 모닥불을 피웠다. 그리고 집을 지으면서 틈틈이 다듬어 둔 작살을 쥐었다.

식수도 있고 불도 피울 수 있고 집도 마련했지만 가장 큰 문제는 식량이었다.

다른 무엇보다 식량이 제일 부족했다.

그나마 비상식량이 한 봉지 있긴 하지만 그걸로는 두 사람이 하루 버티기도 힘든 양이었다.

어떻게든 사냥을 해서 먹잇감을 구해야 했다.

그랬기에 오후 내내 집을 지은 한수는 일부러 밤이 되길 기다리고 있었다.

밤이 되면 물고기들의 활동이 잠잠해지고 상대적으로 더 사냥하기 쉽기 때문이다. 그래서 작살도 틈틈이 만들어 두던 중이었다. 날카롭게 벼린 작살을 쥔 채 한수가 일어나자 모닥불 옆에 앉아 있던 수아가 눈매를 좁히며 물었다.

"어디 가는 거죠?"

"물고기 잡으러 갑니다. 식량이 없으니 어떻게든 구해 놔야죠. 그 비상식량만으로는 오래 견디기 어려울 테니까요."

"미쳤어요? 이 밤중에 어딜 간다는 거예요?"

"그러면 굶어 죽으라는 겁니까? 당신은 안 쫓아와도 됩니다."

한수는 그대로 쉘터를 빠져나왔다. 그 이후 숨을 한번 들이마신 뒤 손전등을 켜서 목에 건 다음 바닷가에 뛰어들었다.

곳곳에 손가락 크기만 한 물고기들이 느릿하게 헤엄치고 있었다. 하지만 한수가 노리는 건 이런 피라미들이 아니었다.

이보다 더 큰 물고기를 노리고 있었다.

그렇게 조금 더 깊숙한 바다로 들어갔을 때 한수 눈에 큼지막한 물고기가 들어왔다. 어른 팔뚝만 한 크기의 물고기였다.

'저놈이다.'

한수는 천천히 작살을 움켜쥐었다. 그리고 단숨에 놈을 향해 찔러 넣었다.

푸욱—

정글도로 날카롭게 갈아둔 나무작살이 그대로 놈의 몸통에 파고들었다.

첫 번째 사냥감 획득. 그 이후로도 사냥은 계속되었다.

한수가 돌아온 건 한참이 지나서였다.

그가 허리춤에 매단 끈에는 팔뚝만 한 크기의 물고기가 세 마리 꿰여 있었다.

"……."

모닥불 앞에 앉아 있던 수아는 그것을 보곤 아무 말도 하지 못했다.

'이 남자는 도대체 뭐지? 설마 일부러 날 노리고 여기 온 거 아니야? 배가 전복된 것도 이 남자가 일으킨 걸까?'

온갖 망상이 머릿속을 떠돌아다녔다. 평범한 대학생 새내기가 이렇게 척척 집을 짓고 물고기를 잡아 올 수는 없는 일이었다.

그것을 모르는 한수가 퉁명스러운 목소리로 물었다.

"드실 겁니까?"

"됐어요. 저는 이거면 충분해요."

그녀는 비상식량 두 봉지를 품 안에 끌어안았다.

한수는 그런 수아를 보며 고개를 절레절레 저었다. 원래는 저 비상식량도 나눠 먹어야 하는 것이었다.

그러나 자신에게는 식량을 자급자족할 능력이 있었다. 그깟 비상식량 없어도 그만이었다.

문제는 저 비상식량이 전부 다 떨어지고 난 뒤의 일이었다.

그리고 생각보다 그 시간은 빨리 찾아왔다.

그들이 무인도에 표류한 지 사흘째 되는 날이었다.

해변에는 떠밀려 온 보트 파편이 여전히 방치된 채 있었고 한쪽 모래사장에는 그 파편들로 만든 S.O.S 표시가 눈에 띄었다.

그러나 구조대는 여전히 찾아오지 않고 있었다.

두 봉지 있던 비상식량은 이미 텅 빈 채 쉘터 옆에 껍데기만 방치된 상태였고 모닥불은 타닥거리며 꺼져 가고 있었다.

그리고 270분 동안 쉴 새 없이 돌아가던 디지털 캠코더도 전원이 꺼진 채 잠잠했다.

그때였다.

조용하던 이 적막을 깨고 바다에서 천천히 걸어 나오고 있는 사내가 있었다.

　그는 웃통을 벗은 채 한 손에는 작살을, 다른 한 손에는 기다란 끈을 쥐고 있었는데 그 끈에는 물고기 여러 마리가 걸려 있었다.

　물론 그는 한수였다. 오늘도 그는 아침 일찍 식량을 구하기 위해 바닷속에 뛰어들었다가 나온 상태였다.

　다행히 쏠쏠한 소득을 구할 수 있었지만, 사흘 내내 물고기만 먹은 탓에 질리는 것도 없지 않아 있었다. 그래서 한수는 슬슬 정글 안에 들어갔다가 나와도 되지 않을까 생각 중이었다. 그 안에는 색다른 먹잇감들이 있을 게 분명했다.

　쉘터 안.

　처음에만 해도 이 안에 들어오려 하지 않았던 수아는 밤이 되며 불어오는 찬 바람에 어쩔 수 없이 들어오고 말았다. 그러지 않았다간 얼어 죽기 십상이었다.

　그러나 여전히 마음 한구석은 불편하기 이를 데 없었다.

　'왜 내가…….'

　자신 같은 한류 스타가 이런 무인도에 낙오된 채 생활하는 것도 그렇고 또 웬 이상한 남자하고 단둘이 있는 것도 견디기 힘든 일이었다.

　'김 대표가 벌인 일은 아니겠지?'

지난번 망상은 계속해서 그 부피를 키워나가고 있었다.

이번에 그녀가 「자급자족 in 정글」에 출연하게 된 건 소속사와의 재계약 문제 때문이었다.

그녀는 지금 소속사와 더는 계약을 이어가고 싶은 생각이 없었다. 그래서 반년 남은 시간 동안 최대한 버티고 있었다.

하지만 소속사 김 대표는 그녀에게 양자택일을 강요했다.

재계약을 하든 혹은 「자급자족 in 정글」을 찍든.

그렇지 않으면 소송을 걸어버리겠다는 게 그의 확고한 태도였다.

소송이 걸리면 못해도 몇 년은 질질 끌게 될 테고 그 이후 재기하려 해도 적잖은 시간이 걸릴 건 분명한 일이었다.

결국, 정수아는 「자급자족 in 정글」에 출연하기로 마음먹었다. 차라리 이번 기회에 스펙트럼도 넓히고 더 다양한 배역을 소화하고자 하는 생각에서였다.

그러나 이런 일이 생길 줄은 미처 몰랐다.

그랬기 때문에 귀국하자마자 그녀는 IBC하고 「자급자족 in 정글」 제작진부터 일단 고소할 생각이었다.

분명 기상악화로 인해 배가 뒤집힐 수도 있다는 경고가 있었음에도 무시하고 강행군을 벌여 출연자를 위험에 빠뜨렸다는 이유에서였다.

그뿐만 아니라 한수한테도 대가를 치르게 할 마음을 품고 있었다.

만약 그가 저렇게 고개를 뻣뻣이 세운 채 굴지만 않았어도 너그럽게 이해하고 받아들였을 수도 있다.

그러나 그는 자신이 처음 물고기 꼬치구이를 거절한 이후 단 한 번도 먹어보겠냐고 물어본 적이 없었다.

사람이 눈치가 있으면 뱃가죽이 등에 붙기 직전인 지금 이 상황에 한 번쯤은 더 물어볼 수도 있는데 말이다.

수아는 슬그머니 쉘터 안에서 바깥쪽을 내다봤다.

아침 일찍 물고기를 잡아 온 한수가 다 꺼진 모닥불을 재차 피우고 있었다.

그러고는 내장을 깔끔하게 제거한 물고기를 꼬치에 꽂아 굽는 중이었다.

얼마 지나지 않아 맛있는 냄새가 솔솔 풍겨오기 시작했다.

꼬르르륵―

뱃속에서 요란한 소리가 울렸다.

수아는 자신도 모르게 얼굴을 붉혔다. 혹시 한수가 이 소리를 들은 건 아닌지 걱정이 됐다. 그러나 한수는 아무 반응도 보이질 않고 있었다.

'아니, 한 번은 더 물어볼 수도 있는 거잖아.'

수아가 입술을 깨물었다.

그렇지만 자신이 직접 나서자니 자존심이 상했다.

자신은 한류 스타였다. 수많은 사람이 자신의 팬이었고 충성스러운 지지자였다.

가끔 자신을 헐뜯고 험담하는 이야기가 나올 때마다 되려 욕을 먹은 건 진실을 알린 그 상대 배우였다.

그녀의 팬덤은 웬만한 진실로는 뒤집을 수 없을 만큼 이미 엄청나게 커져 버린 상태였고 그것은 고스란히 그녀의 힘이 되어주고 있었다.

어쨌든 수아는 배고픔 때문에 졸도하기 직전이었다.

두 봉지 있던 비상식량은 최대한 아껴 먹었는데도 불구하고 이틀밖에 가지 못했고 그녀는 생수로 빈속을 채우고 있었다.

그러나 생수도 슬슬 다 떨어져 가고 있었고 잔뜩 허기진 상황에 정신은 혼미하기까지 했다.

'한국에 돌아가면…… 꼭 복수하고 말 거야.'

여전히 수아는 자신이 잘못한 것에 대한 인식은 전혀 없었다.

그녀한테 한수는 악당, 그 이상도 이하도 아니었다.

아침 식사를 끝낸 뒤 한수는 쉘터 쪽을 쳐다봤다.

아마 그녀는 잔뜩 허기진 상태일 게 분명했다.

그러나 한수는 자신이 먼저 아쉬운 소리를 하고 싶은 생각은 전혀 없었다.

낙오된 지 사흘 동안 그녀는 손가락 한 번 까딱한 적 없었다.

그녀가 한 건 딱 두 가지였다.

하나는 캐리어에서 휴대폰을 찾아 껐다 켰다 반복한 것.

다른 하나는 디지털 캠코더를 만지작거린 것이었다.

그것 말고 그녀는 쉘터 안에 처박힌 채 비상식량을 까먹기만 했다.

그야말로 잉여 인간이 따로 없었다.

괜히 한수가 차라리 혼자 지냈으면 더 나았을 것 같다고 생각하는 게 아니었다.

가만히 쉘터를 바라보던 한수는 자리에서 일어났다.

오늘은 바다가 아닌 섬 안쪽을 둘러볼 생각이었다.

어떤 위협요소가 있을지 알 수 없어서 그동안 미뤄뒀지만 한 번쯤은 둘러볼 필요가 있었다.

물고기는 질린 지 오래였고 다른 먹거리가 가장 절실했다.

한수는 정글도를 쥔 채 정글 안으로 향했다.

허리까지 오는 정체 모를 식물들을 베어내며 안쪽 깊숙이 들어온 한수의 눈에 띈 게 있었다.

그것은 애벌레였다. 독이 있거나 먹지 못하는 건 아니었다.

한수는 여기 오기 전 봤던 디스커버리 채널을 떠올렸다.

디스커버리 채널의 「Man vs Wild」에서 베어 그릴스는 애벌레를 가리켜 이렇게 이야기했었다.

"This is a great source of protein.(이건 훌륭한 단백질 공급원이죠.)"

곰곰이 고민하던 한수는 애벌레를 집어 들었다. 이 애벌레는 자이언트 라바로 하늘소류의 애벌레였다.

베어 그릴스는 이 애벌레를 생으로 씹어먹다가 맛이 없다며 고통스러워했지만 구워 먹으면 충분히 먹을 수 있는 훌륭한 식재료였다.

그렇게 전리품 하나를 챙긴 뒤 한수는 재차 야자나무가 가득한 숲을 둘러보기 시작했다.

그때였다.

한수 눈에 들어온 커다란 갑각류 생물이 있었다.

코코넛 크랩이었다. 우리나라에서는 야자집게라고 불리는 놈으로 야자나무 위로 잘 올라가는 습성을 지닌 놈이었다.

놈은 느릿느릿 야자나무 위를 기어오르는 중이었다.

한수가 단숨에 달려들었다.

놈은 실제로 「자급자족 in 정글」에서도 종종 잡아먹는 모습을 보여줬을 만큼 맛 좋은 놈이었다.

이 기회를 놓칠 수는 없었다.

그동안 물고기만 먹었는데 이 기회에 특별한 별식을 먹어

보고 싶었다.

그렇게 야자나무 위를 오르던 놈을 한수가 낚아챘다.

놈이 집게다리로 어떻게든 버티려 했지만 얼마 지나지 않아 한수의 힘을 못 이기고 떨어졌다.

한수는 놈을 들어 올렸다. 몸길이는 14㎝ 정도였고 전체적으로 갈색빛이 맴돌고 있었다.

"이 정도면 오늘 하루 식사로는 충분하겠네."

한수는 입가에 미소를 그렸다. 큼지막한 애벌레 하나에 코코넛 크랩까지.

정글 깊숙이 들어온 보람이 있었다.

한수가 돌아온 건 시간이 조금 지나서였다.

워낙 정글이 복잡한 탓에 길을 헤맸기 때문이다.

쉘터에서 나와 수평선 너머를 둘러보던 수아가 한수를 쳐다봤다. 그러고는 그의 손에 들린 커다란 집게 동물을 보고는 비명을 내질렀다.

"뭐, 뭐예요! 거, 거미예요?"

겉모습만 놓고 보면 거미라고 오해할 수도 있었다.

한수가 퉁명스러운 목소리로 물었다.

"코코넛 크랩이라는 건데…… 몰라요?"

"그, 그게 뭔데요?"

한수는 군침을 삼키며 대꾸했다.

"랍스터하고 비슷한 거라고 하면 알아들으려나? 어쨌든 맛있는 놈이라는 거죠."

"……라, 랍스터라고요?"

"「자급자족 in 정글」 본 거 아니었어요? 거기 보면 종종 나오던데?"

"그냥 기사로만 몇 번 접한 거라서. 그건 어떻게 먹는 건데요?"

"가장 간편한 건, 물에 넣고 삶는 거죠."

한수는 어깨를 으쓱해 보인 뒤 냄비 대용으로 쓸만한 걸 찾아 움직이기 시작했다. 그리고 대충 비슷한 걸 구한 뒤 물을 담고 그 안에 코코넛 크랩을 집어넣었다. 그 이후 아직 활활 타오르고 있는 모닥불 위에 냄비를 올려놓았다.

지글지글―

물이 끓기 시작했다.

가만히 모닥불에 앉아 있던 수아가 빨갛게 익어가고 있는 코코넛 크랩을 바라봤다.

한눈에 봐도 먹음직스러웠다.

랍스터라고 해도 믿을 수 있을 것 같았다.

꼬르르륵―

또다시 배에서 허기진 소리가 울렸다.

정말 이랬다가는 강제로 다이어트를 하게 될 것 같았다.

조금이라도 먹어둬야 했다.

그렇지만 자존심이 말을 꺼내지 못하게 막고 있었다.

그때였다.

어느새 팔팔 끓은 냄비를 집어 든 뒤 한수가 코코넛 크랩을 끄집어냈다. 갈색빛이었던 놈은 새빨갛게 빛나고 있었다.

한수는 집게 다리부터 뜯어낸 뒤 정글도로 껍데기를 잘랐다.

새하얀 속살이 터져 나왔다.

한수는 입으로 쪽쪽 소리를 내며 집게 다리 하나를 단숨에 비웠다.

확실히 맛이 남달랐다.

게 맛은 아니었다. 단맛이 감도는 쫄깃한 랍스터 맛이었다.

왜 이놈이 랍스터하고 비슷하다는 이야기를 듣는지 알 것 같았다.

그리고 「자급자족 in 정글」에 나왔던 건 연출이 아닌 진짜 반응이라는 것도 알 수 있었다.

만약 제대로 된 주방에서 요리해 먹었더라면 이보다 훨씬 더 다채롭고 뛰어난 맛을 만들어낼 수 있었을 것이다.

한수는 남은 다리들도 하나둘 뜯어먹었다. 그러고는 드디어 배를 갈랐다.

배 안에도 하얀 살이 가득했다. 그뿐만 아니라 크림색 게장이 듬뿍 들어 있었다.

"꿀꺽."

한수는 자신도 모르게 침을 삼킬 뻔하다가 갑작스러운 소리에 고개를 돌렸다.

수아가 몽롱한 눈동자로 코코넛 크랩을 바라보고 있었다.

가만히 그녀를 보던 한수가 눈매를 좁히며 물었다.

"먹고 싶어요?"

"……누, 누가 먹고 싶대요?"

"그러면 왜 자꾸 쳐다보는데요?"

"쳐다보면 안 돼요? 그게 문제 있어요?"

"뭐, 배고프면 나눠줄 수는 있는데……."

수아 태도가 돌변했다.

그녀가 눈을 초롱초롱 빛내며 물었다.

"정말요?"

"근데 아무것도 안 하고 날름 먹기만 하는 건 좀 문제 있다고 생각하지 않아요?"

"……연약한 여자가 할 수 있는 게 뭐가 있다고요! 저는 보호받아야 한다고요."

"좋아요. 일단 이것부터 먹어 봐요. 맛있을 거예요."

한수가 코코넛 크랩 옆에서 굽고 있던 꼬치구이를 내밀
었다.

노릇노릇 익은 구이를 보고 수아가 눈을 흘겼다.

"이건 뭐죠? 이것도 저 코코넛 크랩인가요?"

"먹어 봐요. 맛있을 테니까."

수아가 입술을 깨물었다.

먹어야 하나 말아야 하나 고민이 되었다.

그러나 지금은 너무 배가 고픈 상태였다.

돌덩어리도 씹어먹을 수 있을 것만 같았다.

결국, 허기를 견디지 못하고 수아가 꼬치구이를 한 입 베어
물었다.

육즙이 터져 나왔다. 그리고 말랑말랑한 살점이 훌륭한 단
백질이 되어 뱃속으로 들어왔다.

오물오물―

맛있게 꼬치구이를 먹으며 수아가 물었다.

"이건 뭐죠? 이것도 맛있네요."

"그죠? 확실히 그건 구워 먹어야 제맛이에요. 생으로 먹으
면 맛이 쓰거든요."

"네? 이게 뭔데요?"

"자이언트 라바라고 맛있는 애벌레죠."

"애…… 애, 뭐요?"

"애벌레요."

수아의 얼굴이 잔뜩 일그러졌다.

동시에 그녀가 구역질하며 방금 먹은 걸 토해냈다.

"왜 그래요? 맛있다면서요?"

"……야! 너……."

그때였다.

멀지 않은 곳에서 요란한 소리가 울렸다.

그건 뱃고동 소리였다. 그리고 저 멀리 여러 척의 보트가 주변을 지나가는 모습이 보였다.

구역질하던 수아가 다급히 뛰쳐나가서 입고 있던 겉옷을 벗어 세차게 흔들기 시작했다.

낙오 사흘 만에 구조대가 도착한 것이었다.

덴파사르 공항 인근 호텔에서 「자급자족 in 정글」팀은 연일 대책회의 중이었다.

뒤늦게 출발한 출연자 팀이 탄 보트가 전복됐다는 걸 안 뒤 그들은 발 빠르게 대처에 나섰다.

인도네시아 정부에 긴급히 구조 요청을 했고 그들도 수십 대의 보트를 섭외해 인근 해역을 샅샅이 훑기 시작했다.

불행 중 다행으로 박 PD와 송 작가, 수아의 매니저 경준 등 대부분 사람은 구조할 수 있었지만 가장 중요한 한수와 수아, 두 사람은 찾지 못했다.

수아의 소속사 JS 엔터테인먼트하고도 계속해서 연락하며 대책을 마련하고 있었지만, 언론이 아는 건 시간문제였다. 그 전에 사고를 수습해야 했다.

늦었다가 자칫 잘못하면 방송 펑크는 둘째치고 프로그램 폐지, 나아가 IBC가 통째로 흔들릴 수 있을 만큼 중요하고 민감한 사건이었다.

이미 박 PD는 중징계를 받고 대기 발령 중이었고 조만간 그의 해임 안건을 논의할 인사위원회가 열릴 예정이었다.

그가 고의로 배를 띄운 건 아니지만, 출연자의 생명을 책임져야 하는 그의 임무를 소홀히 한 것도 사실이기 때문이다.

그렇게 시끌벅적한 상황, 일반인 참가자들은 본국으로 돌아간 지 오래였고 호텔에 남아 있는 건 「자급자족 in 정글」의 제작진들과 철만, 형준, 석진, 혜윤 등 고정 출연자들 그리고 수아의 매니저 경준이뿐이었다.

전복 사고 이후 사흘째 되는 날.

박 PD가 입술을 깨물었다.

배를 띄우는 게 아니었다. 조금 더 기상 상황을 꼼꼼히 살

펴야 했다. 그렇게 급작스럽게 커다란 파도가 몰아닥칠지는 상상조차 못 했다.

철만이 그런 박 PD를 위로했다.

"형, 기운 차려요. 둘 다 아무 일 없을 거예요. 뭣보다 그 한수라는 애, 베테랑이라면서요. 그 녀석이 정수아 씨를 잘 돌보고 있을 겁니다."

"그래야지. 제발, 제발 살아만 있어라."

그렇게 긴장의 끈을 바짝 조인 채 연락이 오기만을 기다리고 있을 때였다.

휴대폰이 울렸다.

박 PD가 다급히 전화를 받았다.

휴대폰 너머 목소리를 들으며 박 PD 표정이 급격히 밝아졌다.

─차, 찾았답니다! 그리고 둘 다 무사합니다!

"거기 어디야! 지금 어디냐고!"

박 PD가 고함을 내질렀다. 무인도에서 두 사람을 태우고 이곳으로 회항 중이라는 말에 박 PD가 그 자리에 주저앉았다.

두 사람 모두 무사하다는 걸 알고 나서야 그는 가슴을 쓸어내릴 수 있었다.

덴파라스 공항에서 30분 거리에 있는 최고급 리조트.

경준은 떨떠름한 얼굴로 테이블 위에 쌓여 있는 어마어마한 음식들을 바라봤다.

그런데 시간이 지나면 지날수록 그 음식들이 순식간에 게 눈 감추듯 사라지고 있었다.

"누, 누나. 천천히 드세요."

그랬다.

마치 걸신들린 사람처럼 온갖 고급 요리를 먹어 치우고 있는 건 다름 아닌 수아였다.

배우 정수아. 최고의 한류 스타 중 한 명.

그녀는 극적으로 구출되자마자 박 PD를 무시한 채 이곳 샤또 드 발리 리조트로 숙소를 옮겼다.

이후 몇 시간 넘게 욕조에서 씻은 뒤 제일 먼저 그녀가 한 건 룸서비스를 한두 개도 아니고 수십 개나 시킨 것이었다.

지난 사흘 동안 비상식량 두 봉지로 버텨야 했다. 구조되기 직전 그 혐오스러운 애벌레 구이를 먹긴 했지만 이미 그건 수아의 머릿속에서 새하얗게 지워진 지 오래였다.

어쨌든 허기가 잔뜩 진 상태에서 수아는 살았다는 안도감을 느끼며 허겁지겁 배를 채우고 있었다.

그렇게 조금 허기를 채운 뒤에야 수아는 경준을 노려보며 손을 내밀었다.

"휴대폰."

"아, 예. 여기요."

자신이 쓰던 휴대폰은 진즉에 망가진 상태.

경준이 내민 휴대폰을 받아든 수아는 다짜고짜 한국으로 전화를 걸었다.

얼마 지나지 않아 JS 엔터테인먼트의 김 대표가 전화를 받았다.

"저예요."

그도 박 PD를 통해 수아가 생환했다는 걸 들어 알고 있었다.

─살아 돌아와서 정말 다행이야. 재계약해야 하는데 난 또 거기서 죽는 줄 알고 깜짝 놀랐잖니?

"됐고요. IBC하고 「자급자족 in 정글」여기에 소송 걸 거예요. 도와줄 거죠?"

─음? 소송을 건다고? 무슨 이유로?

수아가 버럭 소리를 내질렀다.

"출연자의 안전을 전혀 생각하지 않았잖아요! 그거 때문에 내가 얼마나 죽을 고생을 한 줄 알아요? 그리고 그 애벌……아, 됐고. 강한수? 그놈도 고소할 거예요. 그러니까 빨리 준비해 줘요!"

그러나 김 대표는 능청스러운 목소리로 되물었다.

―잠깐. 내가 왜 그래야 하는데? 내가 굳이 IBC에 척질 이유가 있어? 그럴만한 이유가 있어야 하지 않을까?

"나 JS 전속이에요. 전속 배우가 죽을 뻔했는데 당연히 소속사가 나서서 도와줘야 하는 거 아니에요?"

―이제 3개월밖에 안 남은 전속이지. 그 전속 때문에 케이블도 아니고 지상파랑 척을 지라고? 그랬다가 네가 나가 버리면?

"……그래서 안 도와줄 거라는 거죠?"

―재계약하자. 그럼, 뭐든 못 도와줄까? 재계약만 해준다면 우리는 무조건 한류 스타 정수아 씨의 든든한 서포터가 되어 줄 수 있어.

수아가 입술을 깨물었다.

아역 배우일 때부터 십 년 넘게 JS 엔터테인먼트에 소속되어 있었다. 업계에서도 손꼽히는 곳인 만큼 수아도 그 도움을 적잖게 받았다.

그러나 수아는 JS 엔터테인먼트하고는 절대 재계약할 생각이 없었다.

그럴 바에는 차라리 연예계를 은퇴하는 게 나았다.

하지만 지금은 그의 도움이 필요했다.

수아가 영리하게 머리를 굴렸다.

IBC는 지상파다. 그만큼 JS 엔터테인먼트도 단단히 준비하고 들이박아야 한다는 이야기다. 명분은 있지만, 실리가 없기 때문이다.

그러나 한수는 다르다. 그는 평범한 일반인이다.

수아가 새로운 제안을 내놓았다.

"좋아요. 재계약하기 전에 실력 좀 보죠."

─무슨 소리야? 실력을 보자니?

"강한수. 일단 얘부터 매장시켜 줘요. 얼마나 잘하나 그거 보고 재계약할지 말지 결정할게요."

─일반인을 매장시켜 달라고? 뭘 잘못했는데?

"그 이유는 대표님이 찾으셔야 하는 거 아니에요? 제 이름을 더럽히지 않으면서도 이 남자애를 매장시킬 방법, 대표님이 찾아내세요. 그래서 성공하면, 재계약. 해줄게요."

잠시 주변이 조용해졌다.

그리고 한참 뒤 늑대가 으르렁거리는 듯한 울림이 들렸다.

─좋아, 그렇게 만들어주지.

한수는 덴파사르 공항 인근에 있는 힐튼 호텔에서 머무르고 있었다. 구조되고 호텔로 온 뒤 제일 먼저 한 건 전화였다.

그러나 다행히 부모님은 자신이 낙오된 줄 전혀 모르고 있었다. 아직 국내에는 이번 사건이 기사화되지 않은 상태였고 이대로 잡음 없이 넘어갈 수도 있을 것으로 보였다.

관건은 한수 그리고 수아, 두 사람이 어떤 태도를 보이느냐 여부였다.

특히 제작진이 골머리를 앓고 있는 건 수아였다.

그들로서는 이번 사건을 가급적 크게 키우고 싶지 않았다.

안전불감증.

얼마나 무서운 단어인가.

실제로 예전에 모 예능 프로그램에서 오지로 여행을 떠났다가 한 여자 연예인이 뱀에 물리는 사고가 일어난 적이 있었다.

다행히 그 여배우는 생명에 지장이 없었지만, 프로그램은 폐지되고 예능국 전체가 중징계를 받아야 했다.

이번 사건도 천재지변이다 보니 '예측할 수 없었다'라는 변명만 있을 뿐 전체적인 맥락은 그 사건과 크게 다를 것이 없었다.

"정말 죄송합니다. 제가 5년 동안 이 일을 해봤지만, 갑자기 그렇게 기상이 악화될 줄은 꿈에도 몰랐습니다."

한수는 자신을 향해 연신 고개를 숙이는 박 PD를 보며 손을 저었다.

"괜찮습니다. 누구도 예상 못 했을 사고였어요. 다들 무사하다니까 천만다행이죠."

화를 낼 수도 있는 상황이지만 한수는 그러지 않았다.

그 누구도 예상할 수 없었던 사고였다.

게다가 그 보트에는 자신뿐만 아니라 그들도 함께 타고 있었다. 자살하고 싶은 게 아니라면 그들도 선뜻 배에 올라타진 않았을 것이다.

그러나 한 명은 다른 생각을 하고 있을 게 분명했다.

"수아 씨는 그렇게 생각하지 않는 거 같지만요."

"……JS 엔터테인먼트와 조율을 잘 해봐야겠죠. 그러면 귀국편 비행기도 바로 알아봐 드리겠습니다."

하지만 한수에게는 더 중요한 게 있었다.

"방송은 어떻게 되는 겁니까?"

머뭇거리던 박 PD가 한숨을 내쉬며 말했다.

"이번 특집 방송은 아마 폐기하고 펑크를 내야 할 겁니다. 다른 파일럿 프로그램이 들어갈 수도 있겠죠. 지금 프로그램 폐지 이야기도 나오는 상황이라……."

한수가 그 말에 눈살을 찌푸렸다.

그가 「자급자족 in 정글」에 출연하기로 한 건 이 프로그램에서 명성을 쌓는 게 쉬워 보였기 때문이다.

실제로 그러했고 앞으로 생각해 둔 것도 있었다.

하지만 이 프로그램이 폐지되면 명성을 쌓는 일은 또다시 먼 일이 되어버리고 만다.

어떻게든 사람의 시선을 돌려놓을 수 있는 다른 수단이 필요했다.

그리고 수아, 그녀가 「자급자족 in 정글」과 IBC에 고소하려는 건 막아야 했다.

이 프로그램이 존속되어야만 한수도 10월 중 「자급자족 in 정글」이 방영할 때 명성이 쌓이면서 퀘스트를 깨고 보상을 받을 수 있기 때문이다.

그때였다. 계속해서 인터넷 기사를 확인하고 있던 PD 한 명이 다급히 박 PD를 불렀다.

"PD님! 여기요!"

박 PD가 의아한 얼굴로 그곳으로 뛰어갔다.

그리고 기사를 읽던 박 PD 얼굴이 새파랗게 질렸다.

철만이 걱정스러운 얼굴로 물었다.

"형, 무슨 일이에요? 기사 떴어요? 수아, 걔가 고소한대요?"

"그, 그게 아니라…… 하, 한수 씨!"

박 PD가 부른 건 한수였다.

한수가 의아한 얼굴로 박 PD에게 다가갔다.

박 PD가 노트북을 보여주며 물었다.

"낙오되어 있던 사흘 동안 무슨 일이 있던 겁니까?"

한수는 웹사이트 메인에 걸린 기사 제목을 보며 헛웃음을 흘렸다.

「충격! 모 예능 프로그램에서 톱스타 여배우 J 양, 일반인 참가자한테 성추행당해.」

기사 내용은 더 가관이었다.

배우 J 양은 며칠 전 제작발표회를 가진 모 예능 프로그램에 특별 게스트로 출연 중이었다. 인도네시아로 떠난 뒤 그들은 연예인과 일반인으로 각각 짝을 이루어 1박 동안 촬영을 진행했다.

그 이후 J 양은 카메라가 꺼질 때마다 일반인 참가자 K 씨한테 성추행을 당했고 때론 성적으로 희롱하는 모욕적인 언사까지 들었다고 했다.

J 양의 로드 매니저로 일하는 H 씨의 SNS에 올라온 이 글은 현재 삭제됐으며 J 양의 소속사는 이 일에 대해 아직도 함구 중일 뿐 아니라 정식 입장을 밝히지 않는 중이다.

한수는 어처구니없는 얼굴로 재차 기사를 확인했다.

아마도 J 양은 정수아일 테고 H 씨는 그의 로드 매니저 한

경준을 이야기하는 것일 터.

박 PD가 한수를 보며 재차 물었다.

"진짜 성추행한 겁니까? 진짜예요?"

"PD님. 제가 설마 그랬습니까?"

"사, 사흘이에요. 사흘 동안 두 사람만 단둘이 있었다고요! 막말로 한수 씨가 아니라고 해도 정수아 씨가 성추행당했다고 기자 회견이라도 열면 한수 씨는 끝나는 겁니다. 기자들이, 아니, 대중이 한수 씨 말을 믿을 거 같습니까?"

"휴, 아무 일도 없었습니다. 집 짓고 물고기 구워 먹고 그랬을 뿐입니다."

"그건 한수 씨의 주장일 뿐입니다. 물증이 있어야 합니다. 그보다 도대체 정수아 씨는 갑자기 왜……."

한수가 입술을 깨물며 말했다.

"제가 구출되기 직전에 코코넛 크랩이라는 걸 잡아 왔습니다. 그걸 구워 먹는데 그녀가 엄청 배고파하더군요. 그래서 굽고 있던 애벌레 꼬치구이를 그녀한테 건넸거든요. 아마 그것 때문인가 봅니다."

그 말에 옆에서 웃음이 터져 나왔다. 형준이었다.

"세상에. 정수아가 애벌레 구이를 먹었다고? 푸하하, 그걸 내 눈으로 봐야 하는 건데!"

"형준 씨! 지금 이게 웃을 상황이에요? 하아, 일단 저는 한수 씨를 믿습니다. 한수 씨는 그럴 사람이 아니라는 걸 압니다. 문제는 다른 사람들이 그 말을 믿느냐 하는 건데."

그러는 사이 메인에 올라온 기사의 댓글 수가 폭발적으로 늘어나기 시작했다.

그들 대부분 누군지 모르겠지만 성추행범을 찾아 찢어 죽이겠다고 하면서 원색적인 모욕을 서슴없이 하고 있었다.

그러나 한수의 표정은 여유로웠다.

천하에 둘도 없는 더러운 악질에 성추행범으로 몰리게 생겼는데도 여유만만이었다. 오히려 한수는 이걸로 명성이 올라가진 않을까 기대 중이었다.

그러나 오히려 명성 수치는 내려가 있었고 마이너스가 뜨고 있었다. 이 명성에도 선의의 명성과 악명이 나뉘는 듯했다. 어느새 −1,000을 돌파한 자신의 악명을 보며 한수가 읊조렸다.

"혹시 하는 생각에 저도 보험을 하나 들어놨거든요."

그리고 한수가 옷 주머니 안에서 비장의 무기를 꺼내 들었다.

그것을 본 박 PD가 의아한 얼굴로 물었다.

"DV 테이프를, 왜 한수 씨가 가지고 있는 겁니까?"

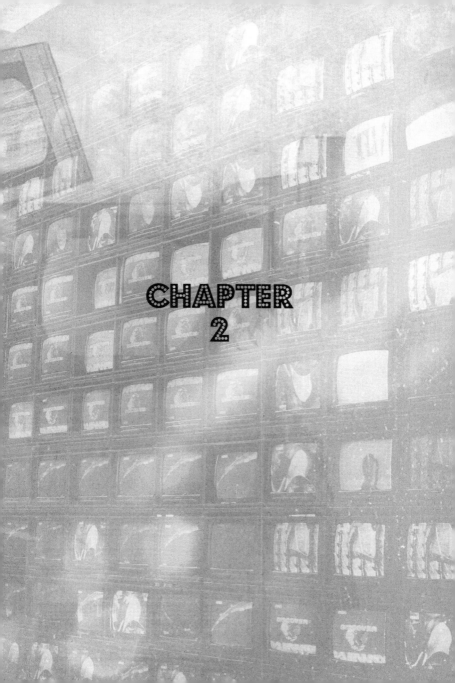

CHAPTER 2

인도네시아로 떠나기 며칠 전 한수는 조촐한 술자리를 가진 적이 있었다. 「자급자족 in 정글」 제작발표회가 있고 얼마 지나지 않아서였다.

집 근처에 있는 평범한 술집이었는데 당시 술자리에 나온 건 윤환 그리고, 구름나무 엔터테인먼트의 3팀장 박석준이었다.

두 사람이 한수를 찾아온 건 다른 이유에서가 아니었다.

"한수 씨, 진짜 연예인 될 생각 없어요?"

3팀장이 윤환을 꼬드겨서였다.

"이 형 진짜 너한테 제대로 꽂혔나 봐. 자꾸 데려오고 싶대."

"하하."

"한수 씨는 진짜 타고난 자질이 있다니까? 형보다 더 뛰어난 만능 엔터테이너가 충분히 될 수 있어. 아마 「자급자족 in 정글」에서도 엄청나게 활약할걸? 한수 씨, 그렇죠?"

"에, 그게 목표이긴 하지만……."

"저 봐. 못한다는 말 절대 안 하잖아."

"안 한다잖아. 안 한다는데 작작 좀 설득해."

한수가 그 말에 혼잣말로 중얼거렸다.

"안 한다고 한 적은 없는데……."

"그럼, 우리 당장 계약합시다. 내가 말이에요. 계약서는 무조건 들고 다니거든요."

가방에서 계약서를 꺼내려 하는 3팀장을 윤환이 간신히 말렸다. 그리고 그는 소주 한잔을 한수한테 따라주며 말했다.

"뭐 이 형이 너 보고 싶다 해서 만나러 온 것도 있긴 한데, 해줄 말도 있어서 보자고 했어. 전화로 하는 것보단 만나서 직접 말해주는 게 나을 것 같아서."

심각한 윤환 표정에 한수 표정도 딱딱하게 굳었다.

"뭔데요?"

가만히 고민하던 윤환이 한수를 보며 물었다.

"정수아를 보면 무슨 생각이 먼저 드냐?"

"엄청 예쁘고 청순하고 또 연기 잘하고 뭐 그렇죠?"

"그게 전부야?"

"어, 음, 저번에 전체 회의한 적 있는데 안형준 씨가 '싸가지'라고 하는 걸 들은 적이 있어요."

"하여간 그 형 입 가벼운 건 여전해. 일반인 참가자들 모아두고 뭐 하는 짓인지. 뭐 그런데 그게 틀린 말은 아니긴 해."

"예? 정말이에요?"

그때 회의실 분위기도 이상하긴 했지만, 윤환이 이렇게 말하니까 신빙성이 더해졌다.

옆에서 소맥을 말아 마시던 3팀장이 웃으며 말했다.

"하하, 아역 배우 출신이라 성격이 개판이긴 하죠. 전부 다 그런 건 아니지만, 워낙 못돼 먹게 자랐거든요. 업계 사람들 사이에선 공공연한 비밀이에요. 정수아가 워낙 톱스타라 건드리지 못하는 거지 알 사람은 다 알거든요."

"그 정도면 찌라시라도 나돌만하지 않아요? 아니면 불화설이나……."

"JS 정도면 그 정도는 충분히 커버하고도 남죠. 거기에 정수아 씨는 진짜 프로페셔널이거든요. 환이는 카메라 앞에서도 자주 맛 가지만요."

"이 형 벌써 술 취했네? 그건 됐고. 그래서 너한테 당부해둘 게 있어. 가급적 걔하고는 절대 어울리지 마."

그 말에 한수가 떨떠름한 목소리로 대꾸했다.

"……이미 저 정수아 씨하고 한 팀이 됐는데요?"

"미친."

윤환이 욕지거리를 내뱉었다.

안주를 질겅거리던 윤환은 고민 끝에 재차 말을 꺼냈다.

"그러면 아예 빌미를 만들지 마. 가급적 말도 섞지 말고 그 냥 일에만 충실해. 집 짓고 낚시하고 그런 일만 하라고. 그리 고…… 물증을 만들어 둬."

"물증이요?"

"그래, 빼도 박도 못할 증거를 마련해 두라고. 화장실 갔을 때하고 나올 때 얼굴이 다른 게 연예인이야, 정수아는 개중에 서도 최고고. 약점 잡을 게 있으면 무조건 잡아두란 이야기지."

"환이 이야기 잘 새겨들으세요. 그게 한수 씨를 살릴 유일 한 방법이 될 수도 있으니까요. 정수아 정도 되는 톱스타면 방 송국도 쉽게 못 건드려요. 그러면 중간에 낀 새우만 고래 싸 움에 등 터지는 거고요."

윤환이 웃으며 말했다.

"어려운 일 있으면 언제든지 내 번호로 연락해. 도와줄 수 있는 일이면 내가 뭐든 도와줄 테니까. 정확히 말하면 우리 팀 장 형이 도와줄 거지만. 하하."

"계약하기 전에는 못 도와줘요."

3팀장의 술에 취해 비비 꼬인 목소리가 귓가를 스치고 지나 갔다.

해변에서 깨어났을 때 한수가 제일 먼저 한 건 수아를 확인한 일이었다.

그리고 그녀가 아직 정신을 차리지 못하고 있다는 걸 안 뒤 한수는 주변 물건을 수거했다.

그렇게 이것저것을 수거하던 도중 한수는 촬영 장비도 있다는 걸 알 수 있었다.

박 PD가 개인용으로 들고 다니는 캠코더로 그 안에는 수십 장의 DV 테이프와 배터리 여러 개가 들어 있었다.

한수는 수아를 깨우기 전 주변을 재차 살폈다.

무인도에 낙오됐고 자신은 수아와 단둘이 있는 상황이었다. 설령 여기서 구조된다고 하더라도 뒷말이 나올 게 뻔했다.

그렇다면 증거를 만들어 둬야 했다. 세상일은 한 치 앞을 예측하기 어렵고 무슨 일이라도 터지게 된다면 그것을 방어할 수단이 필요했다. 그러나 정수아는 아역 시절부터 배우 일을 해왔던 만큼 눈치가 빨랐다.

그녀를 속이려면 그녀가 먼저 손을 대게 해야 했다.

그래서 한수는 촬영 장비가 든 가방에서 거치대만 꺼내 모래사장 위에 설치했다.

그가 미리 봐뒀던 곳 중에서 집을 지을 곳과 최대한 가까우며 촬영할 경우 확실하게 앵글에 잡힐 수 있는 곳이었다.

실제로 정수아는 무료함을 이기지 못하고 카메라를 가지고 놀다가 이내 흥미를 잃었고 한수가 미리 설치해 뒀던 거치대에 카메라를 고정해 뒀다. 한수의 노림수가 제대로 먹혀든 것이었다.

그녀는 그때 이후 카메라를 아예 신경 쓰지 않고 있었고 쉘터에만 틀어박힌 채 움직이지도 않았다.

그동안 카메라는 배터리를 다 쓸 때까지 쉴 새 없이 돌아가고 있었다.

그때였다.

한수의 상념을 깨우는 전화가 걸려왔다.

박 PD가 휴대폰 번호를 확인하고는 잠시 호텔 방 바깥으로 나갔다.

그러는 사이 옆에 앉아 있던 세컨 피디가 의아한 얼굴로 한수를 바라봤다. 왜 그가 DV 테이프를 갖고 있는지, 그리고 그게 왜 보험인지는 아직도 해명이 안 된 상태였다.

휴대폰 액정에 찍힌 번호는 분명했다. IBC 예능국 본부장

전화번호였다. 침을 꿀꺽 삼킨 뒤 박 PD가 전화를 받았다.

"예, 전화 받았습니다."

―너 기사 확인했어?

"예? 혹시 그 연예란 기사 말씀하시는 겁니까?"

―그래, 어때?

"뭘 말씀하시는 건지……."

―JS 김 대표가 연락해 왔어. 괜히 잡음 더 키울 필요 없이 이걸로 대충 퉁 치자더라. 프로그램 폐지도 막고 낙오 사고도 없던 일로 해줄 테니까 그냥 강한수인가 하는 애 이슈로 몰아서 상어 떼에 던져주는 거지. 어때?

"그게 말이 됩니까? 애초에 그런 적 단 한 번도 없었습니다. 강한수 씨는 그럴 사람이 아닙니다!"

휴대폰 건너편에서 한숨이 선명하게 들렸다.

―후, 영식아.

"예, 본부장님."

―그게 너도 사는 일이야. 네 대기 발령 난 거 없던 일로 할 수 있어. 그렇게 되면 인사위원회도 안 열릴 거고. 한 명 희생해서 프로그램도 살고 너도 살고 그 프로그램에 매여 있는 조연출, 작가들 그리고 출연자들까지 전부 다 살리는 거야. 왜 멍청하게 하나만 생각하려 해!

박 PD는 그 말에 자신을 따르는 수많은 사람을 생각했다.

이 프로그램은 그가 제작하고 연출하는 것이긴 하지만 그 혼자만의 것은 아니었다.

그렇지만 없는 일을 억지로 꾸며낼 순 없었다.

무엇보다 한수가 보여준 DV 테이프가 계속해서 마음에 걸렸다.

"죄송합니다, 본부장님. 그래도 이건 아닌 거 같습니다. 그리고 제가 이따가 연락드리겠습니다. 아무래도 강한수 씨가 뭔가 단서가 될만한 걸 가지고 있는 거 같습니다."

－단서? 그게 뭔데?

"글쎄요. 확인해 봐야죠."

박 PD는 전화를 끊고 호텔 방 안으로 들어왔다. 그리고 그는 방에 모인 사람들을 둘러봤다.

5년 넘게 동고동락했다. 다들 믿을 만한 사람들이다. 한 놈은 입이 워낙 가볍고 떠벌리기 좋아해서 믿기 힘들지만, 그 녀석은 지금 밖에 나가 있다.

한수가 박 PD를 쳐다보며 말했다.

"중요한 통화 셨나 봅니다."

"그게…… JS에서 거래를 해왔다고 하더군요. 이번 일 전부 다 없던 일로 할 테니까 한수 씨 일 지원 사격해 달라고요."

"그래서요? 피디님은 어떻게 하기로 하셨습니까?"

박 PD가 웃으며 대답했다.

"제가 왜 이런 이야기를 한수 씨한테 하겠습니까? 아까도 말했지만 저는 한수 씨를 믿습니다. 무고한 사람이 벌을 받아서야 되겠습니까?"

한수는 그 말에 미소를 지어 보였다.

"고맙습니다. 제 담당 팀장님도 박 PD님은 믿을 만한 사람이라고 하더군요."

"예? 담당 팀장님요? 그게 무슨……."

"구름나무 엔터테인먼트의 3팀장님요. 그분한테도 무슨 일이 있었는지 이야기는 해뒀거든요."

구름나무 엔터테인먼트, JS 못지않은 국내 굴지의 기획사다.

하지만 그것보다 박 PD가 앞서 확인해야 할 게 있었다.

박 PD가 한수 손에 들린 DV 테이프를 가리키며 물었다.

"일단 그게 뭔지 알 수 있을까요?"

"이게 뭐겠습니까? 270분밖에 기록 안 된 게 아쉽긴 하지만 낙오 첫날 무슨 일이 있었는지 낱낱이 기록해 둔 영상물이죠."

"……."

카메라 앞에서는 자신의 가면을 절대 벗지 않는 수다.

박 PD가 그 점을 지적하고 나섰다.

한수가 웃으며 말했다.

"걱정 마세요. 그 여자는 카메라는 신경도 안 썼어요. 쉘터에 틀어박힌 채 아무것도 안 했거든요."

"일단 한번 보죠."

사람들이 옹기종기 한자리에 모였다. DV 테이프에 들어 있던 영상이 자그마한 USB에 담겼고 카메라 감독이 호텔에 있는 텔레비전으로 그 영상을 재생시켰다.

4시간 30분 남짓한 영상이었다. 그러나 한수를 뺀 나머지 사람들은 영상에 푹 빠져들었다.

실제로 사람이 낙오되는 극한 상황에 처했을 때 그들이 어떻게 생존하려 하는지, 또 어떤 식으로 자기 자신을 합리화하려 하는지 그 모든 게 빼곡하게 담긴 영상이었다.

그리고 사람들이 모르는 정수아의 실체가 숨김없이 기록되어 있는 진귀한 영상이기도 했다.

4시간 30분은 그렇게 긴 시간이 아니었다.

그야말로 순식간에 지나갔다. 그동안 박 PD 휴대폰은 쉴 새 없이 울리고 있었다.

한참 동안 명한 얼굴로 텔레비전을 보던 박 PD가 그제야 휴대폰을 확인했다. 부재중 전화가 수십 건 쌓여 있었다.

대부분은 본부장이었고 기자들한테 온 전화도 꽤 있었다.

박 PD가 호텔 방 안에서 본부장한테 전화를 걸었다.

"본부장님, 이거 건드리면 안 됩니다."

─야! 너 4시간 넘게 연락도 없이 뭐하자는 거야? 어?

"특급입니다. 이거 물었다간 우리도 피 봅니다."

─도대체 그 단서가 뭐기에…….

"낙오 첫날 무인도에서 무슨 일이 있었는지 영상으로 담겨 있습니다. 4시간 30분이지만…… 편집 없이 날 것 그대로 내보내도 시청률 20%는 찍고도 남을 겁니다."

─그 정도야?

"예."

단호한 박 PD 말에 본부장은 아무 말도 하지 못했다.

─알았어. 전화 끊어 봐. 우리도 대책 좀 마련하자.

전화가 끊긴 뒤 박 PD가 한수를 보며 물었다.

"한수 씨, 이 테이프를 갖고 뭘 하고 싶으신 겁니까?"

"거래를 해야겠죠? 어차피 이걸 터뜨린다고 해도 서로 피보기밖에 더하겠습니까? 마음 같아서는 그냥 유튜브에 올리고 싶지만…… 그건 하책이겠죠. 그럴 바에는 제가 원하는 걸얻어 내야죠. 이를테면 기자 회견 같은?"

한수가 능청스럽게 웃었다.

꿩 먹고 알 먹고. 일거양득이라 했던가?

다음 날 아침, 「자급자족 in 정글」 출연자와 제작진이 인도네시아에 남은 것과 달리 정수아는 인천국제공항으로 귀국했다.

그리고 그녀는 인천국제공항 입국장 앞에 빼곡히 모인 기자들 앞에서 기자 회견을 가져야 했다.

근처 컨퍼런스 룸으로 자리를 옮긴 뒤 정수아가 입술을 열었다.

"안녕하세요. 배우 정수아입니다. 오늘 기자 회견을 하게 된 건 전적으로 제 잘못을 반성하기 위해서입니다."

성추행에 관한 루머를 이야기할 줄 알았는데 뜬금없는 소리에 기자들이 눈을 휘둥그레 떴다.

그러나 정수아는 계속해서 말을 이어갔다.

"우선, 제 매니저가 철없는 장난으로 SNS에 말도 안 되는 글을 올렸고 그것 때문에 일반인 한 분이 파렴치한 성추행범으로 몰리는 일이 있었습니다. 그건 절대 사실이 아닙니다. 오히려 저는 그분 덕분에 평소 경험할 수 없는 다양한 경험을 할 수 있었고……."

"정수아 씨?"

"그게 사실입니까!"

"정말 근거 없는 헛소문이었습니까?"

"……그뿐만 아니라 저의 철없는 행동으로 출연자분들과 제작진분들에게 심려를 끼친 점 죄송합니다. 따라서 저는 당분간 모든 연예계 활동을 그만두고 자숙하겠습니다."

잠시 머뭇거리던 정수아가 이를 악문 채 말을 이었다.

"끝으로 괜히 억울하게 피해를 본 일반인 참가자분께 진심으로 고개 숙여 사과드립니다."

고개를 숙이고 난 후 정수아가 재빠르게 기자 회견장을 빠져나갔다.

텔레비전으로 기자 회견 장면을 보던 철만이 한수를 보며 물었다.

"이 정도면 상책인 거냐?"

"예, 괜히 더 얽혀봤자 저만 피곤해질 게 뻔한데요. 정수아 팬덤은 장난 아니라고요. 뭐 반성하는 거 같진 않지만, 약점이 잡혔으니 한동안은 잠잠히 지내겠죠."

눈에 띄게 내려가고 있는 악명 수치를 확인하며 한수가 어깨를 으쓱했다.

기사 곳곳에 달려 있던 악플도 실시간으로 삭제되고 있었다. 그때 머뭇거리는 박 PD를 대신해서 철만이 한수를 보며 물었다.

"한수야, 너 말이야. 재촬영 가능하겠냐?"

재촬영?

한수가 철만을 보며 물었다.

"재촬영이 가능해요? 이미 일정도 많이 밀렸고…….."

"출연자분들만 스케줄 문제없으시면 저흰 괜찮습니다. 비행기 표는 재발권 하면 되고요. 이미 윗선하고도 이야기 끝났습니다. 일반인 특집 대신 한수 씨 혼자만 게스트로 해서 재촬영하는 게 어떻겠냐고 하더군요."

결과론적으로는 IBC도 한수 덕분에 위험 상황을 사전에 피한 셈이 되었다.

한수가 수아의 약점을 틀어쥔 것 덕분에 그녀는 낙오 사고를 공론화시킬 수 없게 되었다.

만약 그녀가 낙오 사고를 공론화시키면 한수가 쥐고 있는 270분짜리 영상이 바로 매스컴을 탈 테고, 그렇게 되면 손해를 보는 건 수아, 본인이기 때문이다.

"저는 상관없지만…… 다른 분들도 괜찮으세요?"

이들 모두 「자급자족 in 정글」만 촬영하는 게 아니다.

개중에는 스케줄을 여러 개 소화하는 연예인도 적지 않았다. 형준이 대표적이었다. 석진도 아이돌이고 몇 주 뒤 신곡이 발표되는 것으로 알고 있었다.

"난 문제 없어. 다른 스케줄도 전부 뒤로 미뤄뒀거든."

"저도 괜찮아요. 신곡 연습은 이거 끝나고 부지런히 하죠, 뭐."

혜윤도, 철만도 다들 문제없다는 듯 고개를 끄덕였다.

그들이 다른 스케줄을 다 뒤로 미루고 「자급자족 in 정글」

재촬영을 하는 이유는 하나였다.

5년.

그동안 그들이 「자급자족 in 정글」과 동고동락했던 기간이다. 불과 하루 전까지만 해도 프로그램이 폐지될 뻔했다.

그 이야기는 그들이 지난 5년 함께 했던 그 기억들이 전부다 추억이 되어버린다는 의미다.

그것을 막을 수 있게 됐는데 재촬영하지 않을 사람이 없었다.

그건 출연자들뿐만 아니라 제작진들도 마찬가지인 심정이었다.

"자, 그러면 재촬영하러 갑시다."

"에이, 호텔에서 느긋하게 쉴 수 있어서 좋았는데 또 정글 들어가야 해?"

형준이 투덜거렸지만 다들 그게 진심이 아니라는 건 알고 있었다.

그렇게 그들은 「자급자족 in 정글」 특집을 재촬영하기 위해 호텔을 떠나 정글로 향했다.

호텔을 떠나 보트를 타고 한참 동안 이동한 끝에 그들이 다다른 곳은 서수마트라에 있는 외딴 무인도였다.

에메랄드빛으로 빛나는 적도해를 가만히 바라보던 출연자들이 무인도에 도착하자 제작진들이 입을 열었다.

"이제 여러분은 여기서 4박 5일 동안 자급자족을 하셔야 합니다. 저희는 일체의 지원도 하지 않을 것이며 하루에 한 번 여러분의 생사와 건강을 체크하기 위해 들를 예정입니다. 기본적인 카메라 세팅은 모두 해뒀고 보금자리로 쓸만한 자리도 마련해 뒀습니다. 긴급한 일이 생길 때만 무전기로 연락 부탁드리며 이제 생존은 여러분의 몫으로 남기겠습니다."

"고생하셨습니다."

"배고프면 그쪽으로 건너가서 물물거래 요청해도 됩니까? 하하."

"건너오실 수 있다면 그것도 환영입니다."

박 PD 말을 끝으로 제작진들을 태운 보트는 인근 무인도로 떠났다.

이제 무인도에 남은 건 네 명의 고정 출연자 그리고 한 명의 게스트, 이게 전부였다.

철만이 가방을 짊어진 뒤 일행을 이끌었다.

"보금자리로 마련해 뒀다는 곳부터 살피러 가볼까?"

"좋죠."

"한수야, 가보자."

철만이 한수를 잡아끌며 함께 섬 안쪽으로 들어갔다.

해안에서 멀리 떨어지지 않은 곳에 다섯 명이 넉넉히 누워 잘 수 있는 평지가 있었다.

주변에는 소형 캠코더가 곳곳에 설치된 채 그들의 일거수
일투족을 촬영 중이었다.

한수가 철만을 보며 물었다.

"원래 이렇게 찍어요?"

"평소에는 제작진도 함께 있긴 한데 이번엔 예능이 아니라
다큐로 가고 싶나 봐."

"다큐요? 진짜 저희가 굶는 걸 보고 싶은 걸까요?"

"아닐걸? 어제 네가 가져온 영상. 그거 보고 자극받아서 그
런 거 같던데?"

그 말에 다른 사람들이 모두 고개를 끄덕였다.

한수가 당황한 얼굴로 그들을 둘러봤다.

"아니, 그걸 보고 무슨 자극을 받아요."

"너라면 자극 안 받겠어? 이제 막 이십 대 초반인 애가 무
슨 생존 전문가처럼 활약하고 다니던데 말이야. 아마 박 PD
는 네가 활약하는 거 보여주면서 구설수에 올라 있는 거 뿌리
째 뽑아내고 싶어 할걸? 봐라, 우리가 애를 섭외한 건 애가 나
못지않은 생존 전문가이기 때문이다! 뭐 이런 식으로?"

"……열심히 해야겠네요."

그래도 지난번 낙오되고 거기서 생존에 몰두하면서 적지
않은 경험치를 쌓았다.

그뿐만 아니라 푸드트럭을 통해 얻은 경험치 2배 보너스 덕

분에 「Discovery」 채널에 관한 경험치는 다른 채널보다 훨씬 더 빨리 쌓이고 있었다.

그때 형준이 철만과 한수를 번갈아 쳐다보다가 웃음기 가득한 얼굴로 말했다.

"그렇다고 다큐로만 찍을 순 없잖아요. 안 그래요? 이왕 이렇게 된 거 우리 한번 시합해 보죠."

"시합? 무슨 시합?"

철만이 뜬금없는 말에 고개를 갸웃거렸다.

형준이 미소를 머금은 얼굴로 입을 열었다.

"그 뭐야, 철인 3종 경기 같은 거 있잖아요. 그것처럼 누가 더 생존 전문가인가 한번 내기해 보자는 거죠. 마침 여기 딱 좋은 과제가 있네. 불피우기, 사냥하기, 그리고 요리 이렇게 세 종목 어때요?"

혜윤이 그 말에 눈살을 찌푸렸다.

"내기할 시간이 어딨어요. 이제 곧 해질 텐데 다 함께 힘 합쳐서 움직이는 게 더 낫죠."

그러나 혜윤의 말과는 상관없이 불똥이 튀기 시작했다.

철만과 한수 여기에 석진까지 가세했다.

애초에 형준은 몸 쓰는 역할이 아니었다. 그보다는 이렇게 「자급자족 in 정글」팀이 모여 있을 때 멘트를 치고 사건을 만들어내는 역할이었다.

그렇게라도 하지 않으면 진짜 예능이 아니라 다큐멘터리가 되어버릴 테니까.

한편 「자급자족 in 정글」팀이 4박 5일 동안 생존할 무인도를 떠나며 조연출 한 명이 조심스럽게 물었다.

"저렇게 놔둬도 괜찮을까요? 이럴수록 더 가까이 붙어 있어야……."

"우리가 최소한으로 개입하는 게 나아. 어차피 형준 씨가 있으니까 분량은 충분히 뽑아낼 거야."

"그건 그렇겠지만 그래도……."

"어떤 식으로 진행했으면 좋겠는지 말해두고 왔으니까 문제없어. 우리는 그냥 관찰자 역할에 충실하면 돼. 이번에는 예능이 아니라 다큐로 한번 가보자고."

"그랬다가 시청률 박살 나면 어쩌려고요?"

"인마. 시청자가 기대하는 게 뭐겠냐? 정글에 사는 원주민들 만나서 교류하는 거? 아니면 짜인 각본대로 행동하는 거? 전부 다 틀렸어. 그냥 그들은 날 것 그대로의 모습을 원할 거란 말이야. 진짜 생존을 장담할 수 없는 상황에서 그들이 어떻게 행동할지 그게 궁금할 거란 말이지. 그런데 우리가 개입하면 그 몰입이 깨져. 그럴 바엔 그냥 내버려 두는 게 최고야."

박 PD는 완고했다. 고집을 꺾을 생각이 전혀 없어 보였다. 이번에 그도 배가 전복되고 죽을 뻔하면서 한 가지 결심한 게 있었다.

이럴 바에는 자신 인생에 남을 최고의 에피소드 한 편을 어떻게든 찍어내겠다고.

예능과 다큐가 적절히 조화된, 진짜 실전처럼 부딪히는 '체험 삶의 현장' 같은 프로그램.

예능과 다큐, 그 사이를 아슬아슬 오고 가는, 시청자들의 재미를 만들어낼 수 있으면서 동시에 그들한테 공감하게 하고 동경하게 만들 수 있는.

박 PD가 그런 결심을 할 수 있었던 건 한수가 특별한 게스트였기 때문이었다.

그래서일까.

박 PD 머릿속에는 두 가지 생각이 계속해서 휘몰아치고 있었다.

하나는 한수를 「자급자족 in 정글」 프로그램에 고정시키고 싶다는 것이었고, 다른 하나는 철만과 한수, 혹은 한수를 데리고 한국판 「Man vs Wild」를 찍어보고 싶다는 생각이었다.

정글 3종 경기를 치르기에 앞서 그들은 제일 먼저 집을 짓기 시작했다.

4박 5일 동안 머무를 안전한 보금자리였다. 그런 만큼 집을 짓는 건 다 함께 움직여야 했다.

제일 먼저 움직이기 시작한 건 짐승돌 석진이었다. 석진은 근육을 과시하며 부지런히 나무를 나르기 시작했다.

한편 한수와 철만도 본격적으로 바쁘게 움직였다. 바닥은 푹신푹신했지만, 근처가 정글인 만큼 안전을 고려해서 집을 지을 필요가 있었다.

두 사람이 동시에 생각해낸 건 한수가 간단히 1박 할 때 대충 지은 적이 있는 공중침대였다.

그러나 그걸 더 발전시킬 생각이었다. 일단 나무와 나무 사이를 끈으로 엮어서 빼곡하게 채운 다음 그 나무를 세워 일종의 트리 하우스를 만들 생각이었다.

실제로 철만은 예전 촬영 때 트리 하우스를 지어본 경험이 있었다. 그 경험을 십분 살리기로 하고 그들은 우선 나무부터 베기 시작했다.

나무를 벤 뒤 그것을 나르는 건 석진과 형준의 역할이었다.

두 사람이 나무를 나르면 혜윤이 덩굴을 이용해서 그것들을 단단히 끈으로 묶었다.

"와, 역대급인데요?"

나무를 나르며 형준이 가쁜 숨을 내쉬었다.

평소보다 훨씬 더 빠른 속도로 집이 지어지고 있었다.

철만과 한수는 경쟁이라도 하듯 나무를 베었고 석진이도 지지 않겠다는 듯 근육질 몸매를 뽐내며 그 나무를 나르는 중이었다.

그렇다 보니 말 많은 형준도 쉴 새가 없었고 엄청나게 빠른 속도로 나무로 만든 집이 올라가고 있었다.

커다란 트리 하우스가 올라가고 그 위를 왔다 갔다 할 수 있는 간이식 사다리까지 만들었지만, 여전히 시간은 충분히 여유가 있었다.

뿌듯한 얼굴로 커다란 야자나무에 엮인 트리 하우스를 올려다보던 형준이 세 사람을 번갈아 보며 물었다.

"그럼, 슬슬 시작해 볼까요?"

"빨리 가자. 곧 해가 질 거야."

"예, 지금 바로 가죠."

"급하긴. 일단 첫 번째 종목, 불 피우기부터 가보죠. 라이터, 부싯돌, 파이어 스틸 이런 거 전부 다 쓰면 안 되는 거 알죠?"

다들 고개를 끄덕였다.

그리고 그들은 각자 자리를 잡고 불피우기에 도전했다.

원시적인 방법, 손바닥을 계속 빙글빙글 돌려서 마찰열로 불을 만드는 것이었다.

계속해서 손바닥을 돌릴 때마다 바닥 판에 열로 인한 재가 쌓이기 시작했다.

아직은 셋 다 비등비등했다.

그때 성격 급한 석진이 불쏘시개 위에 재를 부은 뒤 입김을
불었다.

그러나 아직 재가 충분하지 않은 탓에 좀처럼 불이 붙질 않
고 있었다.

석진이 인상을 구겼다.

그때까지 한수와 철만은 끈질기게 재를 모으고 있었다.

그리고 어느 정도 재가 쌓였다 싶은 순간 두 사람이 동시에
불쏘시개 위에 재를 부었다.

"한 번에 성공하나요?"

석진마저 침을 꿀꺽 삼키며 상황을 지켜볼 때였다.

두 사람이 입김을 불었다.

그 순간 퍼엉─ 하는 소리와 함께 불이 붙었다.

혜윤이 형준을 쳐다보며 물었다.

"누가 빨랐죠?"

"그, 그게 그러니까……."

일단 석진은 꼴등 확정이었다.

중요한 건 누가 1등인지 가리는 것인데 그게 모호했다.

둘 다 동시에 재를 부었고 비슷한 시기에 입김을 불어 넣었
기 때문이다.

"어, 음, 공동 1등입니다!"

뒤늦은 형준 말에 혜윤이 눈매를 좁혔다.

처음에만 해도 반대했지만, 그녀도 내심 누가 이길지 궁금해하고 있어서였다.

그러나 우열을 가리기 힘들 만큼 치열한 경쟁이었다.

아마 카메라를 판독해도 결과를 뚜렷하게 판단하긴 힘들게 뻔했다.

한수는 놀란 얼굴로 철만을 쳐다봤다.

사실 한수가 핸드드릴로 불을 피워본 건 이번이 처음이었다. 1박 할 때나 낙오됐을 때도 지포 라이터를 이용해 불을 피웠다. 그 정도는 「자급자족 in 정글」 제작진에서 지원했기 때문이다.

그러나 이곳은 불 피울 도구가 아무것도 없었다.

핸드드릴을 이용해야 했고 그건 디스커버리 채널을 확보한 덕분에 머릿속에 지식이 축적되어 있었다.

즉 지금 한수가 불을 피울 때 걸린 시간은 생존 전문가인 베어 그릴스, 사실상 그가 피웠을 때의 속도와 비슷하다는 이야기였다.

그런데 철만이 그런 한수와 거의 같은 시간에 불을 피우는 데 성공했다. 그가 5년 동안 허투루 「자급자족 in 정글」을 촬영한 게 아니란 걸 알 수 있는 대목이었다.

어쨌든 모닥불이 두 군데 피어올랐다.

하나는 한수, 하나는 철만이 피워둔 것이었다.

"진짜 두 분 덕분에 할 일이 거의 없네요."

"다음에는 아마존 가자고 할까? 어때?"

"……오빠, 미쳤어요? 아마존은 무슨 아마존이에요. 그러다가 제 명에 못 살걸요."

"왜? 한수도 같이 가면 걱정 없을 거 같지 않아?"

"어, 음……."

혜윤이 말끝을 흐렸다. 가만히 그런 한수를 보던 형준이 어깨를 으쓱하며 말했다.

"너도 이참에 우리 프로 고정하는 건 어떠냐? 난 대찬성인데."

"나쁘진 않겠네요."

"어, 음, 저도 괜찮아요."

석진이 머뭇거리다가 대답했다. 아무래도 한수가 또래다 보니 석진 입장에서는 자신의 캐릭터를 빼앗길까 봐 걱정스러울 수밖에 없긴 했다.

"다 찬성이네? 철만 형은 어때요? 형도 찬성이죠?"

"나도 좋지. 뭐, 당사자 의견이 제일 중요하겠지만. 일단 한수는 신입생이잖아. 솔직히 영식이 형도 너 많이 탐내더라. 사실 우리한텐 네가 폐지를 막아준 생명의 은인이기도 하고."

그들의 설득에 한수가 생각에 잠겼다.

그러나 지금 당장 쉽게 결정을 내릴 수 있는 문제는 아니었다.

한수가 말이 없자 형준이 분위기를 전환 시켰다.

"자자, 그건 나중에 촬영 끝나고 이야기하고 사냥해야지. 이러다가 쫄쫄 굶을 건 아니잖아."

"그럼, 오빠도 이번에 물고기 사냥 같이하는 거예요?"

"아, 으, 갑자기 왼쪽 다리가 살살 아프네."

"엄살 피우지 말고요! 신입이 이렇게 잘하는데 오빠도 뭔가 본보기를 보여줘야죠."

"너, 너는? 너도 뛰어들 거야?"

"그럼요. 이건 저도 경쟁심이 생기거든요."

혜윤이 고개를 당차게 끄덕였다. 그녀 눈에서도 투지가 활활 타오르고 있었다.

형준이 그 말에 이맛살을 구겼다.

혜윤이 빠져야 자신도 빠질 수 있는데 졸지에 물귀신처럼 끌려가게 생겨 버렸다.

그렇지만 뭐라도 하긴 해야 했다. 결국, 형준도 얼떨결에 정글 3종 경기 중 두 번째 경기에 참여하게 됐다.

「자급자족 in 정글」의 모든 출연자가 함께하는 시합이기도 했다.

"일단 제작진에 알려줘."

"예, 지금 무전기로 연락할게요."

혜윤이 제작진에 연락을 취했다. 그런 다음 해안가에 도착했을 때 캠코더를 들고 있는 제작진이 그들을 마중 나왔다.

"물고기 사냥을 하신다고요?"

"먹고살려면 그거라도 해야죠. 이 안에 뭐 먹을 만한 거 있어요?"

"글쎄요. 코코넛 크랩을 본 거 같아요, 바나나도 있고. 아, 맞다! 뱀도 있던데 이참에 뱀탕 한번 해 먹어보는 건 어때요?"

혜윤이 그 말에 질색했다.

"됐어요, 뱀탕은 무슨 뱀탕이에요!"

"하하, 생각해 보라는 거죠. 자자, 일단 타세요."

그렇게 그들은 보트를 타고 섬에서 조금 떨어진 바다로 나왔다.

정글 3종 경기 중 두 번째 「물고기 사냥」.

이번 시합에 참여하는 건 다섯 명 전원이었다.

승자는 얼마나 큰 물고기를 잡았느냐로 결정하기로 했다. 만약 크기가 비슷하다면 그때는 물고기의 개수로 판가름할 생각이었다.

그러나 최대 3마리로 제한이 있었고 시간도 30분만 주어졌다. 그 이상은 출연자들의 몸에 부담이 갈 수 있어서였다.

다들 웃옷을 벗었다. 혜윤도 비키니 몸매를 드러냈다.

단연 돋보이는 건 석진이었다. 탄탄한 식스팩에 불끈불끈

솟아오른 근육이 대단했다.

그에 비해 다른 셋은 평범했다. 오히려 오랜 시간 운동으로 꾸준히 다져진 혜윤의 몸매가 예술적이었다.

그들은 각자 장비를 챙기기 시작했다. 보트 안에는 스킨다이빙을 위한 슈트, 발 갈퀴, 페이스 마스크와 스피어건(작살총)이 구비되어 있었다.

"그럼, 다들 준비되셨으면 바로 입수하셔도 됩니다."

그 말이 끝나기 무섭게 다섯 사람이 동시에 바다를 향해 뛰어들었다. 출연자 전원이 뛰어들고 난 다음 송 작가가 박 PD를 보며 물었다.

"누가 이길 거 같으세요?"

"음, 한수 씨가 유리하지 않을까?"

"철만 씨도 있잖아요."

"그때 그 영상에서 봤잖아. 물가에 들어갔다 나오면 서너 마리는 그냥 낚아채 오는 거. 그것도 스피어건이 아니라 그냥 나무 깎아서 만든 작살이더라고. 그거 생각하면 이번에도 한수 씨가 독보적이지 않을까 싶어."

"음, 근데 어디서 저런 걸 배운 걸까요? 보통 저런 건 배운다고 배워지는 게 아니잖아요. 외국 여행도 이번이 처음이던데……."

미스테리한 일이었다.

외국에 나가본 경험은 한 번도 없는데 그 누구보다 빠르게 적응하고 있다. 그뿐만 아니라 생존에 필요한 온갖 기술들을 완벽하게 숙지하고 있었다.

그러나 이건 못해도 십 년 넘게 배웠다고 봐야 하는데 그들이 알고 있는 한수는 그런 경험이 전무했다.

그 흔한 보이 스카우트 경험도 없었으니까.

그때였다. 입수하고 채 1분이 지나기도 전이었다. 부글거리며 기포가 터져 나오더니 한 명이 고개를 빼꼼 내밀었다. 형준이었다. 주변을 두리번거리던 형준이 박 PD를 보며 물었다.

"피디님! 아직 아무도 안 올라왔어요?"

"예, 형준 씨가 처음이에요."

"아씨!"

형준이 인상을 구겼다.

그래도 끝에서 두 번째로 올라오려 했는데 그것마저 여지없이 망해 버렸다.

"물고기는 잡으셨어요?"

보트 위로 올라온 형준이 양손을 내밀었다.

양손 위에는 아무것도 없었다. 그냥 텅텅 비어 있었다.

"잡는 시늉이라도 하셨어야죠."

"벌써 눈이 침침해서……."

그가 말끝을 흐렸다. 그리고 조금 더 시간이 지났을 때였다. 보트에서 조금 떨어진 곳에서 또 다른 사람이 한 명 더 고개를 내밀었다. 「자급자족 in 정글」팀의 홍일점 혜윤이었다.

"혜윤아!"

형준이 반갑게 그녀 이름을 불렀다.

혜윤이 가쁜 숨을 내쉬며 물었다.

"오빠, 언제 올라왔어요?"

"나, 나? 나도 조금 전에……."

"오빠는 거짓말하면 다 티 나거든요? 물고기는 잡았어요?"

"어, 그게 이상하게 내가 다가가면 금세 피해 버려서……."

"하여간, 됐어요! 오빠한테 뭘 기대한 내 잘못이지."

혜윤이 그대로 작살을 배 위로 던졌다. 그 작살에는 큼지막한 물고기 한 마리가 꿰어 있었다. 사람 손바닥만 한 크기의 열대어였다.

박 PD가 탄성을 냈다.

"와, 월척이네요!"

「자급자족 in 정글」팀이 정글로 건너와서 처음 사냥한 물고기였다.

형준도 엄지손가락을 번쩍 치켜들었다.

"야, 전혜윤! 네가 1등 하겠다?"

"에이, 그거야 봐야 알죠."

그때 연달아 석진이 올라왔다. 그런데 그는 한 마리도 아닌

두 마리의 물고기를 허리춤에 꿰고 있었다.

크기도 꽤 컸다.

혜윤의 표정이 금세 시무룩해졌다.

형준이 그런 혜윤을 위로했다.

"하여간 저놈은 눈치도 없다니까. 그래도 잘했어. 이게 제일 맛있어 보이네."

"오빠! 쟤가 잡아 온 거하고 같은 물고기거든요!"

"그, 그런가?"

형준은 그 말에 머리를 긁적였다.

그러나 혜윤은 눈을 흘기면서도 표정은 내심 기뻐 보였다.

그때 보트 위로 올라온 석진이 혜윤과 형준을 번갈아 보다가 물었다.

"철만 형하고 한수는요?"

"아직이야."

두 사람은 틈틈이 수면 밖으로 나오긴 했지만, 아직 완전히 사냥을 끝낸 건 아니었다.

망설이던 석진이 재차 바다에 뛰어들려 하자 형준이 그걸 말렸다.

"됐어. 그 정도면 충분해."

"그래도요. 한수라는 애가 또 이길 거 같아서요."

"이길 수도 있지. 진짜 걔는 아무리 생각해 봐도 베어 그릴스의 핏줄을 물려받은 게 아닌가 싶어. 그렇지 않고서야 그게 가능하겠냐?"

"하하, 베어 그릴스요?"

"그래, 나중에 진짜 기회가 되면 베어 그릴스를 우리나라로 초대해서 저 녀석하고 일대일로 한번 붙여보고 싶을 정도야."

옆에서 형준의 말을 듣고 있던 박 PD가 방긋 웃으며 말했다.

"말이 나와서 이야기하는 건데 저도 비슷한 거 구상 중이긴 했어요."

"예? 뭔데요?"

"한국판 「Man vs Wild」요. 어때요? 먹힐 거 같지 않아요?"

"어, 음…… 프로그램 메인으로 한수를 내세우려고요?"

"그건 안 되죠. 부장님이 절대 허락 안 할걸요. 그러나 철만 씨하고 둘이 붙여 놓으면 허락해 주실 수 있죠. 특히 이번 편이 촬영 잘 돼서 방송을 탄다면 충분히 가능성 있을 거 같더라고요."

형준은 곰곰이 그림을 그렸다. 철만과 한수, 오지에 낙오되었을 때 누가 더 빨리 탈출할 수 있을지 경쟁을 벌인다면? 그렇다면 흥행할 수 있을까?

일단 시청자들은 흥미로워할 게 분명했다. 예능이 아니고 다큐다. 생존을 건 극한의 경쟁이 될 것이다.

그리고 철만은 5년 동안 「자급자족 in 정글」을 촬영하며 생존 전문가로 이름을 널리 알리고 있다. 그가 딴 자격증만 해도 수십 개가 넘어갈 정도니까.

한수는?

지금은 무명이지만 이번 방송이 지상파를 통해 방송되면 그의 이름도 부쩍 유명해질 게 뻔했다. 게다가 그는 철만 못지않은 실력자이기도 했다.

"괜찮을 거 같은데요? 아니, 잘하면 대박 날 수도 있겠는데요?"

형준이 침을 꿀꺽 삼켰다.

그러나 걱정되는 건 하나 있었다.

만약 이게 방송이 되면 「자급자족 in 정글」은 설 자리를 잃게 되지 않을까 하는 막연한 불안감이었다.

'설마……'

그때 철만이 물 위로 올라왔다. 그러나 커다란 물고기 한 마리만 허리춤에 걸고 있을 뿐 그 이상은 보이질 않았다.

보트에 올라탄 철만이 투덜거리며 말했다.

"진짜 내 팔뚝보다 더 큰 물고기를 봤는데 바로 눈앞에서 놓쳤지 뭐야. 휴, 운이 따르질 않네."

"고생하셨어요. 어서 올라오세요."

형준이 철만을 끌어 올렸다. 그는 꽤 많이 지친 상태였다.

남들보다 두 배 더 스킨다이빙을 했으니 더 지칠 수밖에 없었다.

"한수는?"

주변을 둘러보던 철만이 의아한 얼굴로 물었다.

"아직…… 아, 저기 올라오네."

형준이 수면을 가리켰다.

한수가 가장 늦게 올라왔다.

그런데 그가 쥐고 있는 작살에는 자그마한 물고기 한 마리만 꽂혀 있었다.

"뭐야? 저거뿐이야?"

"별거 없네?"

"사냥은 영 소질이 없나 본데?"

"뭔 소리야. 그때 바다 들어갔다 하면 물고기 잡아 오는 거 못 봤어?"

"그럼, 저건 뭔데?"

철만이 앞장서서 한수가 내미는 작살을 받았다.

"생각보다 못 잡았다?"

"네? 아……."

한수가 왼손을 뻗었다.

그리고 그의 왼손이 수면에서 올라온 순간.

모두 다 쩍 벌어진 입을 다물지 못했다.

큰지막한 도미 한 마리가 축 늘어진 채 그의 손에 잡혀 있었다. 커다란 도미 한 마리를 보트 위에 올려놓은 뒤 한수도 보트에 올라탔다.

가만히 그 모습을 보던 박 PD가 혀를 내둘렀다.

"와."

"미친."

곳곳에서 욕지거리가 터져 나왔다.

석진도 아연실색한 얼굴로 눈부시게 빛나는 도미를 가만히 내려다볼 뿐이었다.

정글 3종 경기의 마지막, 요리 대회는 싱겁게 끝이 났다.

당연히 한수의 승리였다.

이곳에서 한수만 한 요리 지식을 갖고 있는 사람은 전무했다.

한수는 자신이 잡아 온 커다란 물고기의 비늘을 벗기고 내장을 싹 빼낸 다음 바나나잎으로 물고기를 싸서 그대로 구워냈다.

이는 인도네시아나 브라질 등에서 쓰이는 요리법이었다.

그밖에도 한수는 물고기 두 마리를 제작진에게 주고, 받은 향신료로 페이스트를 만들어서 골고루 바른 다음 감자, 버섯 등을 함께 넣은 뒤 그대로 타다 남은 숯불 속에 넣어 구워냈다.

대자연에 존재하는 오븐을 이용한 것이었다. 그렇게 삼십 분 동안 숯불에 익힌 도미는 먹음직스럽게 구워진 상태였다.

한수가 조심스럽게 그것을 꺼낸 다음 팀원들이 나눠 먹게 했다. 알맞게 익은 도미살을 입에 넣은 그들은 그 순간 무언가 말랑하고 부드러운 게 순식간에 혀를 미끄럼틀로 이용해서 흘러내린다는 느낌을 받았다.

말도 안 되는, 기가 막히는 맛에 다들 허겁지겁 도미에 손을 가져갔다.

숯불로 익힌 탓에 여전히 뜨거웠고 손을 댈 뻔도 했지만, 그들 모두 멈추질 못하고 있었다.

"죽인다, 죽여."

"이게 우리가 먹던 그 생선 맞아요?"

"와…… 너 요리도 할 줄 알아?"

"그럭저럭 조금은 할 줄 알아요."

한수가 머쓱하게 웃었다.

"이 정도면 바로 스카우트 들어가야겠는데요?"

"나도 생각 중이야, 인마."

그렇게 황홀하기만 한 저녁 식사가 끝이 난 뒤 그들은 견고하게 지어 둔 트리 하우스로 올라갔다.

이제 하루 촬영이 끝났을 뿐이지만 몸이 노곤했다.

그래도 이렇게 푹 쉴 수 있는 집이 있다는 것에 모두 만족할 수 있었다.

그뿐만 아니라 한쪽에는 내일 먹을 물고기들이 바닷바람을 맞으며 자연 건조되고 있었다.

그렇게 그들이 푹 잠들었을 때 제작진이 이곳을 방문했다. 캠코더 안에 든 테이프를 갈고 배터리를 바꿔두기 위해서였다.

평상시엔 출연자들이 솔선수범해서 해놓지만, 그들이 잠잘 땐 제작진들이 직접 움직여야만 했다.

그리고 그들은 커다란 나무에 고정해서 만든 트리 하우스를 보곤 가볍게 탄성을 내뱉었다가 풍족한 철만족 식량 사정을 보곤 눈을 휘둥그레 떴다.

역대 가장 어렵고 힘든 환경에 놓였는데 역대 가장 풍족한 생활을 영위 중이었다.

"시청자들이 보면 난리 나겠는데요?"

"와, 진짜…… 쟤는 100% 실검에 오를걸?"

"그것보다 도미로 뭘 만들어 먹었을까요? 요리도 잘한다던데요? 아, 빨리 영상 확인하고 싶네."

캠코더 테이프를 수거하고 있는 조연출들이 나누던 대화를 듣던 박 PD가 생각에 잠겼다가 혼잣말로 중얼거렸다.

"음, 다음번에는 아마존으로 보내야 하나? 아니면 시베리아?"

박 PD는 한때 생각만 했었던 아마존, 시베리아 등 극한 오지들을 진지하게 고민할 수밖에 없었다.

「자급자족 in 정글」 제작진의 걱정은 당연한 것이었다.

시청자들이 「자급자족 in 정글」에 열광한 이유는 연예인이 극한 환경에서 생존하기 위해 고군분투하는 모습을 보고 거기서 감동을 얻었기 때문이다.

그렇다고 해서 출연자가 고통받는다거나 무작정 힘들어하는 걸 바라는 건 아니다.

그들이 힘든 일을 하고 그게 결실을 보며 성취감을 얻을 때 시청자들도 공감대를 형성하는 것이다.

그러나 지금 「자급자족 in 정글」 팀은 너무나도 여유로운 환경을 갖춰 둔 상태였고 이건 한수라는 개인이 합류하면서 벌어진 일이었다.

어느 정도 생존에 도움이 될 거라고 생각했지, 그가 철만보다 업그레이드된 생존 전문가일 거라고 누가 예상이나 했겠는가.

"그렇다고 진짜 오지로 보낼 수는 없잖습니까?"

그렇게 하기엔 출연자들의 안전이 위험했다.

모든 출연자가 한수나 철만처럼 생존 전문가인 건 아니었다.

그때 가만히 이야기를 듣고 있던 작가 한 명이 손을 번쩍 들어 올렸다.

"그럼, 이건 어떨까요?"

"홍식아, 왜? 뭐 좋은 생각 있어?"

"철만 족장도 번번이 실패한 거 있잖아요. 그걸 미션으로 주는 거죠."

"철만 족장도 실패한 거? 아, 황새치잡이?"

박 PD가 눈을 빛냈다.

그 뛰어난 생존 전문가 철만도 지난 5년 동안 수십 차례 인도네시아를 비롯해 남태평양 인근을 왔지만, 연거푸 실패한 미션이 하나 있었다.

그건 다름 아닌 황새치잡이였다.

황새치는 이곳 인도네시아 인근 해역에서 주로 볼 수 있는 물고기로 몸길이가 최대 445㎝까지 성장할 뿐만 아니라 체중은 540㎏에 달하는 대형 어류다.

흔히 바다의 검투사라 불리는 녀석으로 칼처럼 날카로운 주둥이에 포악한 성격으로 그 악명이 자자했다.

그렇다 보니 평소 낚시를 즐겨 하는 게스트가 합류하면 으레 하는 미션 중 하나가 바로 황새치잡이이기도 했다.

박 PD가 송 작가를 향해 물었다.

"송 작가, 한수 씨 낚시도 잘해?"

"낚시 잘한다는 이야기는 한 번도 못 들었어요. 아버지가 낚시에 취미가 있다고 하긴 했는데…… 설마 본인도 잘하겠어요?"

"그렇겠지? 저기에 낚시까지 잘하면 이건 뭐."

"그땐 진짜 베어 그릴스보고 내한하라고 해서 일대일로 생존 싸움 붙여야죠."

다들 헛웃음을 흘렸다.

생존, 집짓기, 요리 등 뭐 하나 못 하는 게 없는 만능 생존 전문가다.

거기에 낚시까지 성공한다면?

이번 재촬영분은 「자급자족 in 정글 : 강한수 편」이 되어버릴 게 분명했다.

"이따 출연자들 아침 먹고 나면 한번 떡밥 던져보자고. 그보다 미션 성공하고 실패할 때 각각 보상하고 페널티가 있어야 하지 않겠어?"

가만히 생각하던 송 작가가 번뜩이는 아이디어를 냈다.

"그럼, 우리 이렇게 해봐요."

다음 날 아침 「자급자족 in 정글」 출연자들이 잠에서 깼다.

부스스한 얼굴로 잠에서 깼지만, 그들의 표정은 밝아 보였다.

재촬영을 하기 전만 해도 그들은 걱정거리가 많았다. 특히 철만의 걱정이 가장 컸다.

5년 동안 몇몇 트러블이 생긴 적은 있어도 출연자들의 안전 문제가 터진 적은 한 번도 없었다.

그랬기에 한수와 수아가 걱정됐고 그들이 무사히 구출된 이후에는 「자급자족 in 정글」이 폐지될까 봐 불안했다.

5년 넘게 출연하며 「자급자족 in 정글」은 사실상 그의 인생 그 자체가 되었기 때문이다.

그렇게 철만이 잠에서 깼을 때 그는 모닥불 앞에 앉아 한창 요리 중인 형준을 볼 수 있었다.

"거기서 뭐 해?"

"아, 일어나셨어요? 아침 준비 중이에요."

"아침 메뉴는 뭔데?"

"어젯밤 말린 생선으로 맑은탕이라도 끓여볼까 하고요. 아무래도 새벽은 좀 쌀쌀하잖아요."

"애들 입맛에 맞출 수 있겠어? 어젯밤 한수 요리 먹고 나서는 다들 입맛이 완전 고급스러워졌던데."

철만의 농 섞인 말에 형준이 툴툴거렸다.

"그래도 둘째 형이 해주는 건데 맛있게 먹길 바래야죠."

철만은 그 말에 어깨를 으쓱해 보였다.

"걱정 마. 다들 잘 먹을 거야. 나는 잠깐 앞에 좀 나갔다 올게. 저번에 보니까 카사바가 좀 있더라고. 그것도 같이 구워 먹자."

그리고 철만이 정글 속으로 들어가려 할 때였다.

형준이 철만을 향해 물었다.

"형, 만약에……."

"어? 만약에 뭐?"

"이따가 물어볼게요."

"실없긴. 갔다 올게."

잠시 뒤, 철만이 정글에서 카사바를 캐왔다.

카사바는 열대 전역에서 발견할 수 있는 덩이줄기 식물로 고구마처럼 생겼다. 뿌리 부분이 식용으로 쓰이는데 불에 구우면 모양도, 냄새도 군고구마를 닮게 된다.

「자급자족 in 정글」 촬영을 하며 철만족이 가장 많이 즐겨 먹은 주식이기도 했다.

그러는 사이 다른 사람들도 하나둘 깨서 트리 하우스를 내려오기 시작했다.

형준이 새벽 일찍부터 일어나서 만든 생선 맑은탕에 철만이 캐온 카사바구이 등 푸짐한 아침상이 차려졌다.

석진이 맑은탕을 한 국자 떠먹으며 눈을 휘둥그레 떴다.

"와, 형준 형. 언제부터 이렇게 요리를 잘했어요? 아침부터 완전히 포식하는데요?"

"틈틈이 공부 좀 했지. 한수야, 입맛에 맞냐?"

"예, 정말 맛있는데요? 하루 이틀 공부한 게 아닌 거 같은데요?"

"크, 너희들이 내 노력을 알아주니까 좋다. 혜윤아, 넌 어때?"

"······먹을 만하네요."

"하여간. 그럴 때 맛있다고 해주면 어디 아프냐?"

혜윤은 그 말에 속으로 중얼거렸다.

'맛있어요.'

그렇게 따뜻한 국물과 구운 카사바로 허기를 채웠을 때였다.

정글을 헤치고 제작진이 철만족에게 다가왔다.

철만이 의아한 얼굴로 물었다.

"무슨 일 있으세요?"

박 PD가 싱긋 웃으며 입을 열었다.

"미션 전달하러 왔어요."

"미션요?"

"이번에도 한 번 도전해 보셔야죠. 안 그래요?"

「자급자족 in 정글」을 촬영하면서 생긴 철만의 별명 중에는 이런 것도 있다.

'포기를 모르는 남자.'

실제로 철만은 웬만한 미션은 한두 번 실패해도 끝까지 도전해서 성공하는 모습을 보였다.

그가 눈을 빛냈다.

"황새치잡이입니까?"

아직 성공하지 못한 유일한 미션.

박 PD가 고개를 끄덕였다.

"그렇습니다. 오늘 하루 황새치잡이를 해볼까 합니다. 다른 분들은 어떠세요?"

물을 싫어하는 형준 빼곤 다들 문제없다는 듯 오히려 투지를 불태웠다.

"대신 이번 미션은 성공할 경우의 보상과 실패할 경우의 페널티가 있습니다. 「자급자족 in 정글」 팀은 모두 다 하나니까 보상도, 페널티도 다 함께 받게 됩니다. 어떻습니까?"

철만이 신중한 표정으로 입을 열었다.

"보상은 뭐고, 페널티는 뭔지 알려주셔야 할 거 같은데요?"

"물론 알려드려야죠. 그리고 상의할 시간도 드릴 겁니다. 그런데 그전에 하나만 여쭤보고 싶은데요. 한수 씨, 낚시할 줄 아세요?"

사람들의 이목이 한수에게 집중됐다.

한수가 어색하게 웃었다.

"할 줄 알죠. 아버지 취미가 낚시인데요."

"……어, 음. 좋습니다. 우선 보상입니다. 보상은 황새치잡이에 성공할 경우 여러분 모두 돌아갈 때 비즈니스석에 앉아 가실 수 있습니다."

그 말에 「자급자족 in 정글」 팀 전체가 야단법석이 됐다.

철만이 박 PD를 보며 물었다.

"괜찮으시겠어요? 경비 만만치 않을 텐데……."

"그만큼 시청률이 잘 나와주지 않을까요? 하하. 지난 5년 동안 시청자들도 철만족이 언제쯤 황새치 잡나 간절히 바라고 있거든요."

어차피 피디는 시청률로 말하는 직업이다.

시청률만 잘 나오면 뭐든 용서된다. 괜히 악마의 편집이 나온 게 아니다. 편집을 쓰레기같이 해도, 그래서 출연자를 매장시켜도 시청률만 잘 나오면 인정받기 때문이다.

물론 박 PD는 그렇게까지 할 생각은 없었다. 그럴 위인도 안 됐다.

그렇지만 누구보다 더 철만족이 황새치를 잡길 바라는 것도 사실이었다.

"그보다 페널티는요? 페널티는 뭐죠?"

석진이 조심스럽게 물었다.

괜히 지난 5년 동안 황새치를 못 잡은 게 아니다.

페널티가 더 중요했다.

피디가 웃으며 말했다.

"페널티는 여러분 스스로 배를 만들어서 탈출하셔야 합니다. 지금 저희가 머물고 있는 섬까지만 넘어오신다면 탈출한 것으로 인정해 드리겠습니다."

"……미, 아니, 미안해요. 순간 욕할 뻔했네. 근데 뭐라고요? 배를 만들라고요?"

"피디님, 장난이 너무한 거 아닙니까? 비즈니스석 좋아요. 근데 배를 어떻게 만들어요!"

"아니, 배 만들어서 한국까지 가야 하는 것도 아닌데 뭘 그렇게 엄살을……."

박 PD가 형준과 투덕거렸다.

그때 고심 중이던 철만이 박 PD를 보며 말했다.

"피디님, 일단 저희끼리 회의 좀 하겠습니다. 그래도 괜찮겠죠?"

"예, 물론입니다."

"비공개회의니까 이건 카메라 없는 곳에서 따로 하겠습니다."

"예? 아니 굳이 비공개로……."

"저 혼자만 하는 거면 바로 도전하겠는데 우리 팀이 걸린 문제니까요. 그럼, 양해 부탁드리겠습니다."

그리고 철만은 팀원과 함께 카메라가 설치되어 있지 않은 정글 깊숙한 곳으로 들어갔다.

그들이 사라지고 송 작가가 박 PD를 보며 물었다.

"괜찮은 거예요? 만약 저랬다가 황새치를 잡기라도 하면 어쩌게요?"

박 PD가 떨리는 목소리로 대꾸했다.

"설마 잡겠어?"

"경비는 남았어요? 재촬영인 거 감안해야죠."

"……부장님이 메워주실 거야."

박 PD는 낙오 사고가 터지자마자 귀국길에 올랐던 송 부장을 생각했다.

프로그램의 제작, 연출을 맡는 게 PD라면 그 프로그램을 관리, 감독하는 게 바로 CP다.

「자급자족 in 정글」의 메인 피디는 박영식 피디고 CP는 송 부장, 송준근이다.

그런데 지금 이 정글에 송 부장은 없었다. 낙오 사고가 터지자마자 바로 한국으로 불려갔기 때문이다.

그 날 대기 발령이 떴던 박 PD는 낙오 사고가 해결되고 또, JS 엔터테인먼트가 어쭙잖은 수작을 부리다가 역공을 맞은 뒤로 한시적으로나마 대기 발령이 풀린 상태였다.

물론 귀국한 이후 박 PD도 징계를 받을 게 분명했다.

박 PD뿐만 아니라 「자급자족 in 정글」의 제작진 전원 다 징계가 예정되어 있었다.

"아마 귀국하면 송 부장님이 피디님 멱살 잡을지도 모르겠는데요?"

"……시청률이 장땡이래도."

그때 회의를 끝마친 듯 철만족이 다시 돌아왔다.

박 PD가 긴장의 끈을 바짝 조였다.

그 순간 철만이 입을 열었다.

"좋습니다. 이번 미션, 도전해 보겠습니다."

"정말……입니까?"

박 PD가 떨떠름한 얼굴로 철만을 쳐다봤다.

상식적으로 황새치잡이에 성공할 확률은 희박한 편이었다. 그런데도 무지막지한 페널티가 걸린 이 미션을 도전한다는 게 의아했다.

그랬기 때문에 일부러 보상을 세게 건 것이기도 했다.

어쨌든 도전한다고 했으니 박 PD로서는 더할 나위 없이 잘된 일이었다.

「자급자족 in 정글」인 만큼 철만을 포함한 팀원들은 자급자족하면 그만이다.

문제는 하루밖에 지나지 않았는데도 그들은 이미 지금 이 정글에 너무 수월하게 적응 중이었다.

그래서 분량을 뽑아낼 게 마땅치 않았고 그것 때문에 황새치잡이를 제안한 것이었다.

"좋습니다. 바로 출발하죠."

박 PD가 호기롭게 외쳤다.

그러면서도 그는 은근슬쩍 한수를 쳐다봤다.

'설마 낚시까지 잘하는 건 아니겠지?'

불안감이 스멀스멀 차오르고 있었다.

「자급자족 in 정글」 출연자들과 박 PD, 카메라 감독을 태운 커다란 트롤링 요트가 대양으로 나아가기 시작했다.

요트 선장이 한참을 달려 도착한 곳은 수마트라 인근 해역으로 갈매기 떼가 날아다니고 있었다.

이곳 수마트라섬은 인도양과 태평양이 만나는 해역으로 열대와 온대 해역 사이에 걸쳐 있는 황금 포인트라 할 수 있었다.

황금 포인트에 도착하자마자 석진이 두 팔을 걷어붙였다.

이번에야말로 황새치를 잡아서 자신이 차세대 정글 No. 2라는 걸 입증해 낼 생각이었다.

반면에 철만의 표정은 담담했다.

그동안 겪은 실패만 해도 여러 번이었다.

그렇다 보니 그는 마음을 비우고 있었다.

그렇게 돌아가던 카메라가 한수를 비췄다.

아버지 취미가 낚시라고 해서 아들도 낚시를 좋아한다는 보장은 없다. 또, 보통 저 나이 때는 낚시같이 무료한 취미보다 컴퓨터 게임을 좋아하게 마련이다.

카메라 감독이 그런 생각을 하며 한수를 앵글 속으로 넣었을 때였다.

찌이이이익—

요란한 소리가 울렸다.

동시에 릴이 풀리고 있었다.

'벌써? 설마?'

박 PD 눈이 휘둥그레졌다.

요란한 소리를 내며 릴이 풀리고 있었다. 릴이 풀리고 있다는 이야기는 간단히 말해서 물고기가 미끼를 물었다는 의미다. 그것을 본 요트 사장이 소리쳤다.

"Hey! You got it!(이봐! 너 잡았어!)"

그 말에 석진이 냉큼 달려들었다.

불끈불끈한 석진의 근육이 위용을 뽐었다.

"와, 이거 장난 아닌데?"

석진이 릴을 감으며 팽팽해진 낚싯대를 끌어당겼다.

트롤링 낚시의 묘미라고 할 수 있는 물고기와의 밀당 싸움이 시작된 것이다.

트롤링 낚시는 빠르게 달리는 요트에 미끼를 매달고 하는 낚시 방법의 하나로 계속해서 배가 달리는 가운데 낚시를 해야 한다.

그 특성상 배가 계속 움직여야 하다 보니 자그마한 파도에도 엄청 울렁거릴 수밖에 없고 멀미가 심한 사람은 그 짧은 시간도 견디기 힘들다.

실제로 멀미에 약한 형준 같은 경우 벌써 안색이 샛노란 게 죽으려 하고 있었다.

석진이 계속해서 릴링하고 있지만, 그의 표정이 어두웠다.

"이거 이상한데……."

당황하던 석진이 낚싯대를 들어 올렸지만, 황새치 대신 빈 인조미끼만 올라오고 있었다.

"어휴."

그것을 본 박 PD가 한숨을 토해냈다. 설마 벌써 잡는 건가 하고 바짝 긴장하고 있었던 그였다.

분량은 분량대로 못 뽑고 미션도 실패할 뻔했기 때문이다.

그러나 다행히 첫 물고기는 어종이 뭐였든 간에 놓친 듯했다. 카메라 감독도 놀란 듯 고개를 절레절레 저었다.

"진짜 위험했다."

덩달아 그가 들고 있는 카메라가 좌우로 흔들렸다.

그러는 중에도 요트는 쉴 새 없이 바다 위를 질주했다.

트롤링 낚시는 루어를 물고기로 착각하게 만들어야 하기 때문에 계속해서 배를 몰아야만 했다.

그렇다 보니 멀미가 심하게 날 수밖에 없었다.

녹다운된 형준 이후로 혜윤도 쓰러졌다. 강인한 여전사 혜윤이지만 그녀도 이렇게 장기간 계속된 멀미에 버텨낼 재간이 없었다.

이제 남은 건 정글 No. 1 철만과 No. 2 석진 그리고 새로운 신흥강자 한수, 이렇게 세 명뿐이었다.

어느새 트롤링 낚시를 시작한 지 두 시간이 훌쩍 지난 상태였다. 그동안 세 명은 단 한 마리도 낚질 못했다.

요트 사장이 눈살을 찌푸리며 영어로 말했다.

"보통 이런 여름철엔 황새치는 잡기 힘들어. 이맘때면 먹이활동 때문에 온대나 냉수역으로 이동하거든."

"그럼, 잡기 어려운 겁니까?"

한수가 능숙한 영어로 되물었다.

요트 선장이 쾌활하게 웃었다.

"그건 아니지. 여긴 열대역하고 온대역이 만나는 지역이거든. 그렇다 보니 잡히긴 잡히지. 대신 잡으려면 고생 꽤 해야 할 거야. 워낙 힘이 장사거든."

한수가 그 말에 눈매를 좁혔다. 자급자족이다 보니 남아 있는 식량은 얼마 없었다.

이러다가 저녁에 쫄쫄 굶게 되는 건 아닌가 걱정스러웠다. 한 마리라도 잡히길 바라는 수밖에 없었다.

하지만 선장 말대로 낚시는 시원찮았다. 오히려 형준과 혜윤 두 명이 멀미 때문에 곤욕을 치르고 있었다. 거기에 석진마저 비틀대는 중이었다.

박 PD가 철만에게 다가와서 말했다.

"일단 철수하시죠. 오후에 다시 나오더라도 지금은 끝내야 할 거 같습니다."

"휴, 알겠습니다."

요트 사장이 고개를 끄덕여 보인 뒤 다시 무인도로 배를 달렸다.

"이따 두 시간 뒤 다시 오겠소."

요트 사장이 떠난 뒤 철만은 팀원들을 이끌고 쉘터로 돌아왔다. 그러나 카사바와 바나나 몇 개가 그들에게 남은 식량 전부였다.

철만이 쓰러져 있는 팀원들을 보다가 한수에게 물었다.

"어쩔까? 차라리 트롤링은 포기하고 작살 낚시라도 해올까? 이러다가 저녁은 전부 굶게 생겼다."

"그래도 아직 포기하기엔 이르지 않을까요?"

"아까 선장이 지금은 물고기가 많이 없다고 했다며. 잡을 수 있을까?"

"끝까지 도전해 봐야죠."

한수가 힘주어 말했다. 가만히 한수를 보던 철만이 고개를 끄덕였다.

"그래, 한 번 더 도전해 보자."

"그래야 형답죠. 정 안 되면 새벽에 밤낚시라도 하죠."

"그래, 그러자."

결정을 내린 뒤 두 사람은 무전기로 제작진에 그들의 의견을 전달했다. 그리고 잠시 쉬면서 재차 기력을 보충했다.

두 시간 뒤 약속대로 요트가 도착했다.

이번에는 한수와 철만 두 사람만 요트에 올라탔다. 카메라 감독과 요트에 올라탄 박 PD가 근심 섞인 얼굴로 철만에게 물었다.

"철만 씨, 괜찮겠어요?"

"괜찮습니다. 뭣보다 우리 막내가 하자는데 꼭 성공해야죠."

한수가 그 말에 눈을 동그랗게 떴다.

사실상 지금 철만은 자신을 「자급자족 in 정글」 팀 막내로 받아들인 것이었다.

"좋습니다. 가보자고요."

"생각보다 되게 터프가이인데? 좋아. 가보자고."

흥에 겨운 요트 선장이 거칠게 배를 몰았다.

저 멀리 갈매기 떼가 날고 있는 지점이 보였다.

"자, 준비하라고."

동시에 요트가 그 위를 질주하기 시작했다. 요트에 매달린 루어들이 요란하게 움직이며 바닷속 물고기들을 유인했다. 얼마 지나지 않아 루어가 울어댔다.

찌이이익—

또 한 번 놈이 미끼를 물었다. 철만이 눈을 번뜩였다. 절호의 기회였다. 여기서 놈을 놓친다면? 언제 또 이런 기회가 찾아올지 알 수 없었다.

철만이 재빠르게 낚싯대를 잡고 릴을 감기 시작했다.

팽팽하게 낚싯대가 당겨졌다.

"으아."

철만이 이를 악물었다. 힘이 엄청나게 셌다. 그래도 그동안 「자급자족 in 정글」을 하면서 낚시를 배운 게 허투루 지나가진 않았다.

철만은 드랙 조절을 해주면서 릴링을 했다가 낚싯줄을 차고 나가면 잠시 내버려 두고 또 릴링하길 반복했다.

그렇지만 놈의 저항은 여전히 거셌다.

벌써 십오 분 넘게 힘겨루기 중인데도 불구하고 놈은 거칠게 몸을 비틀고 있었다.

무게가 450㎏이 넘는 대형 어종이다.

철만의 팔뚝에 혈관이 투둑 돋아났다. 릴링 중인 손가락이 통통 부었다. 잠잤다가 일어나면 물집이 잡힐 게 분명했다. 꼿꼿이 세운 허리에서 통증이 느껴졌다.

그렇지만 여기서 포기할 순 없었다. 5년 만에 찾아온 최고의 기회였다. 그러나 그한테도 한계가 오려 할 때 한수가 철만을 대신해서 낚싯대를 붙잡았다.

"제가 교대할게요."

한수는 철만의 낚싯대를 건네받고는 낚싯대의 탄력을 이용해 강하게 잡아당겼다가 살짝 낚싯대를 늦추면서 여유가 생긴 낚싯줄을 빠르게 감아 들였다.

낚시 베테랑인 카메라 감독 눈에 이채가 어렸다.

'펌핑(Pumping)?'

투툭―

팽팽하게 당겨진 낚싯줄이 끊어지려 하기 시작했다.

그러나 한수는 아랑곳하지 않은 채 긴장의 끈을 조였다. 낚싯대를 당겨 올렸다가 늦춰줄 때 릴링을 하며 계속해서 놈의 체력을 빼는 데 집중했다.

"후, 진짜 괴물 같은 놈이네."

한수가 거칠게 숨을 토해냈다.

바다의 왕자라고 불리는 참치보다 더한 놈이라고 하더니 그 힘이 장난 아니었다.

그러나 한수는 노련미를 발휘해서 끈질기게 사냥을 계속했다.

삼십 분이 넘어가고 한 시간이 다 되어갈 때까지 한수는 허리를 숙이지 않은 채 힘겨루기를 지속했다.

그러는 사이 놈도 조금씩 지치기 시작했다.

가만히 한수를 찍던 카메라 감독이 자신도 모르게 고개를 갸웃거렸다.

조금 전 그가 한수한테 본 건 '노련미'였다.

'노련미라고?'

한수의 나이 스물셋이다. 그런데 저 나이에 노련미가 느껴진다고?

익숙하지 않은 괴리감에 카메라 감독이 고개를 절레절레 저었다.

한수는 계속해서 펌핑을 거듭하며 놈의 저항을 최소한으로 줄이는 데 집중했다.

'잡았나?'

박 PD가 침을 꿀꺽 삼키며 한 시간 넘게 이어지고 있는 이 사투를 집중해 바라봤다.

그때 한수가 옆에서 쉬고 있던 철만을 향해 소리쳤다.

"형! 같이 잡아요!"

"뭐?"

철만이 당황한 얼굴로 한수를 쳐다봤다.

"원래 형 낚싯대였잖아요. 함께 고생했으니 함께 끝까지 잡자고요."

철만은 그 말에 몸을 일으켰다.

그리고 두 사람이 마지막 힘까지 발휘해서 놈을 끌어내기 시작했다.

점점 더 커다란 놈의 동체가 눈에 들어왔다.

여전히 놈은 반항하며 몸부림을 치고 있었다.

카메라로 그 광경을 담고 있던 카메라 감독이 가자미 눈보다 작은 눈을 크게 떴다.

엄청난 크기의 황새치가 바다 위에서 팔딱이고 있었다.

그대로 낚싯대를 보트 위로 올리는 데 성공한 한수와 철만이 한숨을 길게 내쉬었다. 가만히 그 광경을 지켜보던 요트 선장이 박수갈채를 보냈다.

"이렇게 판타스틱한 놈은 나도 처음 보는군."

어마어마한 크기의 황새치였다. 못해도 그 길이가 3.5m는 넘어 보였다. 박 PD와 카메라 감독도 감탄하며 계속해서 박수를 보냈다.

"진짜 해낼 줄은 몰랐네요."

"……비즈니스석 어떻게 하죠?"

"어쩌긴요. 일단 표부터 알아봐야죠."

"……망했네요."

박 PD 얼굴이 금세 침울해졌다. 정 안 되면 자신의 월급으로라도 끊어야 할 판국이었다.

한편 철만은 감격스러운 표정을 한 채 그대로 한수를 끌어안았다. 그는 진심으로 격앙되어 있었다.

그리고 이게 가능했던 건 한 시간 넘게 사투를 벌인 한수 덕분이었다.

"네가 해냈다!"

한수가 어깨를 으쓱해 보였다.

"제가 아니라, 모두가 해낸 거죠."

그랬다. 이건 두 사람의 승리였고 「자급자족 in 정글」 팀 전체의 승리이기도 했다.

박 PD는 뿌듯한 얼굴로 자축하는 그들을 바라봤다.

드디어 「자급자족 in 정글」 역사상 처음으로 황새치를 잡는 데 성공한 것이었다.

게다가 영화 뺨치게 박진감 넘치는 영상까지 얻었다.

편집을 어떻게 하느냐가 관건이겠지만 발로 편집해도 엄청난 퀄리티의 영상을 뽑아낼 게 분명했다.

한 마디로 이번 편은 대박이었다. 그렇게 그들은 커다란 황새치를 싣고 무인도로 향했다. 연락을 받고 해안가에 나와 기다리던 다른 팀원들은 요트에 실린 엄청난 크기의 황새치를 보며 혀를 내둘렀다.

"와, 이걸 둘이서 잡았다고요?"

형준이 조심스럽게 황새치를 위아래로 훑었다.

뾰족하게 날카로운 주둥이가 칼처럼 번뜩였고 몸과 등 쪽과 측면은 암갈색을, 배 쪽은 밝은 갈색을 띠고 있었다.

"와."

석진과 혜윤 두 사람도 어이없는 얼굴로 계속해서 황새치를 들여다보고 있었다. 설마하니 황새치마저 낚시에 성공할 줄은 예상치도 못했던 게 사실이었다.

그래서 부지런히 뗏목을 모아 배를 만들어서 탈출할 궁리 중이었는데 졸지에 비즈니스석을 타고 집에 돌아가게 되어버렸다.

그렇지만 그들에겐 정말 만족스러운 재촬영이었다.

그렇게 온갖 잡음 속에 시작했지만, 결과적으로는 대성공에 가까운 재촬영이 모두 끝났다.

남은 이틀 동안 잡아 온 황새치로 한수가 온갖 요리를 만들어냈고 그 이후에도 인도네시아에서만 서식하는 희귀 동물들을 찾아보는 등 유익한 시간을 보냈다.

그리고 「자급자족 in 정글」팀이 드디어 귀국할 시간이 되었다.

「자급자족 in 정글」팀은 덴파사르 공항으로 향했다. 그곳에 그들이 타고 갈 비행기가 있었다.

박 PD는 약속을 지켰다. 자신의 사비를 털어서 팀원들에게 비즈니스 항공권을 지급했다.

한수는 낙오됐을 때 휴대폰이 망가진 상태였다. 그렇다 보니 학교 선배들과 동기들, 그 누구하고도 연락이 닿지 않고 있었다.

부모님은 지난번에 통화해서 안심시키긴 했지만 일단 귀국해서 휴대폰부터 새로 개통해야 했다. 그 비용도 전적으로 방송국에서 부담하기로 한 상황이었다.

다른 팀원들도 상황은 매한가지였다. 그들도 지금 한국 사정이 어떻게 돌아가는지 제대로 알지 못하고 있었다.

재촬영하는데 모든 신경을 곤두세웠었고 그것 말고 다른 건 생각지도 않아서였다.

그렇게 「자급자족 in 정글」 팀을 태운 비행기가 인천국제공항에 들어서고 그들이 입국장으로 향할 때였다.

박 PD를 비롯한 제작진들도 재촬영하는 동안 그것에만 몰두하기 위해 휴대폰을 일체 꺼둔 채 촬영에만 온 힘을 기울이고 있었고 그래서 상황 파악이 느렸다.

그러다가 뒤늦게 인터넷으로 한국 상황을 파악한 박 PD가 다급히 한수에게 다가와서 말했다.

"한수 씨, 기자들이 갑자기 달려들어도 긴장하시면 안 됩니다."

"예? 그게 무슨 말씀이시죠?"

"무슨 일이 터진 모양입니다. 그게…… 우리 낙오 사고가 기자들 사이에 알려진 거 같습니다."

"뭐라고요?"

그때였다. 입국장으로 빠져나올 때 그 앞에서 벌떼처럼 대기하고 있던 기자들이 다른 누구도 아닌 한수를 향해 달려들었다.

그새 부쩍 가까워진 철만과 형준, 석진, 혜윤이 기자들을 막아섰지만, 기자들은 힘으로 그들을 몰아붙이고 있었다.

그리고 기자들이 한수한테 마이크를 들이대며 소리를 높였다.

"강한수 씨! 이번에 촬영하면서 낙오된 게 사실입니까?"

"배우 정수아 씨하고 3박 4일 동안 무슨 일이 있었습니까?"

"강한수 씨!"

이미 대한민국은 두 사람 낙오 사건으로 떠들썩한 상태였다.

CHAPTER
4

노래가 끝이 났다.

강 피디는 애절한 얼굴로 한수를 붙잡았다.

노래를 듣기 전까지만 해도 반신반의였다. 하지만 지금은 무조건 붙잡아야만 했다. 천부적인 모창 능력을 타고난 게 분명했다.

"박 팀장님!"

갑과 을이 바뀌었다. 3팀장이 뿌듯한 미소를 지었다.

그것도 잠시 3팀장이 헛기침을 하며 말했다.

"크흠, 일단 저도 회사하고 이야기를 해봐야 해서……."

"늦어도 이틀 내로 연락 주셔야 합니다. 진짜 박 팀장님만 믿겠습니다."

그때 한수가 문을 열고 밖으로 나왔다. 그가 강 피디를 보며 물었다.

　"어때요? 괜찮았나요?"

　"하하, 완벽했습니다. 한수 씨, 진짜 부탁 하나만 합시다. 꼭 좀 나와주십시오. 한수 씨가 필요해요."

　박 피디한테 한수는 이 퍼즐을 완성할 수 있는 마지막 한 조각이었다.

　여기서 한수가 출연한다면 「숨은 가수 찾기 : 임태호」는 마스터피스(Masterpiece)가 되겠지만 한수가 나오지 않는다면 어쭙잖은 쇼로 전락할 게 분명했다.

　그러나 3팀장은 끝내 확답을 주지 않았다.

　'내일 있을 전체 회의에서 검토한 다음 알려주겠다.'

　그게 3팀장이 마지막으로 하고 떠난 말이었다.

　이형석 대표를 시작으로 본부장, 팀장, 실장, 로드 매니저까지 다 합쳐서 수십 명이 넘는, 구름나무 엔터테인먼트의 모든 직원이 한자리에 모였다.

비좁은 회의실 안에서 그들은 이런저런 기획안을 꺼내놓고 곧장 회의에 돌입했다.

"TBC에서 개국 10주년 기념방송 한다는데, 신비 보고 엔딩 공연에 시상식까지 맡아달라고 연락 왔어요. 한 시간 오십 분짜리 생방송이고, 페이는 180이에요. 나쁘지 않을 거 같아 보여요."

"개국 10주년? 신비가 TBC에 출연한 적이 있었어?"

"예능에 몇 차례 나왔잖아요. 그 덕분에 예능 기대주라는 평가도 받았고요."

"좋아, 진행해."

그 밖에 여러 안건이 그들 입에서 나왔다가 흘러 지나가길 반복했다.

굵직굵직한 안건들이 여러 차례 지나간 뒤 조용히 앉아 있던 3팀장이 입을 열었다.

"OBC 강 피디님이 한수, 녹화 한 번 더 넣고 싶대요."

이 대표가 의아한 얼굴로 3팀장을 보며 물었다.

"응? 환이 녹화 다 끝난 거 아니었어? 재촬영하는 거야?"

"그건 아니고요. 다음 가수…… 아, 누군지는 말할 수 없고 어쨌든, 그 가수 편에도 출연시키고 싶다네요."

"한수가 그렇게 모창을 잘해? 뭐, 환이 노래는 기가 막히게 따라 부르긴 하더라."

이 대표도 전속계약을 맺고 한수의 노래 실력을 들은 적이 있었다. 윤환의 대표곡을 줄줄이 부르는 한수의 노래는 기가 막혔다.

원곡 가수인 윤환이 지금 녹음을 하고 있다고 해도 사람들이 믿을 만큼 빼어난 실력이었다.

문제는 다른 가수에게도 그게 통용되느냐 하는 여부다.

3팀장이 머리를 긁적이며 말했다.

"예, 진짜 죽이게 잘해요."

"응?"

"아씨, 또 전화 왔네. 오늘 새벽에 섭외 받고 출근해서 회의실 올 때까지 벌써 일곱 통 걸려왔어요. 어떻게 해요?"

"출연시켜. 강 피디도 생각하는 게 있으니까 출연시키자고 한 거겠지. 출연료는 네가 적당히 합의하고. 그것 말고 또 요구 사항 있어?"

"그건 아니고요. 한번 연기 테스트도 해봐도 될까요? 까면 깔수록 막 새로운 게 나와요. 진짜 양파 같은 녀석이라니까요."

우연히 윤환과 버스킹을 하며 알게 된 신인.

배우는 아니고 개그맨도 아니고 그렇다고 아이돌도 아닌.

아직 정체성이 모호한 녀석.

지금은 예능인? 예능 늦둥이? 그렇게 봐야 했다.

하지만, 그 깐깐한 강 피디가 저렇게 애걸복걸할 정도라면 뭔가 숨겨진 게 있다고 봐야 했다.

「자급자족 in 정글」을 연출한 박 피디도 이번 무인도 특집 편은 한수 특집이 될 거라고 했었으니까.

이 대표가 고개를 끄덕였다.

"좋아, 알아서 한번 주물러 봐. 뭐가 또 튀어나올지 지켜보 자고."

"예, 대표님!"

3팀장이 그 말에 미소를 지었다.

한편 한수는 오랜만에 쉬는 시간을 제대로 즐기고 있었다.

생각해 보면 기말고사 이후 여름방학이 되었지만 어떻게 된 게 학교 다닐 때마다 방학이 더 바빴다.

여름방학이 시작되자마자 「자급자족 in 정글」을 가야 했고 그 와중에 배가 전복되는 사고가 일어나며 한바탕 난리를 겪 어야 했다.

그 이후 「자급자족 in 정글」 재촬영을 해야 했고 재촬영이 끝난 뒤에는 귀국하자마자 「숨은 가수 찾기」 녹화를 했다.

잘하면 다음 주에도 또 한 번 「숨은 가수 찾기」 녹화를 하게 될지도 몰랐다.

어쨌든, 일이 많다는 건 좋은 일이었다. 일이 없어서 노는 것보다는 나았다.

그래도 일요일 하루, 휴일을 만끽하던 한수는 텔레비전을 확인했다. 생각해 보면 피로도를 쓸 겨를도 없이 바쁘게 움직여야 했다.

「자급자족 in 정글」을 하기 위해 열흘 넘게 자리를 비웠지만, 텔레비전은 멀쩡하게 작동하고 있었다.

한수는 리모콘을 만지작거리다가 오랜만에 자신의 능력을 점검했다.

현재 확보한 채널은 모두 여덟 개였다.

「EBS PLUS 1」, 「퀴진 TV」, 「K-POP TV」, 「IBC Sports」, 「대한경제 TV」, 「TBC」, 「Discovery」 그리고 「월척 TV」까지.

개중에서 「월척 TV」 같은 경우 낚시와 연관이 있는 채널이었다.

한수가 「월척 TV」를 확보하게 된 건 지난번 푸드 트럭 때의 일이었다.

당시 한수는 「경험치 2배」 보상을 받기 위해 푸드 트럭에 도전했고 다른 세 반을 꺾고 당당히 우승을 거머쥘 수 있었다.

그때 한수가 판매했던 양갈비로 만든 컵스테이크는 판매량이 다른 반과 비교하기 불가능할 만큼 엄청났다.

그렇게 퀘스트를 완수하고 보상을 받을 때 한수는 「경험치

2배 뿐만 아니라 최하위 채널 가운데 1개를 확보할 수 있는 보상도 얻을 수 있었다.

그래서 한수가 고른 게 바로 「월척 TV」였다.

그가 「월척 TV」를 고른 이유는 간단했다.

「자급자족 in 정글」에 나가는 게 확정되고 한수는 틈틈이 「자급자족 in 정글」을 찾아서 봤다.

그리고 낚시를 취미로 하는 게스트가 합류할 때면 낚시를 미션으로 주는 것도 알 수 있었다.

그랬기에 더 명성을 쌓기 쉽게 일부러 「월척 TV」를 획득한 것도 있었다.

그 이후 경험치를 확인했다. 그 순간 한수가 눈살을 찌푸렸다.

그동안 적절하게 써먹은 「퀴진 TV」, 「K-POP TV」, 「Discovery」, 「월척 TV」 등은 경험치가 큰 폭으로 올라있었다.

특히 「Discovery」 같은 경우 경험치 상승폭이 엄청났다. 아마 「자급자족 in 정글」을 촬영하면서 그와 관련 있는 행동을 했기 때문이리라.

반면에 경험치가 떨어진 것도 있었다.

「IBC Sports」와 「대한경제 TV」였다.

그것을 보며 한수는 꾸준하게 그 채널에 맞는 능력을 써먹지 못하면 경험치가 지속적으로 떨어진다는 걸 깨달을 수 있었다.

그나마 다행인 건 경험치를 15%, 혹은 50% 이상 쌓아뒀을 경우 그 이하로는 떨어지지 않는다는 점이었다.

「IBC Sports」 같은 경우 50% 밑으로는 감소하지 않고 있었고 「대한경제 TV」도 15% 이하로는 내려가지 않는 중이었다.

그렇게 확보해 둔 채널을 확인하고 또 어떤 채널을 확보해야 도움이 될지 고민하고 있을 때였다.

똑똑─

노크 소리가 들렸다.

"예, 들어오세요."

문을 열고 들어온 건 아버지였다.

"바쁘냐?"

한수가 아버지를 돌아보며 말했다.

"아뇨, 얼추 바쁜 일은 다 끝냈어요. 무슨 일 있으세요?"

"인마, 무슨 일이 있어야 널 찾아오냐?"

"그건 아니고……."

"안 바쁘면 오랜만에 부자끼리 놀러 갔다 올까?"

"지금요?"

한수가 시계를 확인했다.

일요일 오후 두 시. 놀러 갔다 오는 건 문제가 되지 않지만, 아버지는 내일 출근이다. 새벽이 되자마자 회사로 향하는 아버지이기 때문에 조금 근심이 됐다.

"내일 회사 출근하셔야 하잖아요. 괜찮으시겠어요?"

"그럼, 나 없다고 안 돌아가는 것도 아니고."

"좋아요. 낚시하러 갈까요?"

낚시라는 말에 아버지가 반색하며 물었다.

"괜찮겠냐? 그렇게 낚시가자고 해도 지루하다면서 안 가더니."

"예, 이제는 제가 아버지보다 더 잘 잡을걸요? 하하."

한수가 밝게 웃었다.

가만히 그 모습을 보던 아버지가 눈매를 좁혔다.

"음, 그건 안 될 말이지. 바다까지 가긴 좀 그렇고 근처 저수지에나 갔다 오자꾸나."

두 사람은 서울을 빠져나왔다. 그리고 서울 근교에 있는 저수지로 향했다. 차를 몰고 가던 아버지가 보조석에 앉은 한수를 보며 물었다.

"방송 녹화하고 온다더니 잘됐어?"

"예, 29일에 방송될 테니까 그때 한번 보세요."

"그 윤환이라는 녀석은 너한테 잘해주고?"

"예, 좋은 형이에요. 박 팀장님도 좋은 분이고요."

"그래, 요즘은 나아졌다고 하지만 결국 인맥이 중요한 거야. 좋은 사람이다 싶으면 두루두루 친하게 지내둬. 학교도 마찬가지고. 너 방송 촬영에 푹 빠져서 학교 공부 소홀히 하면 안 되는 거 알지?"

"예, 그럼요."

"두 마리 토끼는 한 번에 잡기 힘든 법이야. 그거 잡으려면 네가 부지런히 노력하는 수밖에 없어. 명심해 둬. 네가 알아서 잘하겠지만 그래도 걱정돼서 하는 말이야."

"감사합니다, 아버지."

한수가 고개를 꾸벅 숙였다.

그러는 사이 두 사람은 서울에서 조금 떨어진 곳에 있는 물왕 저수지에 도착했다.

대한민국 대통령의 전용 터가 있었다는 거로 유명했던 이곳은 서울에서 가깝고 물색도 좋아서 사람들이 많이 찾던 곳이었다.

하지만 꽤 오래전 유료 터로 바뀌었다. 게다가 주변 상가나 건설현장에서 내뿜는 각종 하수와 오염 물질로 인해 물이 썩어 퀴퀴한 냄새만 풍길 뿐이었다.

운전석에서 창문을 내리고 물왕 저수지를 둘러보던 아버지가 쓸쓸한 목소리로 중얼거렸다.

"옛날에만 해도 참 좋았는데. 사람 욕심이 다 이렇다. 그때는 한창 내 팔뚝만 한 붕어도 잡고 잉어도 잡고 송어도 잡고 그랬는데."

아버지는 꽤 넓은 자리에 차를 대고 유료 터 요금을 지불하고 왔다.

요금은 일 인당 2만 원. 낚시 방송에서는 연일 자막으로 수시 방류를 알리고 있었다.

두 사람은 잔교 좌대에 앉아 낚싯대를 드리운 채 입질이 오길 기다렸다.

그렇게 시간이 흐르고 난 뒤 한수가 아버지를 보며 물었다.

"요새 왜 그렇게 바쁘세요?"

한수가 방송 촬영으로 바쁜 사이 아버지도 무척 바빠 보였다. 요 며칠 전에는 어머니와 함께 동네 사진관에서 사진도 찍고 오셨었다. 그렇다 보니 한수도 무슨 일이 있는 게 아닌가 걱정하고 있었다.

말없이 낚싯대를 드리운 채 세월을 낚던 아버지가 한참 만에 조심스럽게 말문을 열었다.

"명퇴하게 됐다."

"예?"

한수가 놀란 얼굴로 아버지를 바라봤다.

"이번 달 말일이 회사 나가는 마지막 날이야. 그다음 주에 퇴임식하고 명예퇴직할 거다."

"……."

"괜찮아. 속이 시원해."

아버지의 목소리는 담담했다. 그러나 한수는 그게 진심이 아닌 걸 누구보다 잘 알고 있었다.

아버지는 늘 일선에 있는 걸 자랑스러워하는 분이었다.

새벽녘에 누구보다 일찍 일어나서 곧장 회사로 향하는 아버지의 어깨엔 세 식구가 항상 얹혀 있었다.

술에 취해 다음 날 새벽에 들어올 때쯤이면 아버지 손에는 항상 무언가 먹을 게 수북하게 담겨 있었다.

그러나 아버지는 단 한 번도 한수 때문에 버겁다고 말한 적이 없었다. 힘들다고 탓한 적도 없었고 묵묵히 자신에게 주어진 짐을 감당했다.

아버지는, 그는 우리 가족에게 위대한 분이었다.

한수가 입술을 깨물었다. 눈시울이 붉어졌고 눈물이 차올랐다.

그가 애써 화제를 돌렸다.

"사진관은 왜 가셨어요?"

"영정 사진으로 쓰려고."

"아니, 요새 백 살 넘게 거뜬히 사는데 그게 무슨 소리세요?"

"그래도. 명퇴하기 전에 찍어두면 더 좋게 그림이 나오지 않을까 싶어서. 어쨌든, 내가 괜한 말을 한 거 같다. 너무 걱정 마라. 누구나 다 시작이 있으면 끝이 있는 법이다."

"……."

낚시를 하러 왔지만, 한수는 아무것도 할 수 없었다.

아버지 앞에서 자랑하고 싶었던 낚시 실력을 뽐낼 기회는 전혀 없었다.

그러고 보니 점점 작아 보이던 아버지의 어깨는 움츠려져 있었고 유난히 얼굴을 덮고 있는 주름이 깊어 보였다.

오늘따라 아버지의 나이가 유독 많이 흐른 듯 보였다.

다음 날, 한수는 3팀장에게 전화를 걸었다.

"아, 한수 씨? 다른 게 아니라 숨은 가수……."

"3팀장님, 저 「숨은 가수 찾기」에 한 번 더 나가고 싶습니다."

"예? 진짜요?"

"대신 조건이 있어요. 피디님한테 꼭 좀 부탁드려 주세요."

"그게 뭔데요?"

"일단 방청권 두 장하고요. 4라운드 끝나고 앵콜 곡 하잖아요. 그때……."

가만히 한수가 원하는 조건을 듣고 있던 3팀장이 의아한 얼굴로 물었다.

"한수 씨, 아버님 무슨 일 있어요?"

IBC 예능국 편집실은 오늘도 불이 꺼지질 않고 있었다.

며칠 전「자급자족 in 정글」재촬영을 끝내고 찍어온 영상을 편집해야 했기 때문이다.

4박 5일짜리로 9부작에서 11부작을 만들어야 하는 만큼 그들의 고뇌는 이루 말할 수 없었다.

출연자들이 4박 5일 동안 고생해서 찍은 영상이다. 뭐 하나 버리기 아깝지만, 방송을 위해 가장 좋은 것 이외에는 버려야 했다.

그러나 편집을 하면 할수록 편집 중인 피디가 힘들어지는 이유는 따로 있었다.

그가 눈매를 좁히며 재차 편집하려 할 때였다.

그보다 연차가 많은 피디가 편집실 문을 열고 들어왔다.

"편집은 잘되어 가냐?"

"아, 그게……."

"왜? 뭐가 문제인데?"

"어, 음, 한번 보실래요?"

선임 피디가 편집 중이던 영상을 확인했다.

이제 막 시작했기 때문에 분량은 얼마 되지 않았다.

그러나 영상을 보던 선임 피디가 눈살을 찌푸렸다.

원래 점심시간만큼은 동기들과 어울려 함께 점심을 먹는 그이지만 오늘 그는 회사에 남아 컵라면에 김밥으로 허기를 때우고 있었다.

그가 자청해서 회사에 남은 이유는 하나였다.

며칠 전 정수아 전 매니저의 친구가 팬포럼에 남긴 글 때문이었다.

그 글 때문에 팬포럼은 한동안 폭격 맞은 참호처럼 난리가 났고 그 여파는 지금도 여전했다.

정진성은 인터넷 홈페이지를 연 다음 주소창에 홈페이지 주소를 입력하고 엔터를 눌렀다.

즐겨찾기는 당연히 하지 않고 자동입력조차 삭제했을 만큼 그의 행동은 용의주도했다.

잠시 뒤 화면에 새하얀 페이지가 뜨고는 눈부시게 아름다운 배우 정수아의 얼굴이 모습을 드러냈다.

그는 마우스를 옮겨 정수아 얼굴을 클릭했다.

3, 2, 1.

짧은 시간이 지나고 정수아 팬포럼이 그 앞에 모습을 드러냈다.

팬포럼의 중추라고 할 수 있는 자유게시판에는 숱한 글이 올라와 있었다. 그는 BEST 표시가 되어 있는 글 하나를 클릭했다.

어젯밤 자취방에서 회사 업무를 마무리하는 대신 작성한 장문의 글이었다. 그 글 제목은 「우리의 여신 정수아를 지키기 위해 앞으로 우리가 해야 할 행동 강령」이었다.

옆에 빨갛게 뜬 몇백 개가 넘는 코멘트창을 클릭했다.

아침에 출근해서 잠깐 업무를 보는 사이 십여 개가 넘는 코멘트가 새로 달려 있었다.

─이분 누군지 몰라도 JS에서 공채 들어가야 하는 거 아니냐?

─형! 저 방금 IBC 방송국 게시판에 글 남기고 왔어요!

ㄴIBC, 지상파라고 너무 막 나가는 거 아닌가요? 저도 글 남기고 옴.

ㄴㄴ저도요. 다들 고생하시네요. 맛있는 밥 챙겨 드시면서 하세요!

그는 심호흡한 뒤 키보드 위에 손을 올려놓았다.

타닥타닥─

자판이 눌렸다. 그리고 그가 등록 버튼을 눌렀다.

─글쓴이입니다. 다들 감사합니다. 조금 더 힘내봅시다!

그렇게 댓글을 달고 팬포럼에 새로 올라온 글이 없나 확인하기 위해 F5를 눌렀을 때였다. 화면이 멈추고 DB에러 발생했다. 이건 사이트 접속자가 폭주할 때 간혹 뜨는 에러였다. 그렇지만 이 시간은 접속자가 늘어날 시간대가 아니었다. 보통 퇴근 시간 이후 팬포럼이 빈번하게 움직이지 지금은 조용해야 옳았다.

'설마 누가 테러라도 왔나?'

문득 그런 생각이 들었다.

누군가, 어쩌면 IBC의 사주를 받고 누군가 디도스 공격을 한 것일지도 몰랐다.

정진성이 눈매를 좁혔다.

그리고 재차 새로 고침 버튼을 누르고, 이십여 분쯤 지났을 때 다시 팬포럼이 정상적으로 돌아왔다.

그런데 1페이지에 이상한 글들이 눈에 띄었다.

「저 오늘부로 탈덕합니다.」

「저도요. 정수아 팬질 관둡니다.」

「정수아 팬질한 내 인생 아깝다. XX」

「와, 다시 봤다.」

「그렇게 숱하게 루머 뜰 때도 안 믿었는데.」

「내일 또 올게요. 욕 한 아름 들고.」

정진성은 이해할 수 없다는 얼굴로 팬포럼 분위기를 살폈다.

불과 이십여 분 전까지만 해도 정수아를 응원하고 그녀를 동정하는 여론이 많았는데 그 여론이 단숨에 뒤집혔다.

도대체 이십여 분 사이에 무슨 일이 있었기에?

정진성은 2페이지, 3페이지를 클릭했다.

그리고 네 번째 페이지에서 그는 원하는 걸 찾아낼 수 있었다.

「대박! 유튜브에 지금 동영상 뜸. 빨리 보러 가셈.」

제목 안 본문에는 달랑 링크 하나만 있었다.

그는 곧장 링크를 클릭했다. 그리고 동영상 길이부터 확인했다.

4시간 30분. 무려 270분짜리 동영상이다.

'도대체 이게 뭐기에……'

망설이던 그는 재생 버튼을 클릭했다.

재생 버튼을 클릭하자마자 청초하고 새초롬하며 가녀리고 또 청순한 정수아 얼굴이 나타났다.

"어?"

의자에 살짝 허리를 기대고 있던 그가 90도로 세워 앉았다. 그리고 모니터 화면에 시선을 고정시켰다.

CD보다 더 작은 크기의 얼굴에 오밀조밀 이목구비가 뚜렷하게 들어차 있었다.

그래서 누군 그녀를 외계인이라고 부른다지만 그건 갖지 못한 자의 시기와 질투에 지나지 않았다.

그때였다.

셀카 찍듯 자신을 찍던 정수아가 카메라 앵글을 돌렸다.

이국적인 열대 지방의 풍경이 카메라에 잡혔다. 곳곳에 야자수 나무가 기다랗게 서 있고 저 멀리 바다와 하늘이 맞닿은 수평선이 눈에 들어왔다. 가슴이 뻥 뚫리는 기분에 정진성이 입가에 미소를 그리며 생각에 잠겼다.

언젠가 이런 곳을 정수아와 함께 올 수 있다면 그 이상 아무것도 바랄 게 없을 것만 같았다.

그때였다.

화면이 돌아가고 낯선 남자의 얼굴이 앵글에 들어왔다.

어디선가 많이 본 익숙한 얼굴.

정진성이 눈매를 좁혔다.

3박 4일 동안 자신의 여신과 함께 무인도에 갇혀 있던 그 오체분시에 거열형을 해도 모자를 그 썩을 놈이 분명했다.

"저 새끼가 감히⋯⋯."

이미 팬포럼에서 그의 성명과 생년월일, 학력, 주소 등 모든 인적사항이 빼곡하게 공개되어 있었다. 몇몇은 찾아가서 반쯤 죽여놓겠다는 등 협박 섞인 글을 올리기도 했다.

그 정도로 정수아 팬들은 단단히 화가 난 상태였다.

자신들의 여신을 톱스타가 아닌 웬 오징어한테 빼앗긴 듯한 느낌이었으니까.

그러다가 화면이 흔들리는가 싶더니 카메라가 고정됐다.

그리고 정수아가 휘청거리며 남자에게 걸어가는 모습이 잡혔다.

그런데 뭔가 이상했다.

아마 이때쯤 저 남자가 정수아한테 저 더러운 손을 뻗어야 맞는데 그런 일은 일어나지 않았다.

두 사람이 나누는 대화가 작게 들렸다.

그러나 굳이 스피커 볼륨을 키울 필요는 없었다. 이 영상을 올린 사람이 친절하게 그 아래 자막을 달아 놓은 상태였다.

"왜 하필 당신하고 여기 갇힌 거냐고요! 어떻게 할 거예요?"

"구조대가 곧 올 겁니다. 조금만 참고 기다리면……."

"내가 왜 당신하고 여기서 같이 지내야 하는 건데요!"

"휴, 지금 이렇게 입씨름할 시간 없습니다. 일단 빨리 쉘터부터 만들고 그런 다음 식량을 챙겨야 합니다."

"쉘터는 무슨. 나한테 가까이 오지 마요. 그랬다간 귀국하자마자 고소해 버릴 거예요."

"전 당신한테 관심 없습니다. 몇 번을 말합니까? 그냥 제가 하는 일에 방해만 하지 않으면 됩니다."

짧은 신경전이 오고 간 뒤 남자가 서둘러 움직였다. 그러고는 어디선가 나무를 잘라 와서는 뚝딱뚝딱 집부터 짓기 시작했다.

마치 수십 번 이런 일을 해온 것처럼 그의 손놀림은 정확했고 불필요한 동작 없이 생존을 위해 움직이고 있었다.

그는 이곳이 회사고 그가 점심시간 동안 짬 내서 인터넷을 하고 있다는 사실마저 잊은 채 유튜브 영상에 빠져들었다.

그렇게 이십 분 정도 지났을 때 쉴 새 없이 움직이던 사내가 잠시 멈춘 채 휴식을 취했다.

그동안 앵글에 잡히지 않고 있던 정수아가 불쑥 나타났다. 그리고 그녀가 한수에게 삿대질하며 소리쳤다.

"당신이 꾸민 일이지!"

"무슨 말입니까?"

"지금 당신이 하는 거 봐. 일부러 당신이 배 전복시킨 거 아니냐고! 아니면 어떻게 이런 식으로 능숙하게 집을 지을 수 있는 건데?"

"어릴 때부터 베어 그릴스가 나오는 텔레비전 프로그램을 즐겨 봤어요. 거기서 공부한 겁니다."

"……웃겨!"

"촬영 끝날 때까지, 아니, 촬영이 끝난 이후 다시 보게 되도

전 당신 몸은커녕 털끝 하나 손대지 않을 겁니다. 애초에 당신은 내 취향이 아니거든요."

"뭐? 뭐라고!"

정진성도 눈매를 좁혔다. 지금 배우 정수아가 자신의 취향이 아니라고 한 거야? 설마? 저 남자가 뭘 믿고 저렇게 나대는 거지?

그때 정수아가 남자를 노려보며 소리쳤다.

"네가 뭔데! 한국이었으면 넌 진즉 사형이야! 어디 주제도 모르는 게 덤벼. 너 같은 애들 상대하느라 얼마나 피곤한지 알아? 내가 한국에서 팬 미팅하면 주제 파악도 안 되면서 손 한번 잡아보겠다고 난리야. 그런데 뭐? 내 취향이 아니라고?"

"다시 한번 말하지만, 그렇습니다. 저는 독이 든 사과는 먹고 싶지 않거든요."

"한국 가면 두고 보나 봐. 어떻게든 너 매장시켜 버릴 거야! 각오해!"

딸깍–

정진성은 침을 꿀꺽 삼켰다. 목울대가 파르르 떨렸다. 그는 이어폰을 빼고 심호흡을 했다.

조금 전 정수아가 한 말, 그 말이 자꾸 귓가를 맴돌고 있었다. 팬 미팅하면 주제 파악도 안 되면서 손 한번 잡아보려고 난리라고.

설마 그 주제 파악도 안 되는 게 바로 나인 건 아닐까.

정진성은 갑자기 차오르는 눈물에 입술을 깨물었다. 십 년 넘게 남몰래 해오던 자신의 취미가, 삶의 원동력이 송두리째 부정당하는 느낌이었다.

그때 점심을 먹고 들어온 회사 동료들이 진성을 보며 물었다.

"정 대리, 그걸로 되겠어?"

"컵라면에 김밥이 뭐야? 우린 정 대리가 여자친구 만나서 맛있는 거 먹으러 가는 줄 알았는데."

그때 진성을 빤히 쳐다보던 입사 동기가 눈을 휘둥그레 떴다.

"정 대리 울었어?"

"대리님, 괜찮으세요?"

"아, 저, 저는 괜찮습니다."

정진성은 손사래를 치며 그들을 밀어냈다. 칫솔을 들고 사라지는 회사 동료들을 보던 정진성이 입술을 꾹 깨물었다.

그것도 잠시 그는 다급히 작업 창 아래로 내려놨던 인터넷 창을 다시 불러왔다.

4시간 30분짜리 유튜브 동영상, 아직 이십 분밖에 안 지났을 뿐이다.

그는 올린 사람을 확인했다.

「구름나무 엔터테인먼트」

한류 스타 윤환이 소속되어 있는 국내 굴지의 기획사 중 한
곳이다. 이곳에서 올린 거면 누군가 악의적으로 편집했을 가
능성도 작다고 봐야 했다.

그때 가장 많은 추천을 받은 댓글이 눈에 띄었다.

　－이따가 2부 올라옵니다. 다들 보고 공유 부탁드려요.

「구름나무 엔터테인먼트」에서 직접 올린 댓글이었다.

그는 입술을 깨물었다가 조심스럽게 그 아래 댓글들을 확
인했다.

　－와, 진짜 개소름. 내가 아는 그 정수아 맞음?

　－인간성 대박. 같이 돕지는 못할망정 저게 말이 됨?

　－지금 이십 분 정도 보고 있다가 혈압 올라서 잠시 일시 정
지 버튼 누름. 와, 욕만 나온다.

　－톱스타들은 다 저런 정신병 걸림? 이해 안 가네.

　－정수아 아역 배우 출신이잖아요. 자기 잘난 맛에 살 텐데
그러려니 해야죠.

　－일반인 참가자가 성희롱했다고 난리 피던 수아즈(Sua's)는

사과해야 하는 거 아님? 이거만 보면 정수아가 깽판 친 건데?

　─곧 고소미 먹을 듯. 신상 다 퍼지고 난리던데.

　그는 팬포럼으로 다시 넘어왔다.

　BEST 상위권을 차지하고 있던 글들이 우루루 삭제되고 있었다.

　그뿐만이 아니었다.

　일반인 참가자 강한수의 신상을 올렸던 글도, 그의 중학교, 고등학교 졸업사진을 올린 글도, 모든 글이 빠르게 지워지고 있었다.

　그는 자신이 썼던 BEST 글을 재차 확인했다.

　코멘트가 더 달려 있었다.

　─성지순례 왔다 갑니다.

　─IBC에서 곧 고소장 접수한다네요. 인실X 겪을 듯.

　─빨리 글 지우세요! IBC에서도 강경 대응한대요.

　─제가 법대 나와서 아는데요. 이거 업무방해에 명예훼손에 모욕죄 등등 다 집어넣을 수 있음.

　└저 아까 게시글 하나 올렸다가 지웠는데…… 저도 형사 처벌당할 수 있나요?

　└└게시글 뭔데요?

정진성은 마우스를 옮겼다.

그리고 망설이지 않고 [삭제] 버튼을 클릭했다.

다음 날, 그다음 날까지 계속해서 유튜브에 270분짜리 무편집 동영상이 줄기차게 올라오기 시작했다.

동시에 여론이, 뒤바뀌고 있었다.

IBC를 성토하고 한수를 오체분시하고 거열형에 처한 뒤 십자가에 매달고 불태워도 부족하다고 난리 피던 정수아의 팬클럽 수아즈(Sua's)를 시작으로 악플이 급격하게 줄어들었다.

그 대신 정수아를 비난하고 헐뜯고 그녀의 평소 됨됨이를 뒤늦게 폭로하는 사람들이 늘어났다.

가면은 산산조각 부서졌고 민얼굴이 드러났을 때 누구 하나 그녀를 옹호하는 사람은 없었다.

"뭐, 꼴좋게 됐지."

"그러게. 꼬리가 길면 밟힌다니까?"

"그동안 제이에스가 잘 커버했지. 뭐, 제이에스도 제대로 융단폭격 맞았던데? 초기 진화 제대로 못 했다고 말이야."

"이십 분쯤 됐을 때 정수아가 한 말이 유독 깼어. 아역 때부터 응원해 온 팬들 깡그리 무시한 발언이었잖아. 난 아직도 소름 돋는다, 얘."

"그런 애가 한둘이야? 편지 읽지도 않고 버리는 애들이 얼마나 수두룩한데. 다 드러나지 않아서 모르는 거지."

"「자급자족 in 정글」팀은 어떻게 되는 거야? 다들 징계받는데?"

"몰라. 윗선에서 그 일로 시끌벅적한가 봐. 천재지변으로 인한 자연재해로 인정할지 아니면 박 피디가 무리하게 촬영 진행하다가 벌어진 일로 매듭지을지 고민 중이라는 거 같더라."

IBC 방송국 안은 여전히 어수선했다.

백이면 칠십은 정수아 이야기였고 나머지 삼십은 「자급자족 in 정글」팀 이야기였다.

그럴 수밖에 없었다.

요 며칠 동안 대한민국을 뜨겁게 달군 사건이었다.

초기, 배우 정수아한테 유리하게 흘러가던 여론은 3일 동안 구름나무 엔터테인먼트에서 올린 7편의 동영상으로 단숨에 뒤집혔다.

자막만 입혀졌을 뿐, 편집 하나 되지 않은 동영상 속에서는 배우 정수아가 낙오된 3박 4일 동안 일어난 일의 진상이 낱낱이 드러나 있었다.

난리도 아니었다. 수백만 명이 가입되어 있던 정수아 팬덤 수아즈(Sua's)는 갈기갈기 찢겼고 코어 팬들마저 등을 돌렸다.

그러나 누구 하나 그녀를 옹호하지 않았다. 그녀를 동정하는 여론마저 깡그리 사라진 상태였다.

팬을 무시했다. 주제 파악도 못 하고 손을 잡으려 한다며 카메라 앞에서 소리쳤다. 그건 톱스타라 할지라도 절대 해선 안 되는 경솔한 발언이었다.

물론 정수아는 이게 카메라로 찍히고 있다는 것조차 까맣게 잊어버리고 있었지만.

"한수 씨, 고소는 저희 쪽에서 준비 중이니까 신경 쓰지 마세요. 대부분은 합의금 받고 끝날 테고 몇몇 악질 놈만 끝까지 갈 거예요."

"예, 부탁드릴게요."

IBC 로비를 지나며 한수가 고개를 꾸벅 숙였다.

험상궂은 3팀장이 그 말에 미소를 지었다.

두 사람이 동행 중인 이유는 간단했다.

그날 구름나무 엔터테인먼트 측에서 유튜브에 동영상을 업로드해 준 뒤 한수는 전속계약을 맺었다.

구름나무 엔터테인먼트는 이 바닥에서 열 손가락 안에 드는 대형 엔터테인먼트 기획사였다. 또, 소속되어 있는 연예인도 모두 이름값이 높았다.

한수는 전속계약을 맺으면서 조건을 하나 달았다.

방학 때만 일하는 것으로.

그런 조건을 단 이유는 간단했다.

아직 한수는 대학생이었다. 그가 재수를 결심하고 수능을 다시 본 이유도 명문대학교에 진학하고 싶어서였다.

그런데 이제 고작 1학기를 다녔는데 그만둘 수는 없었다.

한수는 캠퍼스 라이프를 즐기면서 연예계 생활은 틈틈이 할 생각이었다.

"인사위원회에서 한수 씨는 그냥 겪은 거 그대로 이야기하면 돼요. 어차피 한수 씨는 피해자 자격으로 온 거니까 부담 가질 필요 없어요."

"예."

한수가 고개를 끄덕였다.

두 사람이 지금 IBC에 온 건 인사위원회 때문이었다.

지난 7월 초, 인도네시아에서 촬영 도중 배가 전복되는 사고가 일어났고 인명 피해는 없었지만 두 명이 낙오됐다가 3박 4일 만에 구조되는 일이 있었다.

그것이 천재지변이었다고 해도 프로그램 출연자의 안전을 책임져야 하는 건 제작진이고 그들은 자신의 책무를 소홀히 했다고 봐야 했다. 그래서 인사위원회가 열린 것이었다.

회의실 안으로 들어오니 적지 않은 사람이 자리해 있었다. 「자급자족 in 정글」의 CP 송 부장과 박 피디뿐만 아니라 송 작가와 철만도 만나볼 수 있었다.

위원회 위원이 자리에 앉은 한수를 보며 말했다.

"강한수 씨, 인도네시아에서 한「자급자족 in 정글」촬영 도중 낙오된 사건에 대해 상세하게 설명해 주길 바랍니다."

한수는 일절의 과장 없이 그가 겪은 일을 소신껏 밝혔다.

그 뒤로 몇 가지 질문이 더 이어졌다.

한수의 증언이 끝난 뒤 그는 밖으로 나왔다. 3팀장이 밖에서 그를 기다리고 있었다.

"이제 곧 결과 나올 거예요. 가장 중요한 피해자 한 명은 잠적했으니까요."

3팀장이 대수롭지 않게 말했다.

'가장 중요한 피해자'는 배우 정수아를 일컫는 말이었다.

그러나 그녀는 유튜브 동영상이 뜨고 팬포럼이 마비될 때쯤 아예 소식이 두절 됐고 얼마 뒤 그녀가 뉴욕행 비행기를 탔다느니 런던행 비행기를 탔다느니 하는 뜬소문이 퍼져 버렸다.

그게 사실인지 아닌지는 모르지만, 오늘 인사위원회에도 불참한 걸 보면 그녀 소식이 아예 끊긴 건 사실인 듯했다.

"신경 쓰지 마요. 이 바닥에서 갑자기 연락 두절 되는 거 하루 이틀 일이 아니니까."

톱스타라고 해서 다를 건 없다. 그들 모두 대중의 관심과 사랑을 받을 때 비로소 이름을 알린다. 어느 순간 그게 끊기면 그들은 더 이상 스타가 아니게 된다.

잠시 뒤, 인사위원회가 끝이 났다.

송준근 CP와 박영식 피디를 비롯한 「자급자족 in 정글」 제작진이 후련한 얼굴로 나왔다.

한수가 그들에게 다가가서 물었다.

"징계, 받으셨어요?"

"한수 씨가 잘 해명해 준 덕분에 다행히 감봉으로 끝났어요."

박 피디가 밝게 웃어 보였다.

"아, 우리 부장님은 2개월 정직이에요. 당연히 무급이고요."

"시끄러워! 그보다 너, 출연자 전부 다 비즈니스석으로 끊었다며? 사실이야?"

"그게 약속이고 또……."

"이 자식이!"

"시청률만 잘 나오면 되잖아요! 충분히 잘 뽑을 자신 있다니까요."

"프로그램 폐지나 방송 중지는 없나 보죠?"

"예. 뭐, 요새 주춤하고 있지만, IBC에서 내세울 만한 게 우리 프로그램밖에 없잖아요. 하하."

박 피디가 어깨를 으쓱했다.

한심하다는 얼굴로 박 피디를 쳐다보던 송 부장이 먼저 자리를 떴다.

그때 함께 회의실에 있었던 철만이 그들에게 다가왔다. 그리고 한수를 보다가 박 피디를 향해 물었다.

"피디님, 한수는 어떻게 하실 거죠?"

"그러게요. 그런데 한수 씨 이번에 구름나무 엔터테인먼트하고 전속계약 했다면서요? 사실이에요?"

옆에 서 있던 3팀장이 대신 대답했다.

"예, 사실입니다."

"아, 박 팀장님 맞으시죠? 저번에 우리 프로그램에 윤환 씨 섭외할 수 있게 도와달라고 했더니 거절하시고…….."

그러고 보니 윤환이 「자급자족 in 정글」에 출연하게 될지도 모른다고 했던 게 떠올랐다.

"그때 스케줄이 좀 빡빡했어요."

"그러다가 정수아 씨가 대신 합류하게 되는 바람에…….."

윤환의 대타가 정수아였구나.

결과적으로는 윤환이 출연하지 않으면서 정수아가 대신 「자급자족 in 정글」에 나오게 되고 일이 꼬여 버린 셈이다.

"어쨌든 부탁 하나만 더 할게요. 한수 씨, 우리 「자급자족 in 정글」에 고정으로 넣고 싶거든요. 가능하겠죠?"

"어, 그런데 한수 씨는 저희하고 계약할 때도 방학 때만 활동하고 싶다 했는데요?"

"그럼, 우리 촬영하고 겹칠 때도 있는데…….."

박 피디가 말끝을 흐렸다.

그런 박 피디를 보며 한수가 말했다.

"……저 이미 막내 아니었습니까?"

다른 프로그램은 몰라도 「자급자족 in 정글」은 끝까지 함께 할 생각이었다. 첫 예능이면서, 동시에 한수에게는 이래저래 의미가 많은 예능이었으니까.

「자급자족 in 정글」은 4박 5일 정도 촬영한 분량을 쪼개서 9부작에서 11부작으로 방영하는 방송이었다. 그렇다 보니 다음 촬영까지는 못해도 2달 넘는 시간이 남아 있었다.

아마 그때쯤이면 2학기가 개강할 테지만 중간고사나 기말고사 기간만 아니라면 촬영을 다녀오는 건 어렵지 않은 일이 될 터였다.

한수는 집으로 돌아왔다.

휴대폰은 새로 산 상태였다. 그리고 그가 휴대폰을 쓰지 못한 일주일 가까이 적지 않은 소식이 쌓여 있었다.

그래도 길벗반 동기를 비롯한 선배 대부분은 한수를 응원했고 한수가 정수아를 성추행했다는 소문이 돌 때도 그 믿음을 저버리지 않았다.

한수에게는 그런 그들의 마음 씀씀이가 여러모로 고마웠다. 그만큼 한수가 학교에서 구설수에 오를 만한 일을 저지르지 않은 것도 있었지만.

반면에 부모님은 일이 터진 뒤 한동안 엄청나게 스트레스를 받았다. 수능 만점을 받고 한국 대학교에 입학한 효자가 하루아침에 국내외로 유명한 톱스타를 성추행도 모자라 성폭행했다는 소문이 돌았으니 마음고생이 얼마나 심했을지는 안 보고도 훤히 알 수 있는 일이었다.

　　그렇다 보니 한수가 구름나무 엔터테인먼트하고 전속계약을 맺겠다고 했을 때도 제일 반대가 심했다. 어머니는 물론 자유 방임주의에 가까운 아버지마저 우려를 표했을 정도였다.

　　다행히 구름나무 엔터테인먼트가 이번 일을 해결하는 데에 많은 도움을 주었기에 한수가 계약할 수 있었다.

　　귀국한 지 닷새가 지나고 대한민국을 떠들썩하게 했던 이 사건도 어느 정도 잠잠해졌을 때.

　　윤환이 한수를 위해 일거리 하나를 물어왔다.

　　구름나무 엔터테인먼트 사옥 5층.

　　3팀장실에는 지금 세 사람이 앉아 있었다.

　　3팀장 박석준과 배우 윤환, 그리고 일반인 강한수.

　　이들이 이 자리에 모인 건 윤환 섭외 건 때문이었다.

윤환을 섭외한 건 종편 채널 가운데 한 곳인 OBC였다. OBC에서 윤환에게 섭외 전화를 한 프로그램은 「숨은 가수 찾기」였다.

「숨은 가수 찾기」는 일반인 중에서 뛰어난 모창 능력자를 찾는 프로그램으로 벌써 시즌 3가 제작 중일 만큼 인기 많은 예능 프로그램 가운데 하나였다.

윤환 역시 섭외를 긍정적으로 생각하고 있었다.

그런데 그들이 한수를 부른 건 올해 초 한수가 윤환과 함께 했던 버스킹 무대가 기억에 남아 있어서였다.

3팀장이 한수와 줄기차게 계약하고자 했던 것도 그날 버스킹 이후 한수에게 제대로 꽂혀서였고 만약 그를 예능 프로그램에 내보낸다면 「숨은 가수 찾기」가 가장 제격이지 않을까 생각 중이었다.

"그럼, 윤환 형 편에 저도 출연하는 거죠?"

"예, 맞아요. 한수 씨, 노래 잘 부른다면서요. 이번 기회에 저 녀석 콧대 좀 한수 씨가 꺾어줬으면 좋겠어요."

"실제로 가수를 제치고 우승한 사람도 있나요?"

3팀장이 고개를 끄덕였다.

"그럼요. 꽤 있죠. 왜요? 우승하고 싶어요?"

"뭐, 그것도 나쁘진 않죠."

한수가 밝은 얼굴로 웃었다.

윤환이 두 사람 말에 인상을 구겼다.

"누구 맘대로 우승하게 내버려 둘 줄 알고. 저번에도 말했지만 한수, 얘는 아직 자신의 목소리를 제대로 낼 줄 모른다니까?"

"야, 이게 무슨 「마스크싱어」냐? 이건 「숨은 가수 찾기」야. 모창 잘하면 끝이야. 어쩌면 한수가 너보다 네 노래를 더 잘 부를지도 몰라. 한류 스타 윤환, 「숨은 가수 찾기」에서 충격 패배. 이런 기사 뜨면 그것도 나름 재밌겠다. 안 그래?"

"음, 완벽한 내 이미지에 흠집이 갈 수도 있는데?"

"완벽은 개뿔. 그런 놈이 허구한 날 술 마시고 주정을 부리냐?"

"……인정."

"그럼, 섭외 수락하고 한수 씨도 출연 가능한지 한번 알아볼게요."

"예, 알겠습니다."

3팀장이 OBC 쪽과 통화하는 사이 윤환이 한수를 툭툭 치며 말했다.

"야, 형이 너 꽂아준 거야. 알았어?"

"하하, 고마워요. 형."

"됐고. 출연료 나오면 소고기 한번 사. 아, 그리고 너 살살 불러."

"살살요?"

"그래, 가수가 탈락하면 되겠냐? 그게 얼마나 쪽팔린 일인데. 안 그래?"

"……그건 생각 좀 해볼게요."

한수가 어깨를 으쓱했다. 「자급자족 in 정글」은 빨라야 올해 10월 방송을 탈 예정이다.

반면에 이번 「숨은 가수 찾기」 같은 경우 늦어도 9월 이전에는 방송에 나올지도 모른다.

물론 「자급자족 in 정글」은 지상파, 「숨은 가수 찾기」는 종편이라는 점에서 파급력이 다르고 또, 정수아 사건 때문에 그 화제성에서도 차이가 있겠지만 이왕이면 다홍치마라고 더 많은 명성을 쌓아두는 건 여러모로 좋은 일이다.

특히 이번 일을 겪고 난 뒤 한수는 명예 포인트를 써서 특별한 혜택을 얻을 수 있다는 걸 알아냈기 때문이다.

윤환이 섭외를 확정 짓고 얼마 지나지 않아 OBC에서 연락이 왔다. 직접 한수를 만나서 노래를 들어보고 싶다는 연락이었다.

OBC에 찾아갔을 때 한수는 그곳에서 메인 피디와 콧수염을 기른 한 남자를 만날 수 있었다.

"강한수 씨, 맞으시죠? 「숨은 가수 찾기」의 연출을 맡고 있는 강석태라고 합니다. 제가 강한수 씨를 보자고 한 건 얼마

만큼 모창할 수 있는지 알아보고 싶어서예요. 이분은 우리 프로그램의 보컬트레이너 조찬성 씨예요."

"처음 뵙겠습니다. 강한수입니다."

"조찬성입니다. 그럼, 바로 시작할까요?"

그리고 그들은 녹음실로 이동했다. 그곳에서 한수는 곧장 윤환의 대표곡 중 하나인 「소주 한잔」을 부르기 시작했다.

그렇게 노래가 끝났을 때.

두 사람은 어이없는 얼굴로 한수를 빤히 쳐다보고 있었다.

"……유튜브에서 버스킹 영상 보고 짐작은 했지만 이건."

강 피디가 떨떠름한 얼굴로 중얼거렸다.

옆에 서 있던 조찬성도 혀를 내둘렀다.

"진짜 이 정도면 청중들은 알아맞히지 못할 수도 있을 거 같군요. 허허, 만약 저분이 얼굴을 가리고 있었으면 윤환 씨라고 해도 믿었을 겁니다."

그들은 헤드셋을 벗고 있는 한수를 보다가 녹음실에 앉아 있던 다른 사람들을 보며 물었다.

"어때? 구분하겠어?"

"……이걸 어떻게 구분합니까?"

엔지니어들도 혀를 내둘렀다.

그들은 청음만 수십 년째 해온 베테랑이다. 그런 그들의 귀를 속일 만큼 한수의 노래 실력은 빼어났다. 아니, 정확히 이야기한다면 빼어나기보다는 윤환과 똑같았다.

방금 한수는 윤환의 창법을 똑같이 따라 불렀기 때문이다.

그때 한수가 녹음 부스에서 나왔다.

강 피디가 반색하며 한수에게 말했다.

"커피라도 한잔하시죠."

"예, 저야 좋습니다."

한수는 녹음실 밖으로 나왔다. 그때 저 멀리 허겁지겁 달려오고 있는 남자가 보였다. 3팀장이었다.

"윤환 형은 어쩌고요?"

"환이는 지금 스케줄 중이에요. 아무래도 당분간은 한수 씨부터 제가 챙겨야 할 거 같아서요. 노래 불렀어요?"

"예, 두 분이 제 실력 좀 보고 싶다고 하셔서요."

3팀장이 어깨를 으쓱하며 물었다.

"어떻습니까? 강 피디님."

"대단하네요. 버스킹 영상을 몇 차례 보긴 했어요. 정말 똑같이 따라 하기에 윤환 씨가 우리 프로그램 나오면 꼭 섭외해야겠다고 생각했는데…… 구름나무에 소속되어 있을 줄은 몰랐네요."

"얼마 전에 전속계약했어요."

"어쨌든, 이 정도면 저희가 절하고 나와달라 사정해야 할 정도죠. 출연료도 다른 분들보다 1.5배는 더쳐드리겠습니다."

그래 봤자 얼마 안 되는 돈이다.

한수는 아직 무명이기 때문이다.

그런데도 강 피디가 이렇게 신경 써주는 건 그가 구름나무 엔터테인먼트 소속이기 때문이다.

그때였다. 3팀장이 심술궂게 웃으며 물었다. 가뜩이나 험상궂은 그의 얼굴은 더욱더 구겨졌다.

"버스킹 영상 보셨다고 하셨는데 환이랑 노래 부르는 것만 보신 겁니까?"

"그렇죠. 아무래도 그게 워낙 유명하다 보니⋯⋯."

"으흠, 그렇군요. 앞서 부른 노래는 못 들으셨나 보네요?"

3팀장이 별거 아닌 척하며 이렇게 묻는 건 그럴 만한 이유가 있어서다.

"앞서 부른 노래요? 그런 것도 있었어요?"

"예,「바람 기억」도 불렀었습니다."

한수가 고개를 끄덕이며 말했다.

"그랬어요? 그럼, 진작 말씀해 주시지. 그래도 한번 들어볼 수 있을까요?"

그때 3팀장이 그들 대화를 가로막았다.

"그건 다음에 듣기로 하죠. 그럼, 출연은 확정된 겁니까?"

"예, 사흘 뒤 촬영 당일 일산에서 뵙겠습니다."

촬영 일정이 모두 잡혔다.

촬영 일자는 7월 15일, 「숨은 가수 찾기 : 윤환」편이 방송을 타게 되는 건 7월 29일이었다.

7월 15일이 되었다.

한수와 윤환은 흰색 스타크래프트 밴을 타고 일산으로 향했다. 오늘은 빛마루 방송 센터에서 「숨은 가수 찾기」 방송 녹화가 있는 날이었다.

윤환이 밴 안에서 한수를 보며 심각한 어조로 말했다.

"한수야, 적당히 불러. 알았지?"

"형, 시즌1에서 시즌2까지 원곡 가수가 탈락한 적이 딱 네 번 있대요. 이번에 형이 다섯 번째가 되어보는 건 어때요?"

"너 죽을래? 이 자식이 말이야. 같은 소속사 선배를 위해서 네가 좀 희생하는 게 맞는 거 아니냐?"

"희생은 무슨. 제가 어떻게든 형 떨어뜨릴 거니까 기대하세요. 흐흐."

"……꿀꺽."

윤환이 침을 삼켰다.

「숨은 가수 찾기」 섭외가 들어왔을 때만 해도 한수와 함께 출연했으면 좋겠다고 생각했다. 그러나 막상 이렇게 촬영을 함께 하게 되자 부담스러울 수밖에 없었다.

그가 곡을 얼마나 무지막지하게 기존 가수처럼 소화하는지 잘 알고 있다. 그렇다 보니 이래저래 걱정이 될 수밖에 없었다.

'설마 1라운드나 2라운드에서 내가 탈락하진 않겠지.'

윤환은 속으로 혼잣말을 중얼거렸다.

괜히 예능 프로그램에 출연하기로 한 건가 하는 생각이 들 정도였다.

그러는 사이 저 멀리 빛마루 방송 센터가 보이기 시작했다.

오후 다섯 시, 백 명의 판정단이 입장을 시작하고 「숨은 가수 찾기」 연예인 패널들까지 모두 착석한 뒤 본격적으로 녹화가 시작됐다.

원래 오후 여섯 시부터 시작되어야 맞지만, 이런저런 준비때문에 녹화는 일곱 시 무렵이 되어서야 진행되었다.

그동안 분위기를 띄워놓고 있던 사전 MC가 내려가고 시즌 1부터 지금까지 계속 MC를 맡고 있는 신현호가 무대에 올라왔다.

「숨은 가수 찾기」 방송 녹화가 본격적 시작되었다.

신현호가 유려한 말솜씨로 오늘의 가수를 소개했다.

특별한 음색, 탁월한 감성, 한류 스타 등 갖은 수식어가 덧붙여졌고 그 소개가 끝난 뒤에야 이름이 불렸다.

"그렇습니다! 오늘의 숨은 가수, 윤환 씨를 소개합니다!"

그와 함께 방청객 사이에서 요란한 함성이 터져 나왔다.

"안녕하세요, 가수 윤환입니다."

그리고 한참 동안 신현호와 윤환이 서로 입담을 주고받으며 인터뷰를 이어나갔다.

그때 신현호가 윤환을 보며 짓궂은 얼굴로 물었다.

"오늘 제가 여기 오기 전에 제작진한테 들은 이야기가 있어요. 저 커튼 뒤에 정말 엄청난 모창 능력자가 한 분 계시다고 하더라고요. 사실인가요?"

"……음, 사실입니다. 솔직히 말하면 진짜 저하고 완전 똑같이 부릅니다. 우리 소속사 사람들도 헷갈릴 정도예요. 하하."

웅성웅성-

방청객 쪽이 시끌벅적해졌다. 얼마나 모창을 잘하기에 윤환이 직접 그런 말을 하는지 궁금할 정도였다.

"그럼, 오늘 우승은 자신 있으십니까?"

"그분만 안 나왔어도 제가 우승할 거라고 자신 있게 말할 수 있는데…… 이거 좀 어렵네요."

윤환이 어색하게 웃었다.

그때 연예인 패널 중 평소 윤환하고 친분 있는 가수가 입을 열었다.

"윤환 씨 목소리가 얼마나 유니크한데요. 솔직히 저는 오늘 윤환 씨가 나온다길래 김이 팍 샜습니다. 윤환 씨 목소리는 쉽게 따라 할 수 있는 게 아니거든요. 아마 윤환 씨가 무조건 우승하리라 생각합니다.”

신현호가 눈매를 좁히며 대꾸했다.

“그럴 리가요. 우리 제작진이 야심 차게 준비한 모창 능력자가 한 분 있다고 합니다. 어, 음, 김현수 씨가 맞힐 수 있을지 없을지 기대해 보겠습니다.”

“제가 이래 봬도 윤환하고 이십 년 지기 친구입니다. 무조건 맞혀보겠습니다.”

자신만만해 하는 신현호의 다짐을 끝으로 1라운드가 시작됐다.

무대 뒤로 돌아나간 윤환도 방 한 곳으로 들어갔다.

1번 방에서 6번 방까지.

한 명의 원곡 가수와 다섯 명의 모창 능력자가 대기하는 사이 첫 번째 노래가 흘러나왔다.

1라운드 미션 곡은 윤환의 1집에 수록되어 있는 「이미 나에게로」였다.

그를 대표하는 발라드곡으로 이 곡에는 또 다른 비하인드 스토리가 하나 숨겨져 있었다.

윤환의 실제 경험담이 녹아 있는 노래로 그를 사랑에 빠져들게 만든 사람의 이야기를 그대로 풀어쓴 곡이었다.

또, 그때 사랑했던 여자의 이름이 노래 제목에 담겨 있어서 더 큰 충격을 줬던 노래이기도 했다.

그 순간 첫 번째 방에 있던 남자가 호소력 짙은 목소리로 노래를 부르기 시작했다.

이 꿈이 멎어버린 순간에 난 깨닫고 널 생각해.

연예인 패널들은 물론 방청객들도 눈썹을 꿈틀거렸다.

묘하게 빠져들게 만드는 목소리였다.

그렇게 한 소절이 끝나고 다음 방에 있는 참가자가 연달아 노래를 불렀다.

그렇게 1절이 끝난 뒤 투표가 시작됐다.

방청객들이 서로를 쳐다봤다.

생각보다 훨씬 더 어려웠다.

연예인 패널들의 표정에도 당혹감이 짙게 어렸다.

윤환의 이십 년 지기라던 김현수도 놀란 표정이 역력했다.

1번부터 6번까지.

개중에서 방청객을 혼란스럽게 만들고 있는 건 1번과 4번, 그리고 6번이었다.

분명, 이 셋 중 한 명이 윤환인 것 같은데 도대체 누가 진짜 윤환인지 분간할 수 없었다.

"투표가 모두 끝났습니다. 그러면 결과를 한번 공개해 보겠습니다."

동시에 전광판에 숫자가 떠올랐다.

가장 많은 표를 받은 건 3번 참가자였다. 그리고 3번 참가자의 얼굴이 공개됐다. 그는 이십 대 후반의 공무원 시험 준비생이었다.

그는 평소 윤환의 노래를 들으며 공부에 열중했고 필기시험은 합격했으며 이제 면접을 준비하고 있다고 밝혔다.

그때 4번 방이 열리고 윤환이 걸어 나왔다.

김현수의 얼굴에 낭패가 어렸다.

그것을 본 MC 신현호가 웃으며 물었다.

"김현수 씨, 1라운드 때 윤환 씨가 4번인 거 맞히셨습니까?"

"그게 어⋯⋯."

김현수가 말끝을 흐렸다.

"설마 못 맞히신 겁니까?"

"진짜 윤환 씨가 4번 방에서 부른 거 맞습니까? 1번이 윤환 씨 아닙니까?"

"그럴 리가요. 윤환 씨는 계속 4번 방에 있으셨습니다."

그리고 대형 전광판을 통해 윤환이 4번 방에서 열창하는 모습이 보였다.

김현수가 눈살을 찌푸렸다.

1라운드부터 예측이 틀리고 만 것이다.

윤환이 공시생인 1라운드 탈락자한테 면접에 꼭 합격했으면 좋겠다고 훈훈한 덕담을 건넨 뒤 2라운드가 시작됐다.

2라운드 미션 곡은 「날 닮은 너」였다.

이번에도 다섯 명의 참가자가 노래의 1절을 나누어 불렀다.

간주가 흐르는 사이 투표가 이루어졌다.

이어 2절 노래를 부르면서 다섯 명의 참가자 정체가 공개됐다.

참가자들을 본 사람들이 눈을 휘둥그레 떴다.

많은 사람은 윤환이 2번 방에서 노래를 부른다고 생각하고 2번에 투표를 한 상태였다.

그런데 윤환은 의외로 1번 방에서 걸어 나왔다.

그 대신 2번 방에서 걸어 나온 건 이십 대 초반으로 보이는 대학생이었다.

그때 소요가 일었다. 몇몇 판정단이 그를 알아본 것이었다.

"그 정수아하고 낙오됐던 그 남자 아니야?"

"맞는 거 같은데? 그 사람 맞지?"

"그러고 보니 윤환하고 버스킹도 같이 했다고 하지 않았어?"

"어, 맞아. 나 오늘도 유튜브 보고 왔는데……."

판정단이 시끌벅적해졌다.

그리고 남은 세 사람도 장막을 걷고 걸어 나왔다.

동시에 노래가 끝났다.

윤환을 제외한 남은 네 명은 탈락하기 전에는 말을 할 수 없게 되어 있었다.

투표 결과가 공개되고 탈락자가 나왔다. 40대의 변호사가 탈락자석으로 자리를 옮긴 뒤 신현호가 전체 득표수를 확인했다.

"와, 대박."

"말도 안 돼!"

"4라운드였으면……."

"근데 너무 똑같은 거 아니야?"

가장 많은 득표수를 받은 건 4번 참가자였다. 그리고 가장 적은 득표수를 받은 건 2번, 한수였다. 한수가 받은 표는 0개. 반면에 윤환이 받은 표는 5개였다. 만약 이게 4라운드였다면 윤환이 탈락했을 가능성도 있는 것이었다.

"윤환 씨, 기분이 어떠십니까?"

"휴, 이 녀석 보고 살살해 달라고 했는데 전혀 제 말을 들어먹질 않네요. 이러다가 다섯 번째로 탈락한 원곡 가수가 될까 봐 걱정입니다."

"음, 분발하셔야 하겠는데요? 제가 봐도 윤환 씨가 떨어질 것처럼 보이거든요. 김현수 씨는 어떻게 보셨습니까?"

"마, 말도 안 됩니다! 일반인은 이걸 절대 구분할 수 없어요. 이십 년 넘게 음악만 해온 저도 구분이 불가능한데…… 이건 저분한테 무조건 상금 주겠다는 의도 아닙니까?"

"그럴 리가요. 그러면 3라운드, 시작하겠습니다."

3라운드 미션 곡은 「슬픈 혼잣말」이었다.

2라운드를 통과한 네 명이 전반부 노래를 불렀다. 그리고 후반부 노래를 부르면서 네 명의 정체가 공개됐고 모창 능력자들도 각자 자신의 소개를 하기 시작했다.

한수도 스스로 소개했다.

"한국 대학교에 재학 중인 강한수입니다. 오늘 윤환 님을 꺾고 반드시 제가 우승을 차지하겠습니다."

그리고 마지막으로 한 명이 더 탈락한 뒤, 4라운드가 시작됐다.

모두 세 명이 전반부 노래를 불러야 하고 이번에는 간주 중 가장 원조 가수 같은 1인에게 투표를 해야 했다.

4라운드 미션 곡은 윤환을 이 자리에 있게 한 대표곡 「소주 한 잔」이었고 정말 부르기 어려운 노래였다.

동시에 최종 라운드가 시작됐다.

그리고 전반부가 끝나고 간주가 시작될 무렵 1번 방부터 3번 방까지 각 방 위에 붙어 있는 전광판의 숫자가 차곡차곡 오르기 시작했다.

백 명의 판정단.

최종 숫자는 1번 방이 48, 2번 방이 49, 3번 방이 3이었다.

간주 동안 투표가 끝나고 2절이 시작됐다.

떠나는 그대 얼굴이 마치 처음과 같아서 나 눈물이 났어요.

판정단 모두 두근거리는 마음으로 커튼이 쳐져 있는 3개의 빨간색 부스를 바라봤다.

이제 곧 우승자가 누군지 결정이 날 것이다.

신현호도 침을 꿀꺽 삼켰다.

각 부스에 누가 들어가 있는지는 알고 있지만, 투표 결과는 그도 모른다. 투표는 순전히 판정단이 내리는 것이고 자신은 그것이 집계된 이후에나 확인이 가능해서다.

그때 3번 방 커튼이 젖혀졌다. 그리고 젊은 사내가 걸어 나왔다.

"3번 방에서 노래를 부른 분은 조형근 씨였습니다!"

중소기업에서 대리로 재직 중인 일반인 참가자 조형근.

그의 표정에서는 아쉬움이 가득 묻어 나오고 있었다. 오랜 시간 윤환을 흠모했다는 그는 3표밖에 받지 못했다는 걸 정말 아쉬워하고 있었다.

조형근이 탈락자석으로 이동했고 이제 남은 부스는 두 개가 되었다.

1번 방은 48표. 2번 방은 49표를 획득했다.

과연 윤환은 이 무대에서 우승을 차지할 수 있을까?

아니면 강한수가 원조 가수 윤환을 꺾고 우승하게 될까?

그것이 밝혀지기까지 남은 시간은 단 1분.

그렇게 「소주 한 잔」 무대가 끝이 나고 동시에 두 부스의 커튼이 걷혔다. 그리고 그곳에서 두 사람이 나란히 걸어 나오기 시작했다.

비명이 터졌고 곳곳에서 경악이 이어졌다.

녹화가 끝났다.

여섯 시간 가까이 이어졌던 녹화로 다들 파김치가 되어 있었다. 오늘 참가했던 백 명의 판정단은 바쁘게 빛마루 방송 센터를 빠져나가기 시작했다.

그러나 새벽녘인 탓에 막차는 끊긴 지 오래였다.

그렇지만 그들의 얼굴에는 환한 미소가 가득 했다.

천금을 주고도 사기 힘든 진귀한 경험을 오늘 했기 때문이다. 정말 엄청난 무대를 두 눈으로 직접 보고 두 귀로 들었다.

특히 우승자가 결정되고 난 뒤 했던 앵콜 곡 무대는 예술 그 자체였다.

한편 녹화가 끝난 뒤 한수도 윤환과 함께 집으로 돌아가려 할 때였다.

"한수 씨! 강한수 씨!"

다급히 한수를 찾고 있는 사람이 있었다.

그는 「숨은 가수 찾기」의 연출을 맡고 있는 강 피디였다.

"피디님, 저를 찾아야지 왜 이 녀석을 찾는 겁니까?"

윤환이 툴툴거리며 강 피디를 쳐다봤다.

그제야 강 피디가 머쓱하게 웃으며 고개를 꾸벅 숙였다.

"고맙습니다. 오늘 윤환 씨가 나와준 덕분에 분위기가 엄청 좋았어요. 아마 2주 뒤 방송 타면 난리 날 겁니다. 기대하셔도 좋아요."

"편집이나 잘해줘요. 그보다 얘는 왜요?"

윤환이 한수를 힐끗 보며 강 피디에게 물었다. 그리고 윤환이 고개를 갸웃거렸다.

강 피디는 마치 세계 7대 불가사의를 바라보는 듯 어처구니 없고 당혹스러운 눈동자로 한수를 쳐다보고 있었다.

"강 피디님?"

"아, 내 정신 좀 봐. 다른 게 아니라 뭐 좀 확인하고 싶은 게 있어서요."

"말씀하세요, 피디님. 듣고 있습니다."

한수가 밝게 웃어 보였다. 여섯 시간 넘게 녹화하면서 계속 노래를 부른 탓에 살짝 지친 상태였다.

강 피디도 그것을 아는 듯 곧장 본론으로 넘어갔다.

"아까 전에요. 버스킹할 때 「바람 기억」도 불렀다고 하셨죠?"

"예, 그랬었죠."

한수가 고개를 끄덕였다.

5개월 전쯤 한수는 「K-POP TV」 승급 심사 조건 때문에 홍대에서 버스킹을 한 적이 있었다.

홍대에서 버스킹을 하며 백 명 이상의 청중을 모으는 게 당시 목표였고 한수는 그보다 훨씬 많은 청중을 끌어들이는 데 성공했었다.

그러다가 노래 중간에 윤환이 난입해서 함께 2절을 부른 게 인연이 되어 이렇게 호형호제하는 사이까지 이른 것도 그때 일이었다.

'서윤이는 미국에서 잘 지내고 있으려나?'

학기 초 개강하고 얼마 되지 않아 유학한다면서 곧장 미국으로 떠나 버린 서윤.

그녀는 그 이후로 소식이 끊긴 채 연락 한 통 없었다. 잘 지내고 있을지 걱정스럽기도 하고 또 궁금했다.

"누가 영상 촬영했었나요?"

"글쎄요. 저도 잘 모르겠어요. 그냥 퀘…… 버스킹 한번 해 보고 싶어서 무작정 간 거였거든요. 촬영은커녕 장비도 빌려서 한 걸요?"

"어, 음, 이 사람이 한수 씨 맞죠?"

강 피디가 휴대폰을 건네 보여줬다.

거기엔 한수가 듬성듬성 들어찬 사람들 사이에서 「바람 기억」을 부르고 있는 게 흐릿하게나마 보이고 있었다.

음질도 좋지 않고 화질도 360p로 별로 좋지 않았지만, 한수는 누군가 자신을 찍은 영상임을 알 수 있었다.

"이거 게시자가 누구죠?"

"글쎄요. Jessi Lee? 제시 리라는군요. 교포인가?"

"어, 일단 제가 맞긴 맞습니다."

한수가 고개를 끄덕였다.

"역시 한수 씨가 맞군요. 사실 녹화하기 전에 틈틈이 유튜브를 찾아보다가 아까 박 팀장님이 했던 말이 생각나서 찾아봤는데 진짜 영상이 있긴 있더라고요. 그래서 들었는데 저는 원곡 가수인 권빈 씨가 노래 부른 줄 알았어요."

"그 정도는 아니에요."

당시엔 경험치도 적은 편이었고 또 숙련도도 높지 못했다. 그래도 많은 사람이 호응했던 건 결과론적으로는 윤환이 난입한 덕분이었다.

"음, 한수 씨 혹시 다음 주에도 녹화 가능하세요?"

"예? 제가요?"

"네."

잠시 머뭇거리던 강 피디가 윤환 눈치를 보기 시작했다.

윤환이 눈매를 좁히며 말했다.

"저 그렇게 입 가볍지 않거든요. 그냥 편하게 말하세요."

"그게…… 잠시 자리 좀 옮기시죠. 죄송합니다, 윤환 씨. 제가 한수 씨하고 긴밀하게 나눌 이야기가 있어서요."

한수를 끌고 사라지는 강 피디를 보며 윤환이 인상을 구겼다.

"그래, 난 이미 잡힌 물고기라 이거지? 쳇."

그러나 방송 녹화는 모두 끝난 상황.

인제 와서 출연을 번복할 수도 없는 일이었다.

강 피디가 한수를 끌고 온 곳은 빛마루 방송 지원 센터에 마련되어 있는 녹음실이었다.

그곳에서 강 피디가 한수를 보며 물었다.

"한수 씨, 임태호 씨 알죠?"

한수가 반색하며 대답했다.

"당연하죠. 대한민국에 임태호 씨 모르는 사람 있으면 간첩이죠."

임태호.

대한민국의 국보급 보컬리스트로 R&B, 발라드, 록 등 다양한 장르를 소화해 내는 가수이자 대중은 물론 평단에서도 인정받는, 가수 중에서는 사실상 끝판왕이라 할 수 있다.

갑작스럽게 나온 임태호 이야기에 의아해하던 한수가 설마 하는 얼굴로 강 피디를 쳐다봤다.

머뭇거리던 강 피디가 고개를 끄덕였다.

"맞아요. 다음 주에 임태호 씨가 출연하세요. 아마 그때쯤 기사도 터질 거고요. 그래서 혹시 하는 생각에 여쭤보는 건데, 한번 불러볼 수 있어요?"

한수는 곰곰이 생각을 헤집었다. 생각해 보면 텔레비전을 통해 임태호의 노래를 여러 차례 들었다.

그가 출연했던 예능 프로그램에서 부르는 노래도 들었고 음악 프로그램에 나와서 부른 것도 들은 적이 있었다.

또 개중에는 특집 방송이라고 해서 과거 임태호의 헤비메탈 밴드 시절을 다루는 영상도 본 적이 있었다.

"부를 수는 있죠."

그때였다.

어디선가 벼락같이 나타난 3팀장이 강 피디에게 다가와서 으르렁거렸다.

"강 피디님! 이러시면 안 되는 거 아닙니까?"

"아니, 박 팀장님. 제가 뭘 했다고 그럽니까?"

"녹음실 앞에 있는 이유는 뻔하죠. 한수 씨 노래 들으려고 그런 거 아닙니까?"

정곡을 찔린 강 피디가 얼굴을 붉혔다.

"뭐, 비슷하긴 한데…… 어쨌든, 노래 좀 들어봅시다! 이거 내 생각대로만 되면 시청률 10%는 너끈하다니까요?"

「숨은 가수 찾기」는 OBC의 효자 프로그램이다. 방송을 탈 때마다 시청률이 6%에서 7% 정도 나오는데, 종편인 걸 감안하면 정말 엄청난 수치다.

그렇지만 시청률 10%는 그것과는 비교도 할 수 없다.

종편 예능 프로그램이 시청률 10%가 갖는 의미는 지상파 예능 프로그램 20%에 맞먹는다.

강 피디는 윤환 - 임태호로 이어지는 이 막강 라인업을 바탕으로 시청률 10% 이상을 노리고 있었다.

그러나 그러려면 임태호에 버금가는 모창 능력자가 무엇보다 절실했다.

하지만 국내 최정상 보컬리스트로 평가받는 임태호다. 사실상 국보급 보컬리스트로 대한민국에 있는 그 수많은 가수 중에서도 탑3 안에 손꼽히는 거물인 것이다.

그런 임태호를 비슷하게 따라 할 수 있는 모창 능력자는 흔치 않았다.

그렇다 보니 섭외에도 어려움을 겪고 있었고 방송을 제대로 진행할 수 있을지도 걱정이 많았다.

그러다가 오늘 유튜브에서 「바람기억」을 거의 완벽하게 따라 부르는 한수를 보며 강 피디는 눈에 불을 켜고 달려들 수밖에 없었다.

물론 윤환의 노래나 권빈의 노래는 임태호의 노래와 조금 많이 다르다.

가수마다 창법이 다 다르고 또 모든 노래를 완벽하게 부르는 건 성대나 발성, 타고난 음색 등 여러 가지 이유 때문에 불가능하다고 봐야 한다.

실제로 한수가 윤환의 노래를 기가 막히게 따라 부르는 모창 능력자인 건 맞지만 임태호의 노래는 따라 부르지 못할 수도 있는 것이다.

세 사람의 노래 스타일이 워낙 다르기 때문이다.

그렇다고 해도 한 번쯤은 들어보고 싶었다.

혹시 또 그가 기대 이상으로 불러준다면?

사람들의 관심을 단숨에 사로잡을 수 있을 터였다.

그리고 그건 곧 시청률과 직결될 수 있었다.

그러나 3팀장의 태도도 단호했다.

"그건 안 됩니다."

"아니, 왜요!"

"출연료 협의부터 다시 하시죠. 오늘, 아니, 어제 녹화는 환이도 출연하고 또 우리 쪽에서 먼저 요청한 거였으니까 그러려니 하지만 이번 건 경우가 다르죠. 그리고 이주 뒤 방송 나가고 또 10월에 「자급자족 in 정글」도 방송 나가면 몸값이 천정부지로 치솟을 텐데 굳이 지금 해야 할 필요가 있어요?"

3팀장 말은 타당했다.

아직은 예능 초보이고, 무명이지만 조만간 「자급자족 in 정글」이 방영되면 한수의 이름값은 부쩍 올라갈 게 분명하다.

그러나 강 피디도 강경하게 나섰다.

"한수 씨가 「자급자족 in 정글」에서 맹활약했다는 건 저도 들어서 압니다. 근데 우리나라에 그와 비슷한 포맷의 프로그램이 또 있어요? 없잖아요. 그렇다고 다큐멘터리 찍을 것도 아니고. 그럼, 남은 건 노래인데 우리 프로그램 빼고 이름도 없는 일반인을 누가 불러주겠어요. 안 그래요?"

강 피디 반격에 3팀장 얼굴이 붉게 달아올랐다.

그 말도 틀린 건 없었다.

오디션 열풍이 확 불어오면서 음악을 다룬 예능 프로그램이 많아졌다.

「마스크 싱어」, 「숨은 가수 찾기」, 「전설의 명곡」, 「목소리로 판단하라!」, 「가수와 함께 노래를」 등.

음악 예능 프로그램만 이 정도고 오디션 프로그램까지 포함하면 그 개수는 더욱더 늘어난다.

그러나 이 중에서 모창 능력자가 출연할 만한 프로그램은 몇 안 된다.

「숨은 가수 찾기」, 「목소리로 판단하라!」, 「가수와 함께 노래를」 정도인데 개중에서 가장 시청률이 높은 프로그램은 바로 「숨은 노래 찾기」다.

그렇다고 해서 오디션 프로그램에 나갈 수도 없는 게 한수의 나이 스물셋이다.

또, 한수는 애초에 아이돌로 데뷔할 마음이 전혀 없다고 했다. 그리고 아이돌로 키우기엔 그의 의지가 워낙 확고했다.

군필자에 스물셋에 키 크고 얼굴 훤칠하고 노래 잘 부르고 등, 그가 갖추고 있는 조건은 매력적이지만 본인이 하기 싫다는데 억지로 시킬 소속사는 없었다.

결국, 두 사람 사이에서 밀당이 오갔다.

잠시 후, 결론이 내려졌다.

일단 노래를 먼저 듣기로 한 것이다.

한수가 녹음실 안으로 들어왔다.

엔지니어들이 음향 장비를 조절하는 사이 헤드셋을 꼈다. 그런 다음 마이크 볼륨을 조절했다.

얼마 지나지 않아 익숙한 반주가 귀에 감기듯 들어왔다.

임태호가 부른 노래 중 노래방에서 가장 많이 불리는 노래.

또, 가장 듣기 싫어하는 노래 1순위.

「고해」였다.

한수는 천천히 감정을 이입하기 시작했다.

「K-POP TV」는 팝송을 뺀 국내 가요들을 전반적으로 다 다루고 있는 만큼 거기엔 임태호의 노래도 빠지지 않고 들어 있었다.

어찌합니까. 어떻게 할까요.

묵직한 중저음에 임태호 특유의 거친 쇳소리가 섞여 흘러 나오기 시작했다.

첫 소절을 듣는 순간.

녹음실 안에 있던 모든 사람이 몸을 부르르 떨었다.

조금 전까지 그들은 한수가 윤환 노래를 모창하는 걸 녹화하고 있었다.

그리고 그것을 보며 정말 잘 부른다고 생각했었다. 시청자들도 깜짝 놀랄 것이라고 예상하는 사람이 많았다.

하지만 지금 부르는 이 노래는 또 느낌이 달랐다.

만약 원곡 가수인 임태호가 이 노래를 들으면 어떻게 평가할까? 백 명의 판정단이 듣게 되면 누가 원곡 가수인지 가려낼까? 시청자들이 보게 된다면?

두근두근―

그 생각만으로도 가슴이 쿵쾅거리고 있었다.

CHAPTER
4

노래가 끝이 났다.

강 피디는 애절한 얼굴로 한수를 붙잡았다.

노래를 듣기 전까지만 해도 반신반의였다. 하지만 지금은 무조건 붙잡아야만 했다. 천부적인 모창 능력을 타고난 게 분명했다.

"박 팀장님!"

갑과 을이 바뀌었다. 3팀장이 뿌듯한 미소를 지었다.

그것도 잠시 3팀장이 헛기침을 하며 말했다.

"크흠, 일단 저도 회사하고 이야기를 해봐야 해서……."

"늦어도 이틀 내로 연락 주셔야 합니다. 진짜 박 팀장님만 믿겠습니다."

그때 한수가 문을 열고 밖으로 나왔다. 그가 강 피디를 보며 물었다.

"어때요? 괜찮았나요?"

"하하, 완벽했습니다. 한수 씨, 진짜 부탁 하나만 합시다. 꼭 좀 나와주십시오. 한수 씨가 필요해요."

박 피디한테 한수는 이 퍼즐을 완성할 수 있는 마지막 한 조각이었다.

여기서 한수가 출연한다면 「숨은 가수 찾기 : 임태호」는 마스터피스(Masterpiece)가 되겠지만 한수가 나오지 않는다면 어쭙잖은 쇼로 전락할 게 분명했다.

그러나 3팀장은 끝내 확답을 주지 않았다.

'내일 있을 전체 회의에서 검토한 다음 알려주겠다.'

그게 3팀장이 마지막으로 하고 떠난 말이었다.

이형석 대표를 시작으로 본부장, 팀장, 실장, 로드 매니저까지 다 합쳐서 수십 명이 넘는, 구름나무 엔터테인먼트의 모든 직원이 한자리에 모였다.

비좁은 회의실 안에서 그들은 이런저런 기획안을 꺼내놓고 곧장 회의에 돌입했다.

"TBC에서 개국 10주년 기념방송 한다는데, 신비 보고 엔딩 공연에 시상식까지 맡아달라고 연락 왔어요. 한 시간 오십 분짜리 생방송이고, 페이는 180이에요. 나쁘지 않을 거 같아 보여요."

"개국 10주년? 신비가 TBC에 출연한 적이 있었어?"

"예능에 몇 차례 나왔잖아요. 그 덕분에 예능 기대주라는 평가도 받았고요."

"좋아, 진행해."

그 밖에 여러 안건이 그들 입에서 나왔다가 흘러 지나가길 반복했다.

굵직굵직한 안건들이 여러 차례 지나간 뒤 조용히 앉아 있던 3팀장이 입을 열었다.

"OBC 강 피디님이 한수, 녹화 한 번 더 넣고 싶대요."

이 대표가 의아한 얼굴로 3팀장을 보며 물었다.

"응? 환이 녹화 다 끝난 거 아니었어? 재촬영하는 거야?"

"그건 아니고요. 다음 가수…… 아, 누군지는 말할 수 없고 어쨌든, 그 가수 편에도 출연시키고 싶다네요."

"한수가 그렇게 모창을 잘해? 뭐, 환이 노래는 기가 막히게 따라 부르긴 하더라."

이 대표도 전속계약을 맺고 한수의 노래 실력을 들은 적이 있었다. 윤환의 대표곡을 줄줄이 부르는 한수의 노래는 기가 막혔다.

원곡 가수인 윤환이 지금 녹음을 하고 있다고 해도 사람들이 믿을 만큼 빼어난 실력이었다.

문제는 다른 가수에게도 그게 통용되느냐 하는 여부다.

3팀장이 머리를 긁적이며 말했다.

"예, 진짜 죽이게 잘해요."

"응?"

"아씨, 또 전화 왔네. 오늘 새벽에 섭외 받고 출근해서 회의실 올 때까지 벌써 일곱 통 걸려왔어요. 어떻게 해요?"

"출연시켜. 강 피디도 생각하는 게 있으니까 출연시키자고 한 거겠지. 출연료는 네가 적당히 합의하고. 그것 말고 또 요구 사항 있어?"

"그건 아니고요. 한번 연기 테스트도 해봐도 될까요? 까면 깔수록 막 새로운 게 나와요. 진짜 양파 같은 녀석이라니까요."

우연히 윤환과 버스킹을 하며 알게 된 신인.

배우는 아니고 개그맨도 아니고 그렇다고 아이돌도 아닌.

아직 정체성이 모호한 녀석.

지금은 예능인? 예능 늦둥이? 그렇게 봐야 했다.

하지만, 그 깐깐한 강 피디가 저렇게 애걸복걸할 정도라면 뭔가 숨겨진 게 있다고 봐야 했다.

「자급자족 in 정글」을 연출한 박 피디도 이번 무인도 특집편은 한수 특집이 될 거라고 했었으니까.

이 대표가 고개를 끄덕였다.

"좋아, 알아서 한번 주물러 봐. 뭐가 또 튀어나올지 지켜보자고."

"예, 대표님!"

3팀장이 그 말에 미소를 지었다.

한편 한수는 오랜만에 쉬는 시간을 제대로 즐기고 있었다.

생각해 보면 기말고사 이후 여름방학이 되었지만 어떻게 된 게 학교 다닐 때마다 방학이 더 바빴다.

여름방학이 시작되자마자 「자급자족 in 정글」을 가야 했고 그 와중에 배가 전복되는 사고가 일어나며 한바탕 난리를 겪어야 했다.

그 이후 「자급자족 in 정글」 재촬영을 해야 했고 재촬영이 끝난 뒤에는 귀국하자마자 「숨은 가수 찾기」 녹화를 했다.

잘하면 다음 주에도 또 한 번 「숨은 가수 찾기」 녹화를 하게 될지도 몰랐다.

어쨌든, 일이 많다는 건 좋은 일이었다. 일이 없어서 노는 것보다는 나았다.

그래도 일요일 하루, 휴일을 만끽하던 한수는 텔레비전을 확인했다. 생각해 보면 피로도를 쓸 겨를도 없이 바쁘게 움직여야 했다.

「자급자족 in 정글」을 하기 위해 열흘 넘게 자리를 비웠지만, 텔레비전은 멀쩡하게 작동하고 있었다.

한수는 리모콘을 만지작거리다가 오랜만에 자신의 능력을 점검했다.

현재 확보한 채널은 모두 여덟 개였다.

「EBS PLUS 1」, 「퀴진 TV」, 「K-POP TV」, 「IBC Sports」, 「대한경제 TV」, 「TBC」, 「Discovery」 그리고 「월척 TV」까지.

개중에서 「월척 TV」 같은 경우 낚시와 연관이 있는 채널이었다.

한수가 「월척 TV」를 확보하게 된 건 지난번 푸드 트럭 때의 일이었다.

당시 한수는 「경험치 2배」 보상을 받기 위해 푸드 트럭에 도전했고 다른 세 반을 꺾고 당당히 우승을 거머쥘 수 있었다.

그때 한수가 판매했던 양갈비로 만든 컵스테이크는 판매량이 다른 반과 비교하기 불가능할 만큼 엄청났다.

그렇게 퀘스트를 완수하고 보상을 받을 때 한수는 「경험치

2배」뿐만 아니라 최하위 채널 가운데 1개를 확보할 수 있는 보상도 얻을 수 있었다.

그래서 한수가 고른 게 바로 「월척 TV」였다.

그가 「월척 TV」를 고른 이유는 간단했다.

「자급자족 in 정글」에 나가는 게 확정되고 한수는 틈틈이 「자급자족 in 정글」을 찾아서 봤다.

그리고 낚시를 취미로 하는 게스트가 합류할 때면 낚시를 미션으로 주는 것도 알 수 있었다.

그랬기에 더 명성을 쌓기 쉽게 일부러 「월척 TV」를 획득한 것도 있었다.

그 이후 경험치를 확인했다. 그 순간 한수가 눈살을 찌푸렸다.

그동안 적절하게 써먹은 「퀴즈 TV」, 「K-POP TV」, 「Discovery」, 「월척 TV」 등은 경험치가 큰 폭으로 올라있었다.

특히 「Discovery」 같은 경우 경험치 상승폭이 엄청났다. 아마 「자급자족 in 정글」을 촬영하면서 그와 관련 있는 행동을 했기 때문이리라.

반면에 경험치가 떨어진 것도 있었다.

「IBC Sports」와 「대한경제 TV」였다.

그것을 보며 한수는 꾸준하게 그 채널에 맞는 능력을 써먹지 못하면 경험치가 지속적으로 떨어진다는 걸 깨달을 수 있었다.

그나마 다행인 건 경험치를 15%, 혹은 50% 이상 쌓아뒀을 경우 그 이하로는 떨어지지 않는다는 점이었다.

「IBC Sports」 같은 경우 50% 밑으로는 감소하지 않고 있었고 「대한경제 TV」도 15% 이하로는 내려가지 않는 중이었다.

그렇게 확보해 둔 채널을 확인하고 또 어떤 채널을 확보해야 도움이 될지 고민하고 있을 때였다.

똑똑―

노크 소리가 들렸다.

"예, 들어오세요."

문을 열고 들어온 건 아버지였다.

"바쁘냐?"

한수가 아버지를 돌아보며 말했다.

"아뇨, 얼추 바쁜 일은 다 끝냈어요. 무슨 일 있으세요?"

"인마, 무슨 일이 있어야 널 찾아오냐?"

"그건 아니고……."

"안 바쁘면 오랜만에 부자끼리 놀러 갔다 올까?"

"지금요?"

한수가 시계를 확인했다.

일요일 오후 두 시. 놀러 갔다 오는 건 문제가 되지 않지만, 아버지는 내일 출근이다. 새벽이 되자마자 회사로 향하는 아버지이기 때문에 조금 근심이 됐다.

"내일 회사 출근하셔야 하잖아요. 괜찮으시겠어요?"

"그럼. 나 없다고 안 돌아가는 것도 아니고."

"좋아요. 낚시하러 갈까요?"

낚시라는 말에 아버지가 반색하며 물었다.

"괜찮겠냐? 그렇게 낚시가자고 해도 지루하다면서 안 가 더니."

"예, 이제는 제가 아버지보다 더 잘 잡을걸요? 하하."

한수가 밝게 웃었다.

가만히 그 모습을 보던 아버지가 눈매를 좁혔다.

"음, 그건 안 될 말이지. 바다까지 가긴 좀 그렇고 근처 저 수지에나 갔다 오자꾸나."

두 사람은 서울을 빠져나왔다. 그리고 서울 근교에 있는 저 수지로 향했다. 차를 몰고 가던 아버지가 보조석에 앉은 한수 를 보며 물었다.

"방송 녹화하고 온다더니 잘됐어?"

"예, 29일에 방송될 테니까 그때 한번 보세요."

"그 윤환이라는 녀석은 너한테 잘해주고?"

"예, 좋은 형이에요. 박 팀장님도 좋은 분이고요."

"그래, 요즘은 나아졌다고 하지만 결국 인맥이 중요한 거 야. 좋은 사람이다 싶으면 두루두루 친하게 지내둬. 학교도 마찬가지고. 너 방송 촬영에 푹 빠져서 학교 공부 소홀히 하면 안 되는 거 알지?"

"예, 그럼요."

"두 마리 토끼는 한 번에 잡기 힘든 법이야. 그거 잡으려면 네가 부지런히 노력하는 수밖에 없어. 명심해 둬. 네가 알아서 잘하겠지만 그래도 걱정돼서 하는 말이야."

"감사합니다, 아버지."

한수가 고개를 꾸벅 숙였다.

그러는 사이 두 사람은 서울에서 조금 떨어진 곳에 있는 물왕 저수지에 도착했다.

대한민국 대통령의 전용 터가 있었다는 거로 유명했던 이곳은 서울에서 가깝고 물색도 좋아서 사람들이 많이 찾던 곳이었다.

하지만 꽤 오래전 유료 터로 바뀌었다. 게다가 주변 상가나 건설현장에서 내뿜는 각종 하수와 오염 물질로 인해 물이 썩어 퀴퀴한 냄새만 풍길 뿐이었다.

운전석에서 창문을 내리고 물왕 저수지를 둘러보던 아버지가 씁쓸한 목소리로 중얼거렸다.

"옛날에만 해도 참 좋았는데. 사람 욕심이 다 이렇다. 그때는 한창 내 팔뚝만 한 붕어도 잡고 잉어도 잡고 송어도 잡고 그랬는데."

아버지는 꽤 넓은 자리에 차를 대고 유료 터 요금을 지불하고 왔다.

요금은 일 인당 2만 원. 낚시 방송에서는 연일 자막으로 수시 방류를 알리고 있었다.

두 사람은 잔교 좌대에 앉아 낚싯대를 드리운 채 입질이 오길 기다렸다.

그렇게 시간이 흐르고 난 뒤 한수가 아버지를 보며 물었다.

"요새 왜 그렇게 바쁘세요?"

한수가 방송 촬영으로 바쁜 사이 아버지도 무척 바빠 보였다. 요 며칠 전에는 어머니와 함께 동네 사진관에서 사진도 찍고 오셨었다. 그렇다 보니 한수도 무슨 일이 있는 게 아닌가 걱정하고 있었다.

말없이 낚싯대를 드리운 채 세월을 낚던 아버지가 한참 만에 조심스럽게 말문을 열었다.

"명퇴하게 됐다."

"예?"

한수가 놀란 얼굴로 아버지를 바라봤다.

"이번 달 말일이 회사 나가는 마지막 날이야. 그다음 주에 퇴임식하고 명예퇴직할 거다."

"……."

"괜찮아. 속이 시원해."

아버지의 목소리는 담담했다. 그러나 한수는 그게 진심이 아닌 걸 누구보다 잘 알고 있었다.

아버지는 늘 일선에 있는 걸 자랑스러워하는 분이었다.

새벽녘에 누구보다 일찍 일어나서 곧장 회사로 향하는 아버지의 어깨엔 세 식구가 항상 얹혀 있었다.

술에 취해 다음 날 새벽에 들어올 때쯤이면 아버지 손에는 항상 무언가 먹을 게 수북하게 담겨 있었다.

그러나 아버지는 단 한 번도 한수 때문에 버겁다고 말한 적이 없었다. 힘들다고 탓한 적도 없었고 묵묵히 자신에게 주어진 짐을 감당했다.

아버지는, 그는 우리 가족에게 위대한 분이었다.

한수가 입술을 깨물었다. 눈시울이 붉어졌고 눈물이 차올랐다.

그가 애써 화제를 돌렸다.

"사진관은 왜 가셨어요?"

"영정 사진으로 쓰려고."

"아니, 요새 백 살 넘게 거뜬히 사는데 그게 무슨 소리세요?"

"그래도. 명퇴하기 전에 찍어두면 더 좋게 그림이 나오지 않을까 싶어서. 어쨌든, 내가 괜한 말을 한 거 같다. 너무 걱정 마라. 누구나 다 시작이 있으면 끝이 있는 법이다."

"……"

낚시를 하러 왔지만, 한수는 아무것도 할 수 없었다.

아버지 앞에서 자랑하고 싶었던 낚시 실력을 뽐낼 기회는 전혀 없었다.

그러고 보니 점점 작아 보이던 아버지의 어깨는 움츠려져 있었고 유난히 얼굴을 덮고 있는 주름이 깊어 보였다.

오늘따라 아버지의 나이가 유독 많이 흐른 듯 보였다.

다음 날, 한수는 3팀장에게 전화를 걸었다.

"아, 한수 씨? 다른 게 아니라 숨은 가수……."

"3팀장님, 저 「숨은 가수 찾기」에 한 번 더 나가고 싶습니다."

"예? 진짜요?"

"대신 조건이 있어요. 피디님한테 꼭 좀 부탁드려 주세요."

"그게 뭔데요?"

"일단 방청권 두 장하고요. 4라운드 끝나고 앵콜 곡 하잖아요. 그때……."

가만히 한수가 원하는 조건을 듣고 있던 3팀장이 의아한 얼굴로 물었다.

"한수 씨, 아버님 무슨 일 있어요?"

IBC 예능국 편집실은 오늘도 불이 꺼지질 않고 있었다.

며칠 전「자급자족 in 정글」재촬영을 끝내고 찍어온 영상을 편집해야 했기 때문이다.

4박 5일짜리로 9부작에서 11부작을 만들어야 하는 만큼 그들의 고뇌는 이루 말할 수 없었다.

출연자들이 4박 5일 동안 고생해서 찍은 영상이다. 뭐 하나 버리기 아깝지만, 방송을 위해 가장 좋은 것 이외에는 버려야 했다.

그러나 편집을 하면 할수록 편집 중인 피디가 힘들어지는 이유는 따로 있었다.

그가 눈매를 좁히며 재차 편집하려 할 때였다.

그보다 연차가 많은 피디가 편집실 문을 열고 들어왔다.

"편집은 잘되어 가냐?"

"아, 그게……."

"왜? 뭐가 문제인데?"

"어, 음, 한번 보실래요?"

선임 피디가 편집 중이던 영상을 확인했다.

이제 막 시작했기 때문에 분량은 얼마 되지 않았다.

그러나 영상을 보던 선임 피디가 눈살을 찌푸렸다.

"야, 이거 막내 분량이 너무 많은 거 아니야?"

"저도 그게 좀 걸려서요."

"이건 다른 사람들하고 비교해 봐도 두드러지게 많잖아. 이렇게밖에 못 붙여?"

"아, 선배님. 근데 저 녀석이 이곳저곳 안 나오는 곳이 없어요. 만약 그거 들어내면 죄다 다 들어내야 할 판국이에요."

"흠, 그래? 일단, 마저 작업하고 있어. 박 선배한테 말하고 올게."

"예."

"이따 와서 내가 했을 때 이 정도 아니면 그땐 죽을 거 각오하고."

"저는 자신 있습니다. 선배님이 직접 해도 크게 다르진 않을 거 같……."

"어쭈, 너 기어오른다?"

그때 계속해서 감기던 영상 중에 그들의 눈길을 사로잡는 모습이 있었다.

한수와 철만이 두 번째 황새치잡이에 도전하고 극적으로 성공했을 때였다.

당시 서로 낚싯대를 붙잡고 안간힘을 쓰다가 커다란 황새치를 마침내 낚아챘을 때 부둥켜안고 엉엉 우는 모습은 이번 서수마트라편 최고의 1분이 될 터였다.

"그림 좋네."

"그렇죠? 진짜 이거 보면 다들 팬티 갈아입게 될걸요? 100% 확신합니다."

"입, 그 입. 가볍게 놀리지 말라니까, 오두방정 떨지 마. 괜히 그러다가 시청률 잘 안 나오기라도 하면 네가 다 독박 쓰는 거야."

"아, 예. 선배님."

"됐고, 박 선배 만나서 이야기하고 올게."

그는 편집실 문을 닫고 나온 뒤 「자급자족 in 정글」팀으로 향했다.

처음 편집을 해보는 것도 아닐 테고 여러 번 했는데도 저 정도 결과물밖에 안 뽑혔다면 그만큼 한수가 다른 사람들의 지분을 크게 위협할 만큼 계속해서 활약했다고 봐야 했다.

'실제로 틀린 말도 아니지.'

그도 촬영 내내 신기해했던 게 사실이었다.

「Man vs Wild」에서나 볼 수 있는 베어 그릴스를 실제로 보는 것만 같았으니까.

그렇다 보니 그도 만약 이번 서수마트라편이 방송을 타게 된다면 시청자들에게 엄청난 반향을 일으키지 않을까 속으로 기대하고 있었다.

'그러고 보니 녀석은 뭐 하고 있으려나? OBC에서 예능 출

연한다고 이야기를 들은 거 같긴 같은데…….'

근면 성실하고 맡은 일은 최선을 다해 모두 해낸 그는 「자급자족 in 정글」팀에 합류한 지 얼마 안 돼서 철만의 전폭적인 지지를 얻어냈다.

게다가 촬영이 거의 끝나갈 무렵에는 형준과 혜윤도 무조건 OK 했던, 이제는 사실상 「자급자족 in 정글」팀 막내가 되어버린 한수다.

석진은 한두 살밖에 차이 안 나는 이 신입에게 경쟁의식을 느끼고 있는 듯했지만, 그가 보기엔 비교 대상이 아니었다.

적어도 철만, 아니면 베어 그릴스 정도는 되어야 한수에게 붙여놓을 만했다.

"박 선배가 언제 한번 베어 그릴스를 섭외해 본다고 하긴 했는데 언제쯤 성사되려나."

그는 혼잣말로 중얼거리며 「자급자족 in 정글」팀을 향해 빠르게 걸었다.

한수는 토요일인데도 불구하고 지난주에 왔던 빛마루 방송센터에 와 있었다.

그가 오늘 또다시 이곳에 온 건 「숨은 가수 찾기」에 섭외돼서 한 번 더 나오기로 했기 때문이다.

오늘「숨은 가수 찾기」에 나오기로 한 가수는 국보급 보컬리스트 임태호였다. 평소 흠모했던 한수였기 때문에 오늘 그의 무대가 얼마나 뛰어날지 기대될 수밖에 없었다.

그리고 또 하나, 아마 지금 바깥에서 줄을 선 채 기다리고 있을 아버지가 이따가 자신을 보면 어떤 표정을 지을지 그것도 궁금했다.

그렇게 대기실에서 기다리며 천천히 목을 풀고 있을 때였다.

3팀장이 잠깐 자리를 비운 사이 누군가 대기실 문을 두드렸다.

"누구세요?"

"잠시 들어가도 되겠소?"

묵직한 중저음이 들렸다.

한수는 그 목소리를 듣자마자 상대가 누군지 알 것 같았다.

혹시 하는 생각에 한수가 문을 열었다.

마치 호랑이 한 마리 연상케 하는 중년 가수가 한수를 뚫어지게 바라보고 있었다.

그는 오늘「숨은 가수 찾기」에 나오기로 한 가수 임태호였다.

"처음 뵙겠습니다. 강한수입니다."

"임태호요."

"말씀 편하게 하셔도 됩니다. 제가 까마득하게 어립니다."

"그래도 되면 편하게 하고. 뭐 하나 물어볼 게 있어서 왔네."

"예, 말 하시죠."

"앵콜 곡 말이야. 난 어차피 못 부르게 될 거라고 생각했는데 말이야. 누군가 부르자고 했더군. 그게 자네라고 하길래 찾아와 봤네. 사실인가?"

"사실입니다."

한수가 고개를 끄덕였다.

임태호가 그 말에 피식 웃음을 흘렸다.

「숨은 가수 찾기」의 규칙은 간단하다.

원조 가수가 4라운드 전에 탈락하면 원조 가수는 그의 모창 능력자들과 함께 4라운드가 끝나고 앵콜 곡을 불러야 한다.

반면에 원조 가수가 1라운드부터 4라운드까지 끝낼 때까지 단 한 번도 패배하지 않는다면 자동적으로 앵콜 곡 무대도 취소되게 된다.

결국, 지금 한수가 한 말은 선전포고나 다름없었다.

어떻게든 임태호를 1라운드에서 4라운드 사이에 떨어뜨리겠다고 말해 버린 셈이었다.

"오호, 그래?"

한수가 뒤늦게 당황하며 말을 이었다.

"아, 제 말은 그런 뜻이 아니라……."

"좋아, 기대하지. 하하, 재밌겠거니 싶어서 나왔는데 더 재밌어지게 생겼어."

임태호는 껄껄 웃으며 대기실을 빠져나갔다.

그가 나간 뒤 한수는 망연자실한 얼굴로 자리에 주저앉았다.

가요계의 대선배 앞에 자신도 모르게 당신을 꺾어버리겠다고 선전포고를 때려 버렸다.

뒤늦게 대기실로 돌아온 3팀장이 넋 나간 한수를 보며 의아한 얼굴로 물었다.

"한수 씨, 무슨 일이에요?"

"조금 전에 임태호 선배님이 왔다 갔는데 제가 그만……."

가만히 이야기를 듣던 3팀장이 산적처럼 걸걸한 웃음을 터뜨렸다.

"뭘 그런 걸 갖고. 태호 형님이 크게 신경 쓸 거 같아요? 그냥 어린애가 재롱 피운다고 생각할걸요. 그러니까 이참에 그냥 제대로 부숴 버려요."

"부숴 버리라고요?"

"한수 씨가 오늘 출연하게 된 목적을 생각해 봐요. 왜 여기 나오게 됐는지. 목적을 위해 수단과 방법을 가리지 않는 거. 그래서 정수아 씨 일도 그렇게 처리한 거 아니었어요?"

한수는 자신과 자신의 가족을 지키기 위해 3박 4일 동안 찍은 DV 테이프를 자막만 입힌 채 유튜브에 올렸다.

그 일로 정수아는 재기할 수 없을 만큼 심각한 타격을 입었고 사실상 연예계를 은퇴한 채 지금 미국에 건너가 있다.

만약 한수가 독하게 마음을 먹지 않았다면 정수아를 옹호하는 여론은 더욱더 거세졌을 테고 한수는 씻을 수 없는 오명을 뒤집어썼을 것이다.

그때 되면 뒤늦게 진실을 폭로한다고 해봤자 의미 없어지게 될 수도 있다.

3팀장이 한수를 높이 사고 무조건 전속계약까지 맺으려 한 건 바로 그 칼 같은 태도 때문이었다.

육식동물이 수천 마리 뛰어다니는 이곳 연예계라는 생태계에서 살아남으려면 때론 비정한 일도 서슴지 않고 해야만 했다.

남을 짓밟고 올라서야 살아남을 수 있으니까.

설령 선배라고 해도 마찬가지다.

선배를 위한다고 괜히 자신의 실력을 감추는 것도 프로라면 절대 해선 안 되는 일이다.

한수가 고개를 끄덕였다.

그가 또 「숨은 가수 찾기」에 출연하기로 한 건 아버지를 위해서였다.

그렇다면 자신의 목적에 맞게 움직이는 게 옳았다.

「숨은 가수 찾기」 녹화가 시작되기 전 방청객들이 차례차례 홀로 들어오기 시작했다.

한수 아버지와 어머니도 그 행렬의 중간에 서 있었다.

오늘 그들이 이곳에 오게 된 건 한수가 낮에 준 방청권 덕분이었다.

어렵사리 방청권을 두 장을 구했다는 말에 한수 아버지와 어머니는 시간을 내서 녹화 방송을 보고자 했고 이곳 일산까지 오게 됐다.

그때 몇몇 사람이 누군가의 이름을 부르기 시작했다.

"강철호 씨!"

"박영선 씨!"

"강철호 씨, 박영선 씨! 어디 계세요?"

처음에는 긴가민가하던 한수 부모님은 그제야 그들이 자신들을 찾고 있다는 걸 깨닫고는 뒤늦게 손을 들어 올렸다.

"아, 여기 계셨네. 바로 저희 따라오세요. 먼저 입장 좀 하실게요."

"예? 아, 예. 알겠습니다."

한수 부모님은 그들을 쫓아 녹화장 안으로 들어왔다.

녹화장은 엄청나게 넓었고 각종 카메라 장비들이 이곳저곳에 설치된 채 돌아가고 있었다.

저 멀리 커다란 원형의 무대와 그 뒤에 커튼이 쳐져 있는 여섯 개의 부스가 눈에 들어왔다.

"아들 덕분에 이런 좋은 구경을 다 하네."

"그러게요. 근데 한수는 어디 있대요? 지가 출연하니까 오라고 한 거 아니에요?"

"여기 패널로 나오려나?"

그러는 사이 조연출이 두 사람을 안내한 곳은 무대 바로 코앞이라 할 수 있는 연예인 패널 바로 뒷자리였다.

"이쪽에 앉으시면 됩니다."

한수 부모님이 고개를 꾸벅 숙여 보였다.

"고생하십니다."

"감사합니다."

그렇게 두 사람이 방청객에 앉고 그 이후로도 줄줄이 방청객들이 들어왔다.

그렇게 판정단 백 명이 모두 들어오고 연예인 패널들도 자리를 잡고 앉았을 때 MC 신현호가 무대 위로 올라왔다.

"숨어 있는 진짜 가수를 찾아라! 안녕하십니까? 「숨은 가수 찾기」의 MC 신현호입니다. 아마 여기 계신 분들은 모르겠지만 저번 주 방송 보신 분들은 깜짝 놀라실 거라 생각하는데요. 왜 그런지는 차차 보시면 알 테고 일단 오늘의 가수를 만나보시겠습니다. 임태호 씨, 나와주세요!"

신현호 말이 끝나고 평범한 옷차림의 임태호가 뚜벅뚜벅 무대 위로 걸어 나왔다.

걸음걸이에서도 카리스마가 느껴지는 그의 등장에 이곳 녹화장이 싸늘하게 얼어붙었다.

평소 임태호의 열렬한 팬이기도 한 한수 아버지는 두 눈을 휘둥그레 뜨고 있었다. 설마하니 오늘 녹화가 가수 임태호의 무대일지는 전혀 생각지도 못하고 있었다.

"정말 예능 프로그램은 출연 안 하시는데 오늘 특별히 저희 방송에 나와주셨어요. 방송에 출연하게 된 계기가 있으시다면요?"

"가수가 무슨 이유로 출연하겠습니까? 제 노래를 불러보고자 나왔습니다. 겸사겸사 제 노래를 기막히게 따라 부르는 사람들이 있다길래 누군지 궁금하기도 하고요."

"그렇군요. 그럼, 오늘 우승은 확신하십니까?"

"당연합니다."

임태호가 고개를 끄덕였다.

너무 확신에 찬 그 대답에 신현호가 잠시 말문을 잃을 정도였다.

당황하던 신현호가 조심스럽게 물었다.

"너무 확신하시는 거 아니신가요? 저 커튼 뒤에는 엄청난 모창 능력자들이 숨어 있는데요?"

"하하, 어느 정도 노래를 부르시는 분들이겠지만 제 상대는 되지 못할 겁니다."

그때 연예인 패널 한 명이 손을 들었다.

"저도 임태호 형님 말에 공감합니다. 정말 형님 목소리는 매우 독특하다 보니 대부분 모창을 해도 쉽게 따라 부르질 못하거든요."

록 가수 후배 말에 현장 분위기가 임태호 쪽으로 넘어갔다.

"좋습니다. 우리 다섯 명의 모창 능력자들이 얼마나 실력을 발휘해 줄지 기대해 봐야겠습니다. 아, 끝으로 만약 오늘 전승 우승을 하신다면 앵콜 무대는 안 하실 생각이십니까?"

신현호가 메마른 입술로 임태호를 바라봤다.

임태호가 고개를 돌렸다.

연예인 패널 뒤 앉아 있는 한수 부모님이 보였다.

한눈에 봐도 아까 대기실의 그 청년 부모님임을 짐작할 수 있었다.

그러나 약속은 약속이었다.

자신이 패배한다면 모를까.

그렇지 않으면 앵콜은 할 생각이 없었다.

그 청년의 깜짝 이벤트도 물거품이 되겠지만 임태호는 원래 그런 성미였다.

"예, 안 할 겁니다."

그리고 잠시 뒤, 1라운드가 시작됐다.

누구나 한 번쯤은 자기만의 세계로

1라운드 노래는 바로 「비상」이었다.

녹화장 위에 설치된 여섯 개 부스에는 OBC에서 가려 뽑은 다섯 명의 모창 능력자와 임태호가 들어서서 노래를 부르고 있었다.

임태호가 서 있는 곳은 2번 방이었다. 그리고 한수가 서 있는 곳은 6번 방이었다. 그리고 임태호는 한수가 6번 방에 있다는 걸 알고 있었다.

'얼마나 잘 부르는지 들어볼까?'

첫 번째 참가자의 실력은 형편없었다.

OBC에서 자신의 목소리를 똑같이 흉내 내는 모창 능력자를 뽑는다고 해서 기대했지만 기대 이하였다.

그렇다 보니 기대가 짜게 식었다.

괜한 왔나 하는 후회마저 들 정도였다.

그렇게 자신이 불러야 할 소절을 끝낸 뒤 임태호는 다른 모창 능력자들의 노래를 듣기 시작했다.

전체적으로 아쉬움이 많이 묻어 나왔다.

그래도 5번 참가자는 꽤 들어줄 만했다. 대부분 10%에서 20% 정도 소화한 것에 비해 그는 50% 정도 소화하고 있었다.

'그럼, 이제 이 녀석은 얼마나 잘 따라 부르려나?'

그리고 임태호가 눈을 감은 순간.

임태호는 떨떠름한 얼굴로 자신의 노래를 따라 부르고 있을 한수의 얼굴을 머릿속에 그렸다.

아까 전 대기실에서 봤을 때만 해도 조금 긴장하고 있는 게 두드러질 정도로 보였는데 지금은 그런 게 전혀 없었다.

완벽하다시피 자신의 노래를 따라 부르고 있었다.

'허허.'

임태호는 자신도 모르게 헛웃음을 흘렸다.

물론 한수가 자신의 노래를 완벽하게 따라 부른 건 아니었다. 조금 모자랐다. 그랬기에 그는 여전히 자신감이 충만해 있었다.

문제는 판정단이다. 판정단은 누가 자신이 맞는지 구별해 낼 수 있을까?

그 점에서는 걱정이 앞섰다.

임태호가 호랑이 눈을 부릅떴다. 한동안 두문불출하다가 오랜만에 출연을 한 예능이었다.

그러나 모창 능력자와의 대결이다 보니「나 혼자 가수」보다는 한결 힘을 빼고 노래를 부르고 있었다.

그런데 조금 전 그 생각이 바뀌었다.

자칫 잘못했다가는 망신살이 뻗칠지도 모르겠다는 생각이 강하게 들었다.

한수의 노래를 마지막으로 1라운드가 끝이 났다.

MC 신현호가 임태호의 후배 록 가수를 쳐다보며 물었다.

"장석길 씨, 누가 임태호 씨인지 알아보시겠습니까?"

"그게…… 예, 알 거 같습니다."

"목소리가 좋지 않으신데요. 무슨 문제라도 있으십니까?"

장석길이 머뭇거리다가 조심스럽게 대답했다.

"그게…… 어, 음, 네 명은 확실히 아니라고 말할 수 있을 거 같은데요. 나머지 한 명이 조금 애매하네요."

"그렇습니까? 아까 전까지만 해도 임태호 씨 목소리는 매우 유니크해서 대부분 모창을 해도 쉽게 따라 부르질 못한다고 하지 않으셨나요?"

"예, 그런 말을 한 건 맞는데…… 허허, OBC에서 진짜 제대로 칼을 갈고 나온 느낌입니다."

몇몇 연예인 패널들과도 이야기를 나누던 신현호가 1라운드 탈락자를 발표했다.

그는 1번 방에 있던 모창 능력자였다. 그리고 그 외에 대부분의 표를 나눠 가진 건 3번 방, 4번 방에 있던 참가자였다.

판정단들도 그들 세 명은 유독 실력이 뒤떨어진다는 걸 단한 곡만 듣고 알아맞힌 셈이었다.

문제는 남은 셋이었다.

탈락자가 탈락자석으로 이동하고 난 뒤 신현호가 부스 쪽을 바라보다가 장석길을 보며 물었다.

"장석길 씨, 임태호 씨는 어디 있으실 거 같습니까?"

"그게 어…… 2번 방 아닐까요?"

"좋습니다. 그럼, 임태호 씨. 나와주시죠!"

임태호가 뚜벅뚜벅 걸어 나왔다.

장석길 예상대로 그가 서 있던 곳은 2번 방이었다.

장석길이 한숨을 길게 내쉬었다.

"휴."

그가 끝까지 망설였던 게 바로 6번 방이었다.

임태호가 걸어 나오자 박수갈채와 웅성거림이 동시에 겹쳐서 터져 나왔다.

그것을 보며 신현호가 미소를 지었다.

"한번 투표수를 보도록 하겠습니다."

1라운드에서 0표를 받은 참가자는 단 두 명이었다.

한 명은 2번 방에 있던 임태호였고 다른 한 명은 6번 방에 있던 정체불명의 참가자였다.

판정단들도 어느 정도 듣는 귀는 있었다.

문제는 그들도 임태호와 6번 방에 있는 한수를 구별하지 못하고 있다는 점이었다.

"임태호 씨, 1라운드가 끝이 났는데요. 어떻게 생각하시죠?"

"……하하, 가볍게 놀고 싶어서 나온 거였는데 바짝 긴장하게 됐습니다."

"그만큼 저 6번 방에 있는 참가자가 강적인가요?"

"예, 그렇습니다. 제가 볼 때 완벽하진 않지만 다른 사람이 보면 진짜 제가 저쪽 방에서 불렀다고 착각할 수도 있을 거 같습니다. 어디서 저런 사람을 찾아낸 건지 궁금할 정도입니다."

"그만큼 우리 제작진들이 유능하다는 뜻으로 알아듣겠습니다. 자! 그럼, 다시 부스로 돌아가 주시죠. 이제 2라운드를 시작하겠습니다! 아, 그리고 이번 편은 특별히 2라운드와 3라운드에서 모창 능력자를 공개하지 않습니다. 4라운드가 끝난 뒤 최종 공개될 테니 귀를 기울여 주십시오!"

2라운드 곡은 「고해」였다.

그리고 3라운드 곡은 「너를 위해」였다.

두 번의 무대가 끝났고 1라운드 때 3번 방에 있던 참가자와 4번 방에 있던 참가자가 연이어 탈락했다.

그렇게 마지막 라운드를 앞두게 됐을 때 임태호가 무대 위로 걸어왔다. 그는 꽤 지쳐 보였다.

신현호가 임태호를 보며 물었다.

"임태호 씨, 괜찮으십니까?"

"예, 괜찮습니다."

임태호가 고개를 끄덕였다. 그러나 다들 그가 혼신의 힘을 다해 노래를 부르고 있다는 걸 알 수 있었다. 그걸 보여주듯 그의 이마에는 땀방울이 송골송골 맺혀 있었다.

"4라운드 곡은 「그대 앞에 난 촛불이어라」라는 노래인데요. 어떤 노래인지 알려주실 수 있을까요?"

"하하, 이 노래를 선곡하다니. 제작진이 참 교활하군요. 이건 제가 데뷔했을 때 불렀던 시나위 1집에 수록되어 있는 노래입니다. 그러나 녹음 직후 영장이 나오면서 제대로 활동도 못 하고 탈퇴해야 했죠."

"우리나라 최초의 헤비메탈 음반이라고 하던데요. 모창 능력자들이 과연 이 노래를 따라 부를 수 있을까요?"

"따라 부를 수 있으니까 시킨 거 아닙니까?"

정곡을 찌르는 임태호 질문에 순간 신현호가 얼어붙었다.

"그, 그렇겠지요?"

"하하, 그런데 판정단 분들이 이 노래를 알고 있을지 모르겠습니다."

"걱정하지 않으셔도 됩니다. 이번 판정단은 임태호 씨 노래를 오래전부터 좋아하고 사랑했던 팬분들 위주로 가려 뽑았습니다."

실제로 이번 「숨은 가수 찾기」 임태호 편을 준비하면서 제작진들이 가장 공들였던 것 중 하나는 임태호의 팬 사이트에서 비공개적으로 판정단을 모집한 일이었다.

보통 판정단은 OBC 홈페이지에서 무작위로 추첨을 받지만, 이번에는 그렇게 하지 않았다.

그 이유는 보다 극적인 효과를 노리고자 함이었다.

임태호의 코어 팬들도 정작 임태호를 알아맞히지 못한다면?

그렇게 된다면 반향은 더 커질 테고 그것은 고스란히 화제성으로 이어지고, 나아가 시청률에도 영향을 미칠 게 분명했다.

그만큼 강 피디가 한수에게 거는 기대가 크다는 의미이기도 했다.

임태호가 신현호 말에 껄껄거리며 웃음을 터뜨렸다.

"그렇군요. 그러면 꼭 저를 뽑아주리라 믿겠습니다. 허허."

"그럼, 준비해 주시죠. 곧장 시작하도록 하겠습니다."

임태호가 고개를 끄덕여 보인 뒤 부스 안으로 들어갔다.

그리고 마지막 4라운드 무대가 시작됐다.

전주가 흘러나왔다.

얼마 지나지 않아 노래가 시작됐다.

그대 앞에 흰 국화꽃 한 송이는

노래를 듣는 판정단들의 눈빛이 아련해졌다.

시작하자마자 그들은 가슴에서부터 끓어오르는 무언가를 느낄 수 있었다.

누구는 소울이라고 이야기하는, 가슴 저 밑에서 끌어올려 토해내는, 그래서 사람을 감동시키는.

그 어떤 사운드보다도 묵직한 감성과 함께 비극적인 감수성이 엄청난 에너지가 되었다.

그러면서 또 풋풋하고 거친 목소리에 날 선 느낌마저 들 정도였다.

장석길은 첫 소절을 듣자마자 입술을 깨물었다.

이 유니크함은 절대 속일 수 없는 것이다.

이건 임태호가 아니면 그 누구도 부를 수 없었다.

그런데 2소절이 시작되고 장석길이 눈매를 좁혔다.

2소절은 조금 더 원숙한 맛이 느껴졌다.

거칠던 고음 처리가 깔끔해졌고 세련된 맛이 묻어 나왔다.

1소절이 젊은 시절의 임태호였다면 2소절은 지금 임태호를 떠올리게 하고 있었다.

장석길이 머리를 박박 긁었다.

둘 다 임태호였다.

하지만 임태호인데 묘하게 달랐다.

3소절은 듣다가 귀를 닫았다. 1소절과 2소절에서 듣던 감동이 깡그리 날아가는 그런 기분이었다.

그는 주저 없이 3소절을 부른 건 모창 능력자임을 깨달았다.

문제는 1소절과 2소절을 부른 사람 중 누가 모창 능력자이고 누가 진짜 임태호인지 헷갈린다는 것이었다.

'설마 형님이 두 번 부른 건 아닐 테고…….'

그러는 사이 간주가 이어졌다.

이제 한 명을 골라야 한다.

연예인 패널이 하는 투표는 판정단의 투표에는 집계되지 않지만 이건 그의 명예가 걸린 일이다.

정확히는 맞히지 못한다면 임태호한테 한동안 시달릴 게 뻔하기 때문에 무조건 맞혀야 했다.

결국, 장석길은 망설이던 끝에 2번 방을 골랐다.

이 노래를 원곡에 가깝게 소화한 건 1번 방이었다.

하지만 그가 찾아내야 하는 건 원곡에 가깝게 소화한 가수가 아닌 임태호였다.

그랬기에 장석길은 2번 방을 고를 수밖에 없었다.

4라운드도 끝이 났다.

노래가 끝난 뒤에도 녹화장 안은 잠잠하기만 했다.

다들 여전히 노래에서 헤어 나오질 못하고 있었다.

그 벅찬 감동을 깨기 위해 신현호가 마이크를 잡고 입을 열었다.

"자, 마지막 4라운드가 끝이 났습니다. 우선 최저 득표를 하신 분을 확인해 보겠습니다."

최저 득표를 한 사람은 3번 방에 있는 모창 능력자였다.

그의 득표수는 0표.

너무나도 현저하게 나는 차이 때문에 어쩔 수 없는 일이었다.

이제 남은 건 1번 방 참가자와 2번 방 참가자.

"발표하기 전에…… 장석길 씨, 어떻게 보셨습니까?"

장석길이 눈살을 찌푸리며 신현호를 노려보다가 차분한 목소리로 입을 열었다.

"일단 정말 훌륭한 무대 잘 보고 또 잘 들었습니다. 개인적인 제 소견으로는 2번 방 참가자가 임태호 형님이 아닐까 생각합니다."

웅성웅성-

신현호가 의아한 얼굴로 물었다.

"1번 방에 계셨던 분이 원곡에 가깝게 소화한 거 같은데요? 그렇지 않습니까?"

"예, 저도 그렇게 생각합니다. 1번 방에 계신 분은 뭐랄까, 젊은 시절의 형님을 본 거 같았습니다. 반면에 2번 방에 계신

분은 지금 형님을 보는 듯했고요. 그래서 2번을 고른 겁니다."

"그렇군요. 다른 분들은 어떻게 생각하십니까?"

의견이 분분히 갈렸다.

1번 방에 있을 것이라는 의견도 많았고 2번 방에 있을 것이라는 의견도 꽤 많았다.

그러나 판정단이 내놓은 결과는 뜻밖이었다.

그들의 표는 압도적으로 1번 방에 쏠려 있었다.

신현호가 몇몇 판정단에게 마이크를 건네며 물었다.

그들 대다수 의견은 대동소이했다. 시나위 1집을 사서들은 그들이 생각할 때 임태호의 목소리는 1번 방이 맞다는 게 그들 의견이었다.

그렇게 판정단 의견을 들은 뒤 신현호가 마이크를 붙잡았다.

"좋습니다. 전체적으로 1번 방에 계신 분이 많은 표를 받았는데요. 이제 누가 우승을 차지했을지 곧장 확인해 보도록 하겠습니다. 두 분, 나와주십시오!"

동시에 커튼이 열리고 1번 방과 2번 방에서 각각 한 사람씩 걸어 나오기 시작했다.

사람들은 그것을 보며 경악 어린 표정을 감추지 못했다.

물론 여기서 가장 많이 놀란 건 연예인 패널들 바로 뒤에 앉아 있던 한수의 부모님이었다.

두 사람은 1번 방에서 걸어 나오고 있는 한수를 보며 두 눈을 끔뻑거릴 뿐 아무 말도 하지 못하고 있었다.

2번 방에서 걸어 나온 임태호의 표정은 조금 씁쓸했다.

그렇지만 그는 왜 판정단이 1번 방에 있던 한수를 진짜 자신으로 착각했는지 알 수 있었다.

그들이 앨범으로 들은 건 자신이 젊었을 때였다. 그러나 나이를 먹어가며 성대가 약해지고 음 이탈도 종종 생기는 걸 보면 그때 그 시절로 돌아가긴 어려운 일이었다.

하지만 한수는 그때 그 시절 자신이 불렀던 노래를 그대로 재현해 내는 데 성공했다.

새삼스럽게 임태호는 왜 한수가 여태껏 무명으로 지내고 있는지 이해할 수 없었다.

"우승을 축하드립니다, 강한수 씨!"

"……감사합니다."

한수도 멋쩍게 고개를 숙여 보였다. 과연 임태호의 실력은 명불허전이었다.

그가 이길 수 있었던 건 제작진이 선곡한 4라운드 곡이 임태호가 젊었을 적 불렀던 노래여서였다. 그렇지 않았으면 이렇게 이기는 건 불가능했을 터였다.

"그럼, 강한수 씨, 자기소개 좀 부탁드립니다."

"어, 한국 대학교에 재학 중이고 평소 임태호 형님을 무척 존경했습니다. 이렇게 나오게 돼서 영광이고 또, 제가 우승까지 차지할 수 있게 되어 정말 감격스럽습니다."

한수가 우승 소감을 이야기하고 있을 때였다.

판정단 중 한 명이 놀란 얼굴로 소리쳤다.

"당신, 저번 주에도 나와서 우승했잖아요!"

CHAPTER 5

그것도 잠시 조금 전 말을 꺼냈던 남자가 자신의 입을 가렸다.

그러나 이미 그 말은 적잖게 파장을 일으키고 있었다.

강 피디가 눈살을 찌푸렸다.

녹화가 순조롭게 진행되고 있다가 잠깐 일그러졌다.

어차피 편집으로 덜어내면 그만이지만 여기 모인 판정단들이 미리 그것을 알아버렸다는 게 문제였다.

스포일러라는 건 순식간에 퍼지기 때문이다.

"현호 씨, 일단 모르는 척 넘어가고 녹화 계속 진행해 주세요."

그는 마이크로 MC신현호에게 부탁한 뒤 스태프들을 시켜 조금 전 경솔한 발언을 내뱉은 남자를 끌어내게 했다.

여기 모인 판정단은 녹화를 시작하기에 앞서 보안 각서를 쓰게 된다. 그 보안 각서에 담긴 내용은 지극히 간단명료하다.

그들이 녹화한 게 정식으로 방송되기 전까지는 절대 외부에 유출해서는 안 된다는 것이 바로 그 내용이다.

「숨은 가수 찾기」 같은 프로그램의 특성상 모창 가수가 누구고 원조 가수는 누군지 미리 밝혀지고 시작하면 긴장이 덜하고 재미도 반감되기 때문이다.

"저분께서 실없는 농담을 하셨나 봅니다. 자, 그럼 임태호 씨 소감도 한마디 들어봐야겠군요. 4라운드까지 올라오셨지만, 최종적으로 패배하셨는데요. 소감이 어떠신가요?"

"휴, 조금 아쉽습니다. 아마 판정단 분들 대부분은 음반으로 이 노래를 접하셨을 겁니다. 제가 젊은 시절 시나위에 속해 있을 때 불렀던 노래를 기억하실 수밖에 없겠죠. 나이가 들고 체력도 떨어지고 성대도 약해지다 보니 이제는 젊었을 적 실력이 제대로 나오질 않는군요. 허허."

임태호 말에 신현호가 눈을 크게 떴다.

조금 전 임태호 말대로라면 지금 한수가 부른 건 젊었을 적 임태호가 불렀던 노래와 비슷하다는 것이고 지금의 자신보다 더 노래를 잘 부른다는 의미가 되기 때문이다.

"정말 노래 잘하는 친구입니다. 왜 무명이었는지 이해가 안 갈 정도예요."

"강한수 씨, 원조 가수인 임태호 씨한테 이렇게 극찬을 받으셨는데요. 감회가 남다를 거 같습니다."

"정말 감사합니다. 제가 한 건 모창이었는데 오늘 제가 존경하는 분이 이렇게 칭찬을 해주시니…… 정말 감사합니다."

임태호는 그런 한수의 어깨를 두드렸다.

그리고 웃으며 입을 열었다.

"그럼, 약속대로 앵콜 곡도 불러야겠군요."

"아, 좋습니다. 앵콜 곡으로는 어떤 노래를……."

"우리 우승자분이 원하는 노래가 있더군요. 그 노래를 부르도록 하겠습니다."

그 말이 끝나고 전주가 깔리기 시작했다.

한수가 「숨은 가수 찾기」 녹화에 나오게 된 이유, 그건 임태호하고 함께 「아버지」를 부르기 위해서였다.

그리고 이 무대는 얼마 뒤 명예퇴직을 하게 될 아버지를 위해 그가 마련한 선물이기도 했다.

한수 아버지는 아들이 처음 방청권을 줬을 때만 해도 연예

기획사하고 전속계약을 맺은 것 덕분에 공짜로 얻은 것인 줄 알고 있었다.

그리고 이곳 빛마루 방송 센터에 와서 처음 녹화 방송이라는 구경하게 됐을 때만 해도 설레는 기분이었다.

게다가 오늘 녹화하기로 한 가수가 임태호라는 걸 알게 됐을 때 한수 아버지는 누구보다 기뻐하고 있었다. 그는 오래전부터 임태호의 광팬이었기 때문이다.

특히 임태호가 「나 혼자 가수」에 나왔을 때는 그에게 푹 빠져 텔레비전 리모컨을 놓지 않고 매주 본방 사수 했을 정도였다.

그렇게 연달아 세 곡을 듣고 난 뒤 4라운드 곡을 들었을 때, 그리고 그 노래가 끝나고 아들이 저 무대 뒤에서 걸어 나올 때 그가 받은 충격은 이루 말할 수 없었다.

처음에만 해도 그는 절대 믿을 수가 없었다.

왜냐하면, 본인의 아들은 음치까진 아니지만, 노래를 잘 부르지 못했기 때문이다.

그 때문에 한수 아버지는 임태호 못지않게 노래를 불러낸 저 모창 능력자가 한수를 똑같이 닮은 도플갱어는 아닌가 하는 생각마저 했을 정도였다.

그러나 한국 대학교에 재학 중인 아들, 한수가 맞다는 걸 알게 된 뒤에야 비로소 왜 아들이 방청권을 줬는지 알 수 있었다.

그것도 잠시 앵콜 무대가 이어지고 두 사람이 「아버지」를 열창하는 걸 보며 한수 아버지는 눈시울을 붉히고 말았다.

그제야 그는 이 모든 것이 아들이 자신을 위해 꾸민 무대라는 걸 알 수 있었다.

여기 모인 판정단은 모르겠지만 한수 아버지한테 이건 몰래카메라나 다름없었다. 그렇다 보니 그가 받은 감동과 충격은 더 컸다.

그렇게 앵콜 무대까지 끝난 뒤 녹화가 종료됐을 때 한수 아버지는 자신에게 다가오는 한수를 보며 어떤 표정을 지어야 할지 감이 잡히질 않았다.

기뻐해야 할지, 슬퍼해야 할지, 민망해야 할지, 고마워해야 할지.

온갖 복잡 미묘한 감정이 얼굴을 통해 고스란히 드러나고 있었다.

평소 감정 표현이 무딘 그답지 않은 행동이었다.

한수는 그런 아버지를 말없이 끌어안았다.

백 마디 말보다 한 번의 행동이 더 중요할 때도 있는 법이었다.

그렇게 부자가 끌어안고 있을 때였다. 임태호가 불쑥 두 사람에게 다가왔다.

"한수 아버님하고 어머님 되십니까?"

연예인을 바로 코앞에서 보게 된 한수 어머니가 당황해하며 고개를 숙였다.

"아, 예. 맞아요. 제가 한수 엄마예요."

놀란 건 한수 아버지도 마찬가지였다.

"그, 그렇습니다. 이, 임태호 씨. 펴, 평소 팬입니다."

"하하, 정말 훌륭한 아드님을 두셨습니다. 제가 근래 본 후배 중에서 가장 노래를 잘 부르는 거 같습니다."

"우, 우리 아들이 그, 그 정도입니까?"

"예, 저보다 더 잘 부르더군요."

계속되는 임태호 칭찬에 한수 부모님이 당황해할 때였다.

임태호가 한수를 보며 물었다.

"이따가 바쁘냐?"

"예? 아닙니다. 바쁜 일은 딱히 없습니다."

"그럼, 술이나 한잔하러 갈까?"

"예? 술이요? 저, 저는 좋습니다."

"아버님, 어머님. 죄송하지만 제가 오늘 하루 이 녀석 좀 빌려도 되겠습니까? 긴히 할 이야기가 있어서요."

"아이고, 그럼요."

"걱정 안 하셔도 됩니다. 제가 술자리 끝나면 집까지 안전하게 데려다주겠습니다."

"다 큰 아들인데 뭘 걱정하겠습니까? 어련히 잘 돌려보내
주실 거라 믿습니다. 그리고 오늘, 정말 노래 잘 들었습니다.
한수야, 우린 먼저 집에 가 있으마. 이따 보자꾸나."

"예, 그럴게요."

두 분이 먼저 돌아간 뒤 임태호가 한수를 데리고 밴으로 이
동하려 할 때였다.

강 피디가 두 사람 앞을 막아섰다.

"잠시만요! 이대로 가시면 어떻게 합니까?"

"피디 양반, 녹화도 끝났는데 할 일이 또 있습니까?"

"그게…… 조만간 OBC에서 새로 준비 중인……."

"그런 건 회사하고 연락하시구려. 난 바빠서."

임태호는 강 피디 말을 중간에 싹둑 끊은 채 한수와 함께 지
하 주차장으로 향했다.

보통 웬만한 연예인들은 피디에게 함부로 대하지 못하지
만, 임태호는 달랐다.

지금도 그를 섭외하고자 하는 음악 프로그램이 한두 군데
가 아닌 걸 생각해 보면 방송국이 갑이 아니고 임태호가 갑이
라 할 수 있었다.

한수는 그 모습을 보며 지난주 자신이 겪었던 일을 떠올

렸다.

당시 강 피디는 한사코 아니라고 했지만 어쨌든, 자신을 겨냥해서 자기 프로그램이 아니면 따로 써주려 하는 곳은 없을 거라고 이야기한 적이 있었다.

그날 이후 3팀장은 연기, 노래, 춤 등 별의별 일을 테스트하려 했었다.

물론 한수는 연기에서는 로봇 연기라는 새로운 장르를 개척했고, 춤은 뻣뻣해서 절대 아이돌이 될 수 없다는 평가를 얻어냈다.

그러나 지금 당장 연기는 불가능했다. 연기에 도전하려면「영화」혹은「드라마」채널을 확보해야 하는데 그러기 위해서는 앞으로 확보해야 하는 채널의 개수가 무진장 많았다.

춤은「K-POP TV」에서 댄스 프로그램을 줄기차게 본다면 가능하지만, 한수가 선호하는 분야는 아니었다. 애초에 아이돌이 될 생각도 없고.

그렇지만 지금 임태호가 강 피디를 다루는 모습을 보고 있자니 욕심이 생겼다.

방송국을 상대로 한 갑의 위치.

저 자리가 탐이 났다.

그렇게 계속해서 붙잡으려 드는 강 피디를 벗어나 지하 주차장으로 내려갈 때 그들을 붙잡는 사람이 있었다.

그를 보고 한수가 눈을 휘둥그레 떴다.

"형이 여긴 어쩐 일이에요?"

그는 다름 아닌 윤환이었다.

"스케줄 끝나고 바로 여기로 달렸지. 이번에 「숨은 가수 찾기」 녹화하는 분이 누군가 했더니…… 태호 형님이셨어요?"

"오랜만이다. 잘 지냈어?"

윤환이 고개를 꾸벅 숙였다.

그에게도 임태호는 어려운 사람이었다.

일단 나이가 띠동갑인 데다가 경력도 임태호가 훨씬 길었다.

"형님도 잘 지내셨죠? 그런데 평소 예능에는 안 나오시더니 오늘은 어떻게……."

"강 피디하고 원래 알고 지내던 사이야. 하도 부탁하길래 놀러 나왔지. 너는 어쩐 일이냐? 한수하고 아는 사이야?"

"아, 예. 이 녀석 제 소속사 후배입니다. 뭐, 사적으로는 호형호제이고요."

그 말에 임태호가 눈썹을 찡그렸다.

"뭐? 네 소속사 후배야? 소속사가 있었단 말이지?"

"하하, 예. 석준 형이 얼마나 공들였는데요. 계속 전속계약 해달라는 말에 이 대표님도 고개를 절레절레 흔들었어요."

"석준이면 3팀장?"

"예, 형님."

"하긴, 그 녀석이 보통 찰거머리가 아니긴 해. 어쨌든, 이 녀석하고 술 좀 마시러 갈까 했는데 너도 갈래?"

윤환이 냉큼 대답했다.

"저야 영광이죠. 그러면 제가 운영하는 가게로 갈까요? 여기서 좀 멀긴 한데 프라이빗 룸이 있어서 조용하고 술맛도 좋습니다."

"그래, 그러자. 매니저한테 말해둘게."

임태호가 휴대폰으로 통화를 하며 성큼 앞서 나갔다.

가만히 그 뒤를 쫓던 윤환이 임태호가 저만큼 멀리 걸어가자 눈매를 좁혔다.

"야! 너 오늘 같이 녹화한 게 태호 형이었어?"

"예, 맞아요."

"어떻게 됐어? 태호 형이 우승했냐?"

"······그거 스포일러잖아요. 안 그래도 아까 방청객 중 한 명이 형 방송 스포했다가 경호원들한테 끌려나갔어요."

"뭐? 내 방송 스포했어?"

"예."

"에이, 누구야? 어떤 놈이 스포를······."

"그러면서 저보고 스포해 달라고 하시면 안 되죠."

윤환 눈썹이 꿈틀거렸다. 그것도 잠시 그가 한숨을 내쉬었다.

"아, 태호 형님 녹화인 거 알았으면 안 왔을 텐데. 에이, 괜히 코가 꿰였네."

"예? 왜요?"

한수가 의아한 얼굴로 윤환을 쳐다봤다.

임태호는 국보급 보컬리스트고 처음에는 호랑이처럼 매섭고 무서워 보였지만 계속해서 대화를 나눠보니 친근하고 옆집 아줌마처럼 털털한 성격이었다.

"왜냐고? 스포일러라서 말 안 해줄게."

한수는 흥칫뿡을 시전하는 윤환을 보며 속으로 혀를 찼다.

알고 보면 은근히 속 좁은 게 또 윤환이었다.

잠시 뒤 그들은 태호의 밴을 타고 윤환의 가게로 향했다.

일산에서 강남까지 가는 동안 한수는 조금 전 왜 윤환이 그런 말을 했는지 알 수 있었다.

"아니, 그러니까 말이야. 이 녀석이 얼마나 노래를 잘하는지 아냐? 진짜 내가 엄청 놀랬다니까? 내가 시나위 때 재철 형님하고 녹음했던 그대로 부르는데 진짜 부스에서 뛰쳐나올 뻔했어. 오죽 놀랬으면 그랬겠냐고. 그래서 마침 아는 후배 녀석이 새로 보컬리스트 구하길래 거기 소개시켜 줄까 했지. 응? 누구냐고? 그게 말이야……."

쉬지 않고 부스트를 단 것처럼 움직이는 입술.

윤환은 계속 '예, 예.' 하면서 듣는 둥 마는 둥 한 귀로 듣고 한 귀로 흘리고 있었다. 그리고 꽤 많이 당해본 듯 그의 표정은 무덤덤했다.

그랬다.

임태호는 호랑이 같은 풍채와는 전혀 어울리지 않게 투 머치 토커(Too much talker)였다.

시간은 쏜살처럼 지나갔다.

한수가 2주에 걸쳐 OBC에서 녹화한 것도 벌써 엊그제 일이 됐다.

그리고 토요일 오후 11시.

한수 식구들이 한자리에 모였다.

텔레비전 앞에 도란도란 앉은 채 그들이 켜둔 채널은 OBC였다.

오늘은 「숨은 가수 찾기」 윤환 편이 방송하는 날이었다.

이미 「숨은 가수 찾기」 제작진은 각종 매체를 통해 대대적으로 홍보를 해둔 상태였고 한류 스타 윤환의 출연 소식에 대부분의 웹사이트들 또한 뜨겁게 달아올라 있었다.

특히 윤환의 팬들은 녹화에는 함께 하지 못했지만 본방 사수를 하면서 1라운드부터 4라운드까지 무조건 윤환을 맞히겠다고 자부하고 있었다.

완판된 광고가 좌르르 깔리고.

오후 11시를 조금 넘긴 뒤「숨은 가수 찾기」가 시작됐다.

그리고 지금 이 시각「숨은 가수 찾기」를 보고 있는 건 한수네 집만이 아니었다.

구름나무 엔터테인먼트에서도, 그리고 IBC「자급자족 in 정글」의 제작진도 오늘 방송을 시청 중이었다.

한수가 수학능력시험에서 만점 받고 인터뷰한 것과 배우 정수아와의 사건에 억울하게 휘말려 텔레비전에 보도된 걸 제외하면 처음으로 텔레비전에 나오는 날이었기 때문이다.

그리고 또 한 군데,「숨은 가수 찾기」를 보는 곳이 있었다.

바로「트루 라이즈」제작팀이었다.

대형 텔레비전을 앞에 두고 앉아 있는 장 피디의 표정은 거무죽죽했다.

7월 초 인도네시아로 촬영을 떠났던「자급자족 in 정글」이 난항을 겪다가 좌초됐을 때만 해도 그의 얼굴에는 백만 송이 장미가 피어난 것처럼 화사하기만 했다.

그러나 소문의 유튜브 영상이 퍼지고 정수아가 백기 투항한 다음 미국으로 도망친 뒤,「자급자족 in 정글」이 재촬영에 들어가자 그의 표정은 점점 썩어 문드러지기 시작했다.

단순히 「자급자족 in 정글」 때문만은 아니었다.

7월 초 합숙에 들어간 「트루 라이즈」가 시작부터 삐거덕거리린 탓도 있었다.

요즘 예능 프로그램은 대세는 리얼리티.

괜히 출연자들이 아무 집이나 무작정 들어가서 구걸하며 밥을 얻어먹는 게 아니다.

물론 사전에 어느 정도 협의점은 잡아두는 만큼 100% 각본이 없지는 않지만, 어쨌든, 리얼리티는 필수다.

「트루 라이즈」는 대본이 없기로 유명하다.

기본적인 골조만 깔아둘 뿐 그 위에서 뛰어노는 건 참가자의 몫이다.

그렇다 보니 문제를 잘 푸는 참가자만으로는 한계가 있다.

연예인을 섭외하고 전문가를 섭외하는 게 그런 이유에서다.

하지만 「트루 라이즈」가 삐거덕거리기 시작한 건 바로 이 출연자들이 서로 궁합이 안 맞아서였다.

2주 동안 합숙을 했는데도 제대로 된 그림 하나 건지기 어려웠다.

하다못해 팀을 나눠서 싸우고 헐뜯던 중상모략이라도 했으면 그림이 살았을지 모른다.

그러나 대부분 「트루 라이즈」 시즌1부터 시즌3까지 봤던 사람들이기 때문에 최대한 눈에 덜 띄어야 산다고 생각했는지 모두 소극인 태도를 보였고, 그렇다 보니 이도 저도 아닌 상황이 펼쳐져 맛이 살지 않았다.

그 때문에 점점 흰머리가 늘어나고 얼굴엔 주름살이 켜켜이 박혔으며 손끝은 하루에 서너 갑씩 피워대는 담배 때문에 새까맣기만 했다.

게다가 소문에 의하면 「자급자족 in 정글」팀 같은 경우 좋은 장면이 정말 많아서 편집에 난항을 겪는 중이라고 하니 열불이 뻗칠 수밖에 없었다.

"장 피디님, 무슨 생각하세요?"

옆에 앉아 있던 정효민 작가가 장 피디를 불렀다.

장 피디가 눈매를 좁혔다.

"별거 아니야. 그냥 우리 프로그램 생각하느냐고."

"너무 걱정 마세요. 코어 팬이 많으니까 한번 돛만 잘 펼치면 쑥쑥 뻗어 나갈 거예요."

"후, 하지만 걔넨 지상파고 우린 케이블이잖아. 한번 시청률에서 밀리면 박살 날 텐데. 걔네 이번 특집 10부작이라며. 맞지?"

"예, 그렇다고 들었어요."

"10부작이면 거의 두 달은 그걸로 우려먹겠다는 건데, 어휴."

하필이면 「트루 라이즈」도 10부작이다.

결국, 한 번 시청률이 밀리면 종영될 때까지 줄기차게 밀리다 못해 박살 난단 의미다.

사전에 화끈하게 끌어와야 하는데 지금 찍어놓은 것으로는 택도 없을 게 뻔했다.

이제 방송까지 남은 시간은 불과 석 달.

편집까지 생각하면 시간 역시 밑도 끝도 없이 부족했다.

더군다나 요 며칠 전부터는 CP까지 나서서 닦달하고 있었는데 그 잔소리를 견뎌내기 괴로울 정도였다.

"방송 시작하네요."

그때 눈치 없는 한 사람이 텔레비전을 가리키며 말했다.

때마침 OBC의 간판 프로그램 「숨은 가수 찾기」가 시작하려 하고 있었다.

"오늘 가수가 누구랬지?"

"윤환이요."

한류 스타 윤환.

한때 장 피디도 「트루 라이즈」에 섭외하려 했던 연예인 중 하나다.

입담 좋고, 두뇌 명석하고, 노래 잘하고, 예능감 좋고.

국내 최초의 만능 엔터테이너가 아닌가.

그러나 섭외를 시도하자마자 바로 대차게 까이고는 다시 한번 섭외의 ㅅ 자도 꺼낼 수 없었다.

"하필이면 꼴도 보기 싫은 얼굴이 둘이나 나오네. 에이, 그냥 망해 버렸으면 좋겠다. 저거 평균 시청률이 몇이라고?"

"지난 회차 방송이 5.3%였어요."

장 피디 얼굴이 잔뜩 일그러졌다.

「트루 라이즈」같은 경우 시즌1 최고 시청률이 3.3%였다. 그래서 이번 시즌4 같은 경우 목표로 잡은 게 5%다.

"망해라. 망해. 망……."

그러나 시작부터 한류 스타 윤환의 등장에 반응은 폭발적이었다.

그러면 그럴수록 장 피디 얼굴은 더욱더 거무죽죽해지고 있었다.

구름나무 엔터테인먼트 사무실 안.

3팀장은 노트북 두 대를 앞에 두고 텔레비전을 쳐다봤다.

그가 노트북 화면에 띄워놓은 건 대형 사이트에서 자체적으로 운영하는 불판이었다.

불판이란 그 사이트 이용자들이 관련 프로그램 반응을 공유하기 위해 만들어두는 게시판을 일컫는 말이다.

댓글 수가 일정 개수 이상을 넘어가면 새로운 게시판을 파는데, 고깃집에서 불판을 갈아주는 것하고 비슷하다고 해서 불판이라는 이름이 붙여지게 됐다.

그리고 방송이 시작되기 무섭게 불판이 올라왔고 그 사이트 회원의 댓글이 실시간으로 달리기 시작했다.

불판 열렸습니다.

─오늘 「숨은 가수 찾기」 윤환 나오는 거 맞죠?

ㄴ네, 윤환 맞음. ㅎㅎ

ㄴ ㄴ ㄱ ㅅ

─다음 주 떡밥도 벌써 풀렸던데요?

ㄴ다음 주 누군데요? 아는 거 있어요?

─다음 주 임씨라는 말 있음.

─설마 임태호는 아니겠죠? ─ _ ─

ㄴ임태호면 닥본사 ㅇ ㅈ?

ㄴ ㄴ닥본사가 뭐예요? 뉴비라서 늅늅 :(

ㄴ ㄴ ㄴ닥치고 본방 사수요. ㅋㅋ 와, 근데 임태호 나오면 진짜 소름인데.

─어, 윤환 나왔다. 와, 존잘.

─노래 잘해, 연기 잘해, 개부럽.

─삑사리 나라. 제발. 삑사리 한 번만.

└이거 녹방인데 삑사리 나면 자체 편집해 주겠죠. ㅋㅋ 생각 좀 하고 말하셈.

└ └즐.

└ └ └와, 아재 냄새 ㄹㅇ.

─근데 저 유니크하다는 말은 맨날 하는 거 같지 않냐? 누가 멘트 확인 좀 해줘 봐.

└저번 주에도 나옴

└ └저 저번 주에도 비슷했다. 그땐 특색 있다고 했네ㅋㅋ

─작가진 진짜 무능한 거 아니냐? 좀 신선하게라도 바꾸던가. 허구한 날 유니크, 유니크 이러고 있네.

└디아블로3 할 사람? 내가 유니크 템 지원해 줄게.

└ └수면제 꺼지셈.

3팀장은 눈살을 찌푸렸다.

역시 땀 냄새 풀풀 풍기는 남초 사이트의 댓글은 지저분하기만 했다.

그는 옆 노트북에 켜둔 여초 사이트 반응도 확인했다.

꽃미남이라느니 넓은 품에 안기고 싶다느니 호감 높은 댓글들만 줄줄 달리고 있었다.

물론 어디까지나 이건 오늘 출연하는 가수가 윤환이기 때문에 벌어진 비극이었다.

만약 걸 그룹이 출연했다면 반응은 이와 사뭇 달랐으리라.

그렇게 1라운드 무대가 이어졌을 때였다.

−와, 이거 구별 어떻게 하냐? 오늘 방송 장난 없네.

−1번 같지 않냐?

−나도 1번. 완전 윤환이 나라고 광고하는 수준이던데?

−6번 아니었어?

└나도 6번 같은데.

−병신들. 4번이잖아. 만약 4번 아니면 내가 피자 한 판씩
돌림.

└1.

└ └2 내 아래로 줄 서셈.

−저기요. 제가 막귀인 건가? 어, 3번 아니에요?

└핵소름. 님 내일 당장 이비인후과부터 가 보셈. 고막 문
제 있는 듯.

그러는 사이 노래가 끝나고 윤환이 커튼 사이로 걸어 나
왔다.

윤환이 걸어 나온 곳은 4번 방이었다.

코멘트창이 아비규환이 되었다.

다들 난리법석이었다.

4번을 맞힌 놈들은 좋아하는 반면 그 외 놈들은 순식간에 음알못이 되어버리고 말았다.

그렇게 2라운드까지 이어졌을 때였다.

여전히 다들 역대급 무대라는 평가가 이어지고 있을 때였다.

2라운드 무대가 끝난 뒤 모창 능력자들 얼굴이 공개됐다.

그때 한수 얼굴이 공개되며 방청객석에서 소란이 일었다.

그건 인터넷에도 마찬가지였다.

몇백 개 안 되던 코멘트가 순식간에 쌓였고 불판이 새로 갈렸다.

그러는 사이 인터넷에도 기사들이 뜨기 시작했다.

『자급자족 in 정글』의 일반인 참가자 강한수, 「숨은 가수 찾기」에 출연?]

『숨은 가수 찾기」에 출연한 강한수, 알고 보니 모창 능력자?]

3팀장은 함박웃음을 지었다.

실시간으로 달리는 댓글 중에는 호의적인 반응이 꽤 많았다.

특히 여초 사이트 반응이 좋았다.

'잘생겼다'를 시작으로 노래 잘 부른다, 키 크다 등등.

게다가 배우 정수아와 관련이 있는 사건에 대해 옹호하는 목소리가 상당했다.

그건 남초 사이트도 비슷했다.

수아즈(Sua's)가 여전히 강력한 팬덤으로 남아 있다면 모르겠지만 이미 갈기갈기 찢긴 상태였고 강력한 안티로 돌변한 상태였다.

그런 상황이다 보니 다들 호의적인 반응을 보내고 있었다.

물론 안티가 없는 건 아니었다.

배우 정수아를 동정하고 있는 일부 수아즈, 그밖에 그냥 이유 없이 한수를 싫어하는 몇몇 안티가 분란을 일으키려 했지만, 줄줄이 반대를 먹고 파묻히기 일쑤였다.

그때 3라운드도 끝이 나고 모창 능력자들도 자기소개를 시작했다.

한수도 카메라를 보며 입을 열었다.

─한국 대학교에 재학 중인 강한수입니다. 오늘…….”

3팀장은 불판을 확인했다. 이미 반응은 폭발하고 있었다. 시청률도 그에 맞게 잘 나올 것 같았다.

그리고 또 한 곳, 덩달아 폭발한 곳이 있었다.

그곳은 바로 「트루 라이즈」 회의실이었다.

다음 날 아침, 3팀장이 한수를 찾아왔다.

일어나서 씻자마자 근처 커피숍으로 나온 한수는 자신을 힐끔거리며 쳐다보는 시선을 느낄 수 있었다.

그러나 그는 대수롭지 않게 생각하며 커피숍에 앉았다.

근처에 차를 대고 온 3팀장이 커피숍 안으로 들어와서는 위아래로 한수를 훑어보며 물었다.

"어, 한수야. 언제 왔어?"

얼마 전부터 말을 편히 하기로 두 사람이었다. 나이도 3팀장이 훨씬 많았고.

"조금 전에 왔어요."

"뭐 마실래?"

"아메리카노요."

"그래? 기다리고 있어."

잠시 뒤 3팀장이 커피 두 잔을 받아온 다음 자리에 앉았다. 그리고 커피를 마시기도 전에 한수를 보며 물었다.

"어때? 인기는 실감 나?"

"그럭저럭요. 어제 친구들한테 꽤 연락이 많이 왔거든요. 뭐, 대학교 동기들도 있고 중, 고등학교 동창들도 있고. 몇 놈은 동창회 꼭 나오라는데, 제가 그런 곳은 별로 안 좋아해서요."

"하하, 그래? 잘됐네."

한수가 떨떠름한 얼굴로 3팀장을 쳐다봤다.

확실히 어제 인터넷 반응은 남달랐다.

특히 한수 관련 기사가 여러 개 뜨더니 순식간에 실시간 검색어 1위까지 치솟았다.

덕분에 한수가 목표로 했던 명성은 800에 근접하게 쌓인 상태였다.

이대로라면 다음 주쯤이면 명성 1,000을 돌파할 수 있지 않을까 생각 중이었다.

원래는 「자급자족 in 정글」로 명성 1,000을 넘길 생각이었지만 생각보다 「숨은 가수 찾기」의 파급력이 셌다.

한류 스타 윤환이 나온 것도 있고 또, 그 윤환을 꺾고 한수가 우승한 것도 적잖게 영향을 미쳤다.

그런 한수를 보며 3팀장이 웃었다.

"조금 전 무슨 일이 있었는지 알아?"

"예? 뭔데요?"

"저 카운터에 있는 알바생이 나보고 이것 좀 대신 전해달라고 하더라."

3팀장이 구깃구깃 접힌 쪽지를 내밀었다.

쪽지에는 언제 시간 되면 한번 볼 수 있냐는 질문과 함께 연락처가 적혀 있었다.

한수가 멋쩍게 웃었다.

"대학교 다닐 때도 이런 건 몇 번 받아봐서요."

특히 도서관에서 이런 쪽지는 수차례 받긴 했다.

그때마다 서랍에 보관해 두기만 했지만 말이다.

"다음 주 태호 형하고 찍은 거 방송 타고 너 정글 다녀온 거 그것마저 나가면 아마 지금 이 몰골로는 밖에 못 돌아다 닐 거야."

"예? 지금 몰골이 어때서……."

"민얼굴에, 트레이닝복에. 이제 너도 얼마 안 있으면 수시 로 사진 찍힐 테고 그럴 때마다 이곳저곳에 올라갈 텐데 신경 쓰고 다녀야지."

"아, 예."

그때였다.

3팀장이 평소 들고 다니던 태블릿 PC를 꺼내 한수에게 보 여줬다.

"실감이 잘 안 나나 본데 이거 봐."

그것을 본 한수가 눈을 휘둥그레 떴다.

자신의 팬클럽이 개설되어 있었다.

한수는 3팀장이 내민 기획안을 들춰봤다.

몇몇은 케이블에서 하는 예능 프로그램이었고 어떤 건 3개월 남은 추석에 할 파일럿의 가안이었다.

그러나 그들 대부분 한수 한 명만을 원하는 게 아니었다.

윤환을 끼워 넣고 있었다.

"끼워 팔기네요."

한수가 자조적인 웃음을 흘렸다.

3팀장이 그런 한수를 다독였다.

"그렇게 생각할 거 없어. 끼워 넣고 싶은데 끼워 넣지 못할 때도 많거든. 그런 걸 보면 지금 기획안을 보낸 이 피디들이 널 진짜 매력 있는 카드로 생각한다는 거야."

"위로 안 해주셔도 돼요. 뭐, 아직까지는 도매급으로 팔릴 테지만 얼마 안 있으면 저 메인으로도 섭외될 수 있게 할 거니까요."

"그럼, 좋아. 그런 태도야. 그게 바로 톱스타가 될 애들이 갖는 마음가짐이거든! 어쭙잖게 포기부터 하면 안 돼."

한수는 며칠 전「숨은 가수 찾기」에 함께 출연했던 가수 임태호를 떠올렸다.

그는 자신을 찾는 강 피디한테도 당당하기만 했다.

오히려 강 피디가 굽실거릴 정도였다.

그건 한류 스타 윤환도 마찬가지다. 배우 정수아도 그랬다.

그들은 방송국 그리고 소속사도 터치하기 어려울 만큼 지배력이 있기 때문이다.

사실상 그들 한 명 한 명이 1인 기업이나 마찬가지인데 누가 감히 그들의 심기를 거스르려 할까.

한수는 임태호를 보며 목표를 새로 설정했다.

적어도 이 바닥에 온 이상 최고가 되겠다고.

그래서 한국 대학교 경영학부에 수석으로 입학한 것이다.

역대급 불수능에서 수능 만점, 그리고 문과에 있어서는 국내 최고로 평가받는 한국 대학교 경영학부 수석 입학.

이런 만능 텔레비전이 있는데 그것도 못한다면 그건 직무 유기나 마찬가지였다.

그때 3팀장이 생각에 잠겨 있던 한수를 일깨웠다.

"여하튼 한번 보고 마음에 드는 거 있으면 말해. 가급적 네 분량 잘 챙기는 걸로 알아봐 줄 테니까. 신인일 때는 인지도부터 쌓는 게 최고야. 그러려면 예능, 그것도 지상파 예능에 나가는 게 제일이고."

아쉽게도 3팀장이 내민 기획안에는 지상파 예능 프로그램은 없었다.

종편 혹은 케이블이 전부였다.

추석에 편성될 파일럿 중에는 지상파도 있긴 했지만 얼마나 분량을 할애해 줄지는 미지수였다.

대충 기획안을 훑어봤을 때 출연자가 못해도 백 명은 넘어가는 듯했으니까.

한수가 3팀장을 보며 물었다.

"다음 주에「숨은 가수 찾기」임태호 편 방송되잖아요. 그것마저 방송에 타면 좀 더 나아지겠죠?"

"당연하지. 우리도 지금 그거 기대 중이긴 해. 아마 그거 방송 타고 나면 지상파에서도 섭외가 쏟아질 거 같긴 한데 일단 조율해 봐야지. 그러니까 너무 걱정 마. 내가 넌 꽃길만 걷게 해준다."

3팀장이 자신 있게 말했다.

한수가 미소를 지었다.

며칠 뒤, 한수는 정장을 꺼내 갖춰 입고 있었다.

오늘은 아버지의 퇴임식이 있는 날이었다.

한수의 나이만큼을 다니던 직장에서 마침표를 찍게 되는 날이 바로 오늘이었다.

그랬기에 한수는 아버지의 마지막 길을, 그리고 새롭게 출발할 오늘을 기리기 위해 준비 중이었다.

어머니도 그 어느 때보다 아름답게 차려입었다.

그리고 한수는 어머니와 함께 회사로 향했다.

누구는 무슨 문화회관을 빌려 퇴임식을 한다고 하지만 아버지의 퇴임식은 회사에 있는 대강당에서 조출하게 진행되었다.

그렇게 한수가 아버지 회사에 도착했을 때였다.

대강당으로 들어서기 직전 한수는 배가 남산만큼 부른 웬 남자가 하는 헛소리를 들을 수 있었다.

"어휴, 참 너무한 거 아니야? 아무리 만년 과장이라 해도 그렇지 어떻게 이런 곳에서 퇴임식을 한다는 거야? 적어도 퇴임식을 해주려면 좀 번듯하고 화려한 곳에서 해줘야지."

"저기, 임 부장님. 듣는 귀가 많습니다."

"허허, 김 대리. 내가 못할 말 했나? 자네가 생각해도 그렇잖아. 상식적으로 이게 뭔가."

"뭐, 그건 그렇긴 합니다만. 그러고 보니 임 부장님께서는 어디서 퇴임식을 하시기로 하셨죠?"

"나? 나야 세종문화회관에서 하기로 했지."

"역시 임 부장님이십니다."

"어험, 그래. 적어도 그 정도는 되어야지. 이게 뭐야?"

한수는 그 대화를 들으며 눈살을 찌푸렸다.

겉으로는 회사를 깎아내리는 것 같으면서도 저 임 부장이란 놈은 지금 아버지를 조롱하고 있었다.

열불이 치솟았지만, 한수는 그것을 꾹꾹 눌렀다.

한 번밖에 없는 아버지의 퇴임식이다. 그런 날 말썽을 부릴

수는 없는 일이었다.

한수는 어머니를 모시고 대강당 안으로 들어왔다.

오늘 퇴임식을 앞두고 있는 시대의 역군이자 한 가정의 대들보이기도 한 분들이 보였다.

한수는 그들을 보며 입술을 깨물었다.

저들 모두 자신의 가정을 위해 기꺼이 한 몸 바쳐 희생한 분들이었다.

그런 그들의 노고를 꺾어서는 안 되는 일이었다.

한수는 애써 웃으며 아버지에게 꽃다발과 편지를 건넸다.

아버지 얼굴은 그 어느 때보다 환해 보였다.

"고맙다, 아들."

"아니에요, 아버지. 앞으로 틈틈이 같이 낚시하러 가요."

"나야 좋지. 하하. 근데 당분간은 어렵겠어."

"예?"

"네 엄마가 고리눈 뜨고 지켜보고 있구나."

한수가 그 말에 머리를 긁적였다. 뒤통수가 싸늘했다.

그때였다.

아까 전 그 임 부장이란 놈이 아버지를 향해 걸어왔다.

아버지가 고개를 깊숙이 숙였다.

"부장님, 이렇게 와주셔서 감사합니다."

"감사할 거까지야. 우리 강 과장이 퇴임식 한다는데 내가

와야지. 안 그래?"

"감사합니다. 그동안 정말 물심양면으로 도와주셔서 고마웠습니다."

"허허, 그렇게 생각한다니 고맙군. 이쪽은?"

"아, 제 아들입니다."

한수는 부장 놈을 쳐다보다가 살짝 묵례만 하며 말했다.

"강한수입니다."

"응? 낯이 익는데? 내가 어디서 봤나?"

"아, 며칠 전 텔레비전에 나온 적이 있습니다. 그 모창 능력자 찾는 프로그램인데「숨은 가수 찾기」라고. 그래서 낯익어보이실 수도 있을 겁니다."

"그래! 그러고 보니 거기서 본 거 같구먼. 허허, 아들이 강과장 닮아서 키도 크고 훤칠하게 잘생겼군."

"감사합니다."

자식 자랑은 온종일 들어도 지겹지 않은 법이다.

아버지가 깍듯하게 고개를 숙였다.

그러나 한수의 표정은 여전히 좋지 못했다. 아까 전 이 임부장이란 놈이 한 말을 똑똑히 들어서였다.

임 부장은 그 모습에 슬쩍 심술이 난 듯 퉁명스럽게 덧붙였다.

"그래 봤자 딴따라이긴 하지만."

"예?"

"아닐세. 그보다 자네 아들, 그러면 대학교도 안 갔나? 고등학교 중퇴?"

"아닙니다. 저번에 한 번 말씀드린 거 같은데…… 작년에 한국 대학교 경영학부에 입학했습니다. 이제 1학년이고요."

"어? 뭐, 뭐라고? 어디?"

"한국 대학교요. 그 수능 만점자가 제 아들입니다."

"허허."

임 부장 얼굴이 잔뜩 구겨졌다.

그러고 보니 올해 초 지나가다가 얼핏 들은 이야기가 있었다. 회사 부서 내 아무개 아들이 수능 만점을 받고 한국 대학교 경영학부에 입학하게 됐다고.

그런데 그게 설마 강 과장의 아들일 줄이야.

전혀 생각지도 못한 일이었다.

임 부장은 머뭇머뭇하다가 얼굴을 붉게 물들인 채 자리를 떠났다.

얼마 지나지 않아 퇴임식이 이루어졌다. 별거 없는 퇴임식 이후 회사 사장의 격려가 있었다.

그것이 끝이었다. 회사에 뼈를 묻을 각오로 일했던 25년이 이렇게 몇 시간 만에 끝나 버린 것이었다.

그러나 아버지의 표정은 그 어느 때보다 환했다.

오히려 속 시원하다는 얼굴을 하고 있었다. 퇴임식이 끝나고 집으로 돌아오는 동안 한수가 아버지를 보며 물었다.

"아버지, 명퇴했는데 왜 그렇게 기분이 좋아 보이세요?"

"하하, 그 부장님, 아니, 부장 놈이 얼굴 벌게진 채 자리 피하는 게 보기 좋아서. 워낙 거들먹거리는 양반이라 꼴사납기만 했는데 우리 아들 덕분에 내가 어깨 좀 펼 수 있게 됐잖니."

한수가 그 말에 멋쩍게 웃었다.

역시 자신 또래의 자식을 둔 부모들에게는 자식의 대학교 간판이 가장 중요한 모양이었다.

요즘 세대는 그렇지 않지만, 부모님 세대만 해도 자식 교육이 최우선이고 자식을 어떤 대학교에 보냈느냐가 그들의 노고를 인정받게 하는 성적표 역할을 했으니까.

"고맙다, 아들."

한수는 미소로 화답했다.

"별말씀을요. 제가 감사하죠."

퇴임식이 끝나고 며칠 뒤.

오늘은 「숨은 가수 찾기」가 하는 날이었다.

배가 남산만 한 임 부장은 집에서 가족들과 함께 소파에 앉아 텔레비전을 보고 있었다. 그는 텔레비전을 보며 치킨을 뜯는 아들들을 쳐다봤다.

첫째 아들은 군대도 미룬 채 되지도 않는 재수 중인 백수, 둘째 아들은 이름도 없는 지방의 대학교에 다니는 얼간이였다.

'에휴, 한심한 놈들.'

지난번 퇴임식 날 보았던 강 과장 아들이 생각났다.

키 크고 얼굴 훤칠하고 거기에 한국 대학교 경영학부 수석 입학이라는 프리미엄까지.

자신도 모르게 아들들과 비교를 하고 말았다.

'쯧쯧.'

이제 자신의 퇴임식도 얼마 안 남았다.

명예퇴직이 아닌 정년퇴직이긴 하지만 앞날이 까마득했다. 무엇보다 골칫덩어리인 이 두 아들을 어떻게 해야 하나 갑갑했다.

그때 「숨은 가수 찾기」가 시작됐다.

오늘의 원조 가수는 임태호였다. 임 부장이 주말에 이렇게 소파에 앉아 텔레비전을 보고 있는 이유는 임태호가 「숨은 가수 찾기」에 나온다는 기사를 접하고 나서였다.

그에게 먼 친척뻘이 되는 임태호는 임 부장에게도 동경과 흠모의 대상이었다. 그런 임태호가 예능에 나온다는데 채널을 고정시킬 수밖에 없었다.

그때였다.

카메라가 돌아가는데 낯익은 얼굴이 순간 잡혔다가 사라졌다.

"어? 잘못 봤나?"

그때 임태호가 나오고 연예인 패널 중 한 명이 대화하는 게 잡혔다. 그리고 임 부장은 똑똑히 볼 수 있었다.

"뭐야? 강 과장이 왜 저기에?"

강 과장과 그의 부인이 저곳 방청석에 앉아 있었다.

아이처럼 좋아하는 그를 보며 임 부장이 눈살을 찌푸렸다.

그도 내심 저 자리에 앉아 노래를 라이브로 들을 수 있으면 얼마나 좋았을까 하는 생각이 들었다.

그러는 사이 「숨은 가수 찾기」가 계속해서 진행됐다.

1라운드, 2라운드가 끝났지만, 모창 능력자들은 공개가 되질 않았다.

평소와는 전혀 다른 룰에 임 부장은 「숨은 가수 찾기」에 보다 더 집중하기 시작했다.

그리고 3라운드가 끝나갈 무렵, 임 부장은 누가 임태호고 누가 모창 능력자인지 알아맞히기 버거웠다.

그렇게 3라운드마저 끝나고 마지막 라운드가 됐을 때였다.

이제 누가 우승자인지, 그리고 누가 모창 능력자인지 밝혀질 차례.

곧바로 부스에서 임태호와 모창 능력자가 나란히 걸어 나왔다.

우승자는 다름 아닌 모창 능력자였다.

"어, 뭐야?"

"저번 주에도 저 사람이 우승하지 않았어?"

"그러게? 뭐지? 와, 대박이네."

"방금 기사 떴는데 지난주 우승자 맞대."

"2주 연속 우승한 거야?"

열심히 치킨을 뜯던 아들들이 하는 이야기가 들렸다.

임 부장은 자신도 모르게 혀를 찼다.

강한수라고 했던가?

강 과장 아들이 분명했다.

"이게 어떻게……."

그때 4라운드도 끝나고 앵콜 곡이 이어졌다.

MC 신현호가 앵콜 곡을 시작하기 전 멘트를 했다.

―이 노래는 2주 연속 우승을 차지하신 강한수 씨가 특별히 요청한 노래인데요. 임태호 씨도 흔쾌히 그 요청을 들어주기로 하셨습니다. 마지막 앵콜 곡 노래는 「아버지」입니다.

임 부장이 떨떠름한 얼굴로 텔레비전을 볼 때였다.

한수가 묵직한 저음으로 노래를 부르기 시작했다. 그리고 카메라 앵글 하나가 한수의 부모님을 잡았다.

두 사람은 감동에 젖은 얼굴로 한수를 가만히 바라보고 있었다.

반면에 임 부장 얼굴은 썩어 문드러지고 있었다.

그가 소리를 버럭 질렀다.

"이 새끼들아! 흘리고 먹지 말랬지!"

"아씨, 왜 갑자기 지랄인데!"

"짜증 나."

쾅!

문을 닫고 각자 방으로 들어가는 아들들을 보며 임 부장이 한숨을 길게 내쉬었다.

"시X."

나오는 건 욕밖에 없었다.

한편 「숨은 가수 찾기」 임태호 편까지 방송을 탄 이후 기사들이 쏟아지기 시작했다.

더불어 인터넷에서도 한수의 이름이 이슈가 되었다.

곳곳에 그의 영상이 떴고 그의 이름을 검색하는 숫자도 늘어났다.

윤환 편에서 6%를 찍었던 시청률은 임태호 편에서는 7%를 넘기며 신기록을 갱신했다.

그리고 한수에게도 특별한 변화가 생겼다.

명성 수치를 1,000 넘긴 것이다.

동시에, 한수는 새로운 채널 확보권을 추가로 얻을 수 있었다.

명성 수치 1,000을 넘겼다.

동시에 알림이 떴다.

한수는 눈을 감았다. 까맣던 밤하늘 같던 시야에 촘촘히 하나둘 별이 박히기 시작했다.

무수히 많은 별, 그 별들 모두 살아서 역사에 이름을 남기고 간 이들이었다. 개중에는 과학자도, 정치가도, 군인도, 우주비행사도, 정복군주도, 배우도, 가수도 있었다. 그렇게 수많은 별이 스치며 지나간 뒤 한수 앞에 글자가 나타났다.

[최초로 명성 1,000을 넘기셨습니다.]
[보상으로 새로운 채널 확보권 1장을 무료로 획득하였습니다.]
[카테고리 6과 카테고리 7에서만 사용이 가능합니다.]

카테고리 6과 7은 채널 테크 트리에 의한 분류다.

카테고리 1, 정점에 위치해 있는 채널은 지상파다.

지상파가 카테고리 1로 분류되어 있는 이유는 하나다.

영화, 드라마, 공익, 뉴스, 예능, 다큐멘터리 무엇 하나 빠지지 않고 모든 영역을 다루고 있기 때문이다.

채널 마스터가 되기 위해서는 무조건 확보해야 하는 영역이기도 하다.

카테고리 2에는 종합편성채널(종편)이 있다.

종편이 카테고리 2에 속해 있는 이유는 간단하다.

종편 역시 지상파처럼 다양한 분야를 다루고 있지만, 그 역사가 지상파에 비해 짧다.

지상파 3사인 IBC, ABS 그리고 UBC 중 IBC를 빼면 남은 두 곳은 개국한 지 벌써 57년이 되어간다. IBC도 26년이 넘었다.

반면에 종편은 이제 7년밖에 안 됐다.

명성과 역사, 보유하고 있는 프로그램 뭐 하나 상대가 되질 않는다.

그에 비해 카테고리 6과 카테고리 7은 어느 것 하나에 특화되어 있는 채널이다.

「경제」, 「오락」, 「레저」, 「음악」 등.

한수도 여기서 얻은 능력을 바탕으로 승승장구할 수 있었다.

다만, 지상파나 종편을 얻으면 자신이 얻은 그 능력이 더 강화되거나 혹은 조금 더 특별한 무언가로 바뀌지 않을까 짐작하고 있었다.

어쨌든, 새로운 채널 확보권을 1장 더 확보한 건 한수로서는 정말 기쁜 일이었다. 제한이 붙긴 했지만, 이 채널 확보권을 어디에다가 쓸지 고민할 때였다.

재차 알림이 떴다.

아직 확인하지 않은 알림이 더 남아 있었다.

[명성 1,000으로 보상을 등가교환 합니다.]
[이제부터는 보유 중인 휴대폰의 DMB로도 피로도를 소모하여 능력을 확보 가능합니다.]
[더 많은 명성을 모을수록 그 명성에 비례한 보상을 얻을 수 있습니다.]

계속해서 알림을 확인하던 한수는 뜻밖의 정보에 눈을 휘둥그레 떴다.

명성이 쌓이면 쌓일수록 그 명성 포인트를 이용할 수 있었다.

게다가 그 포인트로 자신이 필요로 하는 걸 얻을 수도 있었는데 개중에는 채널 확보권이라든가 피로도 회복권이라든가 별의별 보상이 존재했다.

문제는 그만큼 많은 명성 수치를 필요로 한다는 점이었다.

'이거 어떻게든 명성을 더 올려야겠는데?'

한수는 침을 꿀꺽 삼켰다.

피로도가 없어서 아쉬워했던 것, 채널을 더 많이 확보하고 싶어도 그럴 수 없었던 것, 그 모든 걸 해결할 방법이 바로 이 명성 포인트 상점에 존재하고 있었다.

그때였다.

휴대폰이 연거푸 울렸다.

황급히 눈을 뜨고 발신자를 확인했다.

3팀장 박석준이었다.

"3팀장님 무슨 일이세요? 오늘 환이 형 콘서트 있는 날 아니에요?"

─어, 맞아. 뭐, 준비는 다 됐어. 그건 걱정 말고 지금 바로 회사로 나와 봐.

"예? 왜요?"

─내가 말했잖아. 널 원하는 사람들 기획안이 산더미처럼 쌓일 거라고. 로드 보냈으니 차 타고 바로 오면 돼.

한수가 침을 꿀꺽 삼켰다.

불과 한 주 만에 많은 게 바뀌었다.

그는 부리나케 집 밖으로 나왔다. 자주 보던 로드가 밴을 끌고 와 있었다.

"한수야, 빨리 타. 팀장님이 너 바로 데려오래."

"방금 통화했어요. 형, 가요."

잠시 뒤, 구름나무 엔터테인먼트의 회의실에 도착했을 때 한수는 수북이 쌓인 기획안을 보고 혀를 내둘렀다. 그리고 회의실 안에는 3팀장 말고 본부장과 대표도 함께 자리해 있었다.

"한수 씨, 왔어요? 어서 와요."

여전히 서글서글한 눈매에 선한 인상, 이형석 대표가 웃으며 한수를 반겼다.

"아, 예. 대표님. 팀장 형이 급히 찾으셔서요."

"하하, 박 팀장이 난리 나긴 했어요. 한수 씨한테 섭외가 꽤 많이 들어왔거든요. 저거 보이죠?"

테이블 위에 수북이 쌓인 기획안들.

한수가 고개를 끄덕였다.

"뭐, 너무 좋아하진 마요. 여전히 대부분 환이도 함께 나왔으면 하는 기획안들이니까요."

"그렇군요."

"한수 씨가 「숨은 가수 찾기」에 나와서 두 번 우승하며 인지도가 부쩍 오르긴 했지만, 아직 무명이에요. 그리고 모창 빼면 딱히 알려진 것도 없고요. 아, 한국대 학생, 그것도 있긴 있지. 여하튼 신선한 얼굴이긴 한데 그렇다고 또 한수 씨만 섭외하기엔 인지도가 너무 부족하거든요."

"예, 알고 있습니다."

3팀장한테도 여러 차례 들었던 이야기다.

이 바닥은 인지도가 최우선이다.

그래야 시청자를 안방 텔레비전 앞에 앉힐 수 있고 그래야 시청률이 잘 뽑힌다.

피디들은 시청률로 자신의 몸값을 증명해야 하기 때문이다.

"이게 다 너 찾는 곳인데……."

서류를 뒤적거리던 3팀장이 한수에게 얇은 종이 한 장을 꺼내 내밀었다.

"이게 가장 마음에 들긴 해. 문제는 네 어휘력인데…… 여길 내보내도 되나 그게 좀 걱정이란 말이지."

한수는 3팀장이 내민 기획안을 훑었다.

그리고 왜 3팀장이 그런 걱정을 하는지 알 것 같았다.

"어때? 관심 있어?"

"당연히 관심은 있죠. 케이블이나 종편도 아니고 무려 지상파인데요."

지상파 예능 프로그램에서 온 섭외다.

UBC에서 수요일 오후 11시에 하는, 시청률도 8%가량 나오는 UBC의 간판 토크쇼이자 UBC 예능국의 효자 종목 가운데 하나다.

하지만 그런 것보다 더 중요한 건 이 프로그램이 갖고 있는 화제성이다. 어떻게 보면 이 프로그램은 신인에게는 등용문이나 다름없다.

대부분 토크쇼가 고정 예능인 몇몇이 프로그램을 이끌어가기 때문에 게스트가 빛날 기회가 적다면, 이 프로그램이야말로 게스트가 돋보일 수 있는 몇 안 되는 예능 프로그램이기 때문이다.

한수에게 섭외 요청을 보내온 곳은 바로 UBC 간판 프로그램 가운데 하나인 「무지개어장 – 스타 플러스 라디오」였다.

물론 「스타 플러스 라디오」, 줄여서 스플라도 한수 한 명만을 섭외한 건 아니었다.

스플라에서 섭외에 들어간 건 한수뿐만 아니라 윤환, 그리고 임태호까지 포함되어 있었다.

왜냐하면, 그들이 이번 특집으로 준비하고 있는 게 「숨은 가수 찾기」에 나온 두 가수와 모창 능력자 한수, 이렇게 세 명이었기 때문이다.

아마도 이에 관해서는 OBC하고도 어느 정도 이야기가 오고 갔을 게 분명했다.

3팀장이 한수를 보며 말했다.

"스플라가 괜찮긴 해. 화제성도 좋고, 시청률도 나쁘지 않고. 신인이 나가서 관심받기엔 딱 좋지."

"예, 그렇죠."

"문제는……."

문제는 하나다.

스플라가 갖고 있는 특성.

케이블보다 더 독한 지상파 예능, 그들이 표방하고 있는 건 고품격 음악방송이라지만 실제로 보면 동물의 왕국이 따로 없는 수준이다.

서로 물고 뜯다 못해 게스트마저 헐뜯는 방송으로 수많은 연예인이 그들의 희생양이 되었다.

개중에는 연예계에서 닳고 닳은 베테랑도 있던 걸 생각해 보면 이제 막 연예계에 발을 담근, 신생아나 다름없는 한수가 그 서바이벌에서 살아남을 수 있을지 걱정되는 게 사실이었다.

"일단 조금 더 생각해 보자. 태호 형님이 섭외를 받아들여야 성사되는 거니까."

그랬다.

임태호가 나가기 싫다고 해버리면 논의해 봤자 의미 없는 일이다.

그런데 그들의 그 생각을 송두리째 부숴 버리는 일이 일어났다.

어디선가 갑자기 걸려온 전화에 3팀장이 벌떡 자리에서 일어나 전화를 받았다.

"아, 예. 태호 형님. 저 석준이 맞습니다. 예, 말씀하세요."

태호 형님이라는 말에 회의실에 앉아 있던 이형석 대표와 본부장이 고개를 갸웃거렸다.

조금 전까지 두 사람이 열심히 떠들어 대던 그 임태호가 맞나 하는 생각에서였다.

그리고 태호라는 사람한테 무언가 이야기를 듣던 3팀장이 거듭 고개를 숙이며 말했다.

"아, 저야 감사하죠. 예, 대표님한테도 안부 인사 전해드리겠습니다. 예, 그러면 그때 뵙겠습니다."

전화를 끊은 뒤 3팀장이 식은땀을 소매로 훔쳤다. 그리고 눈을 휘둥그레 뜨고 있는 이형석 대표를 보며 말했다.

"저, 대표님. 임태호 형님께서 대표님한테 안부 인사 전해 달라고 하십니다. 그리고 조만간 만나서 술이나 한잔하자고 하시는데요?"

"……너라면 마시고 싶겠냐?"

임태호는 투 머치 토커다. 기피할 수밖에 없다.

한번 술이 들어갔다 하면 입에 기관총을 장착한 채 떠들어 대기 때문이다.

"어쨌든, 그건 됐고. 무슨 일이야?"

"이번에 스플라에서 섭외 들어온 거 생각 있냐고요. 만약 환이와 한수, 둘 다 나갈 생각 있으면 자기도 같이 나가겠다고요."

"뭐? 태호 형이 진짜 그렇게 말했어?"

"예, 조금 전 그러셨어요."

이형석 대표가 떨떠름한 얼굴로 한수를 쳐다봤다.

임태호는 진짜 예능에 나오는 게 하늘의 별 따기 수준으로 어렵다.

그래서 너도나도 임태호가 나온다고 하면 맨발로 달려나가서 맞이할 정도다.

그런데 「숨은 가수 찾기」에 나온 지 얼마 안 지나 「스타 플러스 라디오」에 또 나온다고?

"뭐 해?"

"예?"

"스플라 피디가 누구였지? 박종석이었나? 지금 바로 연락하고. 아니다. 내가 양 CP 만나볼게. 오늘 환이 콘서트지? 내일 같이 UBC에 들어갔다 오자고. 한수도 데려가고."

"예, 대표님."

"기세 탔을 때 확 밀어붙여야 해. 이번에 스플라에서 터지고, 10월 초 「자급자족 in 정글」까지 터지면 순식간에 예능 기대주에서 예능 대세까지 될 수 있단 말이야. 바로 스케줄 잡아둬."

"알겠습니다."

회의를 마무리 짓고 이형석 대표가 휴대폰으로 연락을 취하며 바깥으로 나갔다.

"아, 양 CP님. 접니다. 구름나무 이형석입니다. 내일 시간 되면……."

가만히 그 모습을 보던 3팀장이 웃으며 말했다.

"진짜 넌 일복을 타고난 모양이다."

"그러게요. 근데 스플라, 나가도 괜찮을까요?"

"괜찮아. 조금 걸리는 건 역시 정수아 일인데…… 뭐, 그쪽에서 적당히 건들길 바라야겠지. 그쪽 MC들은 우리도 쉽게 터치 못 해. 박 피디도 두 손 두 발 다 들었는데 뭘. 그보다 너 스케줄 없지?"

"예."

"그러면 나하고 같이 환이 콘서트장이나 갔다 오자. 환이가 너 꼭 좀 데려오라 하더라."

한수는 흔쾌히 고개를 끄덕였다.

원래대로였으면 집에 가서 텔레비전을 보며 경험치를 쌓았겠지만, 이제는 이동 중에 DMB로도 경험치를 쌓을 수 있게 됐기 때문이다.

한류 스타 윤환의 콘서트가 열리는 곳은 서울 월드컵 경기장이었다.

무려 5만 명 안팎의 관객을 수용할 수 있는 국내 최대 규모의 공연장이지만 이미 콘서트장은 사람들로 인산인해를 이루고 있었다.

새삼스럽게 윤환이 가진 티켓 파워가 얼마나 대단한지 알수 있었다.

한수는 스태프 카드를 발급받고 콘서트장 안에 들어섰다.

이미 콘서트는 1부가 끝났고 한창 2부가 진행 중이었다.

한수는 3팀장과 함께 윤환이 잘 보이는 1층 VVIP 좌석에 자리를 잡고 앉았다. 그리고 한창 윤환이 이야기를 풀고 있는 모습을 지켜보고 있을 때였다.

무언가 수신호를 받은 윤환이 주변을 두리번거리더니 한수와 3팀장을 찾아냈다. 그리고 그가 입가에 미소를 그렸다.

'설마?'

한수가 당혹스러워할 때였다.

그보다 한발 앞서 윤환이 목소리를 높였다.

"자, 제가 기다리던 게스트가 드디어 오셨군요! 한번 모셔볼까요? 한수야, 어서 올라와라."

웅성웅성—

한수라는 말에 콘서트장이 시끌벅적해졌다.

한수는 그런 윤환을 보며 눈을 크게 떴다.

그리고 손가락으로 자신을 가리켰다.

'저요?'

윤환이 고개를 끄덕였다.

'미친.'

그렇게 한수는 순식간에, 준비도 채 되지 않은 상황에서 5만 명이 넘는 관중 앞에 서버리게 되었다.

그러나 평소 윤환이 어떤지 잘 아는 팬들은 오히려 격하게 환호성을 내지르고 있었다.

그 가수에, 그 팬이었다.

서울 월드컵 경기장에 마련된 무대 위에 올라선 한수는 사방을 둘러봤다.

그의 시선이 닿는 곳마다 사람으로 가득 했다.

이곳 공연장에 관중이 가득 들어차면 오만 명 정도 된다는 건 익히 아는 사실이었지만 그 오만 명을 실제 두 눈으로 보는 건 전혀 다른 성질의 것이었다.

이 많은 관중, 그리고 그들이 내뿜는 열기, 동시에 터지는 환호성.

한수는 순식간에 그들에게 압도당했다.

금세 정신을 차리긴 했지만, 이 엄청난 규모에 혀를 내둘렀다.

또, 이런 무대에서 벌써 두 시간 넘게 콘서트 중인 윤환이 대단하게 생각될 수밖에 없었다.

한수의 그런 눈빛을 느낀 걸까?

윤환이 웃으며 말했다.

"인마, 그렇게 존경스럽게 볼 거 없어."

"진짜 대단하네요."

홍대에서 버스킹을 했을 때도 이 정도는 아니었다.

그때는 천 명을 조금 넘는 수준이었으니까.

그러나 확실히 오만 명이 내뿜는 그 박력은 남달랐다.

어쨌든, 한수가 올라온 뒤 윤환이 이곳 서울 월드컵 경기장을 가득 메우고 있는 관중을 둘러보며 소리쳤다.

"다들 지금 올라온 게스트가 누군지 아시죠?"

"예!"

엄청난 함성이 쏟아졌다.

귀를 먹먹하게 만들 정도로 커다란 함성이었다.

"한수야, 자기소개부터 해야지."

"안녕하세요. 가수 윤환 형님을 그 누구보다 존경하고 사랑하는 강한수입니다. 이렇게 많은 분 앞에 서게 되어 떨리고 또 영광입니다."

우와아아아아―

환호가 터지는 가운데 열띤 응원과 함께 관중들이 내뿜는 소리가 한수에게 터져 나왔다.

"모창! 모창!"

"모창해 주세요!"

그들의 요구는 하나였다.

바로 모창이었다.

그들 대부분 「숨은 가수 찾기」에서 한수가 보인 모창 실력이 진짜인지 확인하고 싶어 했다.

윤환이 한수를 보며 슬그머니 물었다.

"하하, 반응이 이 정도인데 한두 곡은 불러야겠다?"

"……일부러 노리고 저 오라고 한 거죠?"

윤환이 눈매를 좁히며 말했다.

"인마, 내가 너한테 해준 게 얼만데. 이렇게 게스트로 좀 뽑아먹을 수 있지. 안 그래? 형 좀 쉬자. 나이 먹으니까 이제 좀 힘들다."

"……형이니까 해주는 겁니다."

한수가 투덜거렸다.

그래도 이런 분위기를 관중이 아닌 가수가 되어 느낄 수 있다는 건 정말 남달랐다.

"한수가 여러분의 요청에 화답하겠다고 하는군요. 그럼, 한수 노래를 다 함께 들어보도록 하겠습니다. 그동안 저는 잠깐 쉬도록 하죠."

그리고 윤환은 마이크를 스태프에게 건넨 다음 인이어마저 뺐다.

본인은 이번 노래는 절대 부르지 않겠다고 선언해 버린 것이나 마찬가지였다.

이제 한수가 노래를 불러야 할 차례.

한수는 고민 끝에 그가 부를 노래를 결정지었다.

그건 「기다리는 이유」였다.

2001년 발표된 윤환의 8집 타이틀곡으로 한수가 기다리는 이유를 선곡하자 윤환도 눈을 빛냈다.

이 노래는 윤환 본인도 원키로 부른 적이 많이 없을 만큼 소화하기 어려운 곡이었다.

그래서일까. 휴식을 취하고 있던 윤환이 걱정스러운 얼굴로 한수를 보며 물었다.

"너 원키로 부르려고?"

"예, 그러려고요."

"……가능하겠어?"

"괜찮아요."

한수가 고개를 끄덕여 보였다.

그동안 윤환은 한수의 노래 실력을 조금 평가절하하고 있었다.

그가 여태 해왔던 게 모창이었기 때문이다.

확실히 또래 보컬리스트보다는 호소력도 짙고 발성도 뛰어나며 전체적으로 노래 실력이 준수한 편인 게 사실이었다.

실제로 3팀장도 왜 한수의 노래 실력을 폄하하냐고 종종 묻곤 했으니까.

그러나 윤환이 듣고 싶은 건 한수의 진짜 목소리였고 그 목소리로 부르는 진짜 노래였다.

그런데 오늘 여기서 그 노래를 들을 수 있지 않을까 하는 생각이 들었다.

그런 윤환의 걱정과 기대를 아는지 모르는지 한수는 천천히 목을 풀었다.

방송에서 여러 차례 보고 들었던 노래다.

충분히 소화가 가능했다.

무엇보다 지금 「K-POP TV」 같은 경우 발라드는 경험치가 99% 가까이 쌓인 상태였다.

그동안 모창 때문에 노래 부를 일이 많아서 경험치가 더 빨리 쌓인 것이다. 아마 이번 노래를 부르게 된다면 100%가 쌓이지 않을까 조심스럽게 추측 중이었다.

그리고 한수가 조심스럽게 마이크를 입에 가져갔다.

김서현은 오래전부터 윤환의 팬이었다.

그가 1집을 냈을 때부터 모든 음반을 빼놓지 않고 구입했고 그가 영화나 드라마에 출연하면 그 관련 영상을 전부 다 수집

했다.

그야말로 윤환의 매니아, 아니, 오타쿠 그 이상이었다.

그런데 윤환이 잠깐 휴식을 취하고 웬 낯익은 남자가 올라왔을 때 김서현은 눈살을 찌푸렸다.

그녀는 강한수를 익히 잘 알고 있었다.

최근 대형 포털 사이트 연예란을 뒤져 보면 그의 이름이 꼭 한군데에서는 보일 만큼 그는 유명세를 치르고 있었다.

시작은 「자급자족 in 정글」에서 배우 정수아와 일으킨 트러블이었다. 그 이후 「숨은 가수 찾기」에 연달아 두 번 나와서 우승을 차지하며 인지도를 확 끌어올렸다.

그러나 김서현이 볼 때 한수는 굴러 들어온 돌이었다.

무엇보다 이곳은 가수 윤환의 콘서트 무대였다.

그 콘서트 무대에 짝퉁이나 다름없는 모창 가수가 올라온다는 게 불쾌했다.

팬은 이걸 여흥이라고 생각하고 즐기는지 모르지만, 그녀 같은 골수 팬은 그렇게 생각지 않고 있었다.

왠지 모르게 윤환의 이름을 더럽히는 것 같았다.

그래서 김서현은 만약 그가 조금이라도 실수를 하면 그 즉시 쌍욕을 퍼부으리라 다짐하고 있었다.

그 순간 한수의 노래가 시작됐다.

그댈 보내도 되나요. 처음으로 되돌아갈 수 있나요.

노래가 시작됐고 김서현은 믿을 수 없다는 얼굴로 한수를
바라봤다.

주변을 돌아보니 다들 자신처럼 불신, 경악, 당황 등이 범
벅인 얼굴로 무대 위를 지켜보고 있었다.

'마, 말도 안 돼. 이건 오빠 목소리가 맞는데…….'

분명, 이 노래는 윤환의 노래가 맞았다.

그리고 윤환의 목소리도 맞았다.

그런데 저 아래에서 노래를 부르는 건 윤환이 아니었다.

이십 대 초반쯤 되는 젊은 대학생이었다.

김서현은 떨떠름한 얼굴로 한수를 쳐다봤다.

「숨은 가수 찾기」가 텔레비전에 나오고 한수가 윤환과 거의
흡사할 정도로 모창을 해냈을 때도 그녀는 믿지 않았다.

대부분의 골수 팬도 그녀와 같은 생각이었다.

왜냐하면, 윤환의 노래는 유독 따라 부르기 힘들고 또, 그
목소리를 완벽하게 흉내 내는 게 어렵다는 걸 알고 있어서
였다.

그래서 그들은 OBC에서 적당히 편집한 것이라고 여겼다.
그렇지 않고서야 윤환의 목소리를 제대로 따라 할 수 있을 리
가 없었다.

하지만 실제로 보니까 그게 전혀 아니었다.

"와, 미쳤다."

"……말이 돼?"

"진짜 똑같은데?"

다들 당혹스러운 얼굴을 한 채 아무 행동도 하지 못하고 있었다.

팔이라도 흔들든가 아니면 뭐라도 액션을 보여야 할 텐데 이도 저도 아닌 채 그저 멍한 얼굴로 서서 한수가 노래 부르는 모습을 바라보고만 있었다.

그건 김서현도 마찬가지였다.

그냥 멍한 얼굴로 한수가 부르는 노래를 석고상처럼 굳어진 채 듣고 있었다.

그렇게 1절이 끝나고 2절이 시작되며 「기다리는 이유」의 백미, 하이라이트에 이를 때였다.

"여전히 아쉬워. 진짜 조금만, 조금만 더 나아가면 되는데 말이야."

무대 한편에서 쉬고 있던 윤환은 여전히 아쉬운 얼굴로 한수를 쳐다봤다.

"노래를 잘 부르는 건 맞는데……."

그가 노래를 잘 부르는 건 맞았다.

그러나 여전히 남의 목소리를 쓰고 있었다. 그 안, 내면 깊숙이 숨겨진 자신의 목소리를 꺼내지 못하고 있었다.

어째서일까?

모창은 저렇게 기가 막히게 잘하는데.

왜 정작 자신의 목소리는 내려 하지 않는 걸까.

온갖 의문부호가 머리 위로 떠다니고 있었다.

"거기서 한 발만, 한 발만 더 내디뎌 봐라, 한수야."

그렇게 한수가 노래를 부르고 2분 30초 정도가 지나갈 무렵.

한수가 윤환이 중얼거리는 목소리를 들은 걸까?

울지 말아요. 그대 맘을 채우지 못했던 날 탓해요.

이 부분이 지나면서 폭발적인 고음이 연달아 터져 나왔다.

그때 그 순간 한수는 별이 번쩍이는 듯한 느낌을 받았다.

뭐랄까.

눈앞이 은하수로 물드는가 싶더니 커다란 별 하나가 자신에게 빨려드는 그런 기분을 맛보았다.

그리고 알림이 떴다.

[「K-POP TV」 발라드 부분 경험치가 100%⋯⋯.]

동시에 발라드에 관한 경험치가 100% 쌓였다.

그러나 한수는 알림을 그 즉시 껐다.

지금은 그 무엇도 듣고 싶지 않았다.

오로지 단 하나, 이 감정에 취하고 싶었다.

마치 별빛에 휩싸인 듯한 이 희열감을 놓치고 싶지 않았다.

그리고 그 순간 한수가 찢어질 듯 날카로운 고음을 터뜨렸다.

"어?"

그때 잠자코 노래를 듣고 있던 윤환이 눈을 빛냈다.

"이건……."

조금 전 이 고음은 한수 그 자신의 목소리였다.

사람의 심금을 울리면서도 또 감정을 폐부부터 뒤흔드는, 엄청난 목소리.

윤환은 순간 자신도 모르게 몸을 부르르 떨었다.

전율이 온몸을 휘감았다.

'너는…….'

처음 홍대 버스킹에서 만났을 때부터 그는 직감적으로 운명이라는 걸 느끼고 있었다.

한류 스타인 그가 친구들과 우연히 걸어가는 날, 우연히 자신의 노래를 버스킹에서 부르는 사람을 만나고, 또 그 애가 자신의 노래를 기가 막히게 따라 부르고.

그러나 그건 우연이면서 필연이었다.

운명이었다.

그리고 생각보다 한수의 그릇은 더 컸다.

윤환은 혀를 내둘렀다.

한수가 타고난 재능은 압도적이었다. 이 정도일 줄은 전혀 예상하지 못했다.

하지만 지금 그가 듣고 있는 게 현실이었다.

그렇게 4분 14초짜리 노래가 끝나는 그 순간.

콘서트장이 찬물을 끼얹은 것처럼 조용해졌다.

그러나 윤환은 이곳 서울 월드컵 경기장을 둘러보는 순간 단번에 알 수 있었다.

지금 이곳에 모인 5만 관중의 가슴속에는 시뻘건 불길이 타오르고 있었다. 다만 그들은 아직 그것을 터뜨리지 못하고 있을 뿐이었다.

조금이라도 자신이 조금 전 느낀 그 감동을 최대한 더 끌어안고 싶기 때문에 그랬기에 목청껏 소리 지르지 못하는 것이었다.

"으아아아아아아아아!"

그 순간 더 이상 참지 못한 누군가가 환호성을 쏟아냈다.

그것이 연쇄작용을 일으키며 연이어 주변으로 옮겨붙었다.

마침내 오만 명이 터뜨리는 거대한 함성이 이곳 서울 월드컵 경기장을 휩쓸었다.

"우와아아아아아아아!"

"꺄아아아아악!"

폭발적인 환호성, 그리고 여전히 씻겨져 나가지 못한 감정의 여운.

그 모든 것이 엉킨 채 이곳에 묶여 있었다.

윤환은 그 모습을 보며 혀를 내둘렀다.

"쩝, 순식간에 주연 자리를 빼앗겼네? 무서운 녀석 같으니라고."

오늘 이 무대는 자신의 콘서트 무대였다.

그러나 지금, 단 5분 동안 이곳은 자신의 무대가 아니었다.

바로 강한수, 그의 무대였다.

윤환은 장난기 섞인 목소리로 3팀장을 보며 물었다.

"계약하길 잘했지?"

그가 얼빠진 얼굴로 고개를 끄덕였다.

그리고 깨달았다.

이게 여태 윤환이 찾고자 했던 진짜 보컬리스트 강한수의 모습이라는 것을.

CHAPTER
6

한수는 자신을 향해 환호하는 오만 명이 넘는 관중을 바라봤다.

그 어마어마한 환호성, 그리고 박수갈채들이 한수를 격앙시키고 있었다.

한수는 그들을 바라보며 침을 삼켰다.

그리고 생각했다.

자신도, 이런 곳에서 노래를 부르고 싶었다.

윤환의 팬이 아닌, 자신의 팬들 앞에서.

자신을 연호하는 수많은 사람 앞에서 노래를 부르고 싶었다.

자신의 진짜 목소리로.

그렇게 떨림이 계속되는 가운데 윤환이 한수에게 다가왔다.

"축하한다."

"예? 뭐가요?"

"조금 전, 네 목소리로 노래 잘 부르더라. 기가 막히던데? 그런 실력을 여태 왜 숨기고 다녔어?"

한수가 고개를 갸웃했다.

"제가요?"

윤환은 어이없는 얼굴로 한수를 바라봤다.

조금 전 모창이 아닌 본인의 목소리로 노래를 불러놓고 까마득하게 모르고 있다.

"너 지금 연기하는 거 아니지? 아니, 연기일 리는 없는데. 분명 네가 로봇 흉내 내는 거 그때 보긴 했거든?"

3팀장이 한수를 갖고 별의별 테스트를 본 기억이 난다.

춤은 물론 연기 테스트도 시켜봤는데 한수의 성적은 0점이었다.

발연기보다 더 심각하다는 로봇 연기.

한수가 새롭게 개척한 분야가 바로 그것이었다.

그러니까 지금 이 모습이 연기일 리는 없다는 것이었다.

그렇다는 건 아까 전 그 노래는 무의식적으로 나왔을 가능성이 컸다.

어찌 되었든 축하할 일이었다. 본인은 왜 축하받는지 모르는 것 같지만.

"그보다 이거 어떻게 하냐?"

오늘 윤환의 콘서트는 150분짜리 무대였다.

2시간 30분.

그런데 한 십여 분을 남겨놓고 불이 거세게 붙어버렸다.

보통 이때쯤이면 슬슬 여운이 오는 발라드를 불러서 관중들을 진정시킨 뒤 앵콜 곡 한두 곡으로 마무리를 짓는 게 일반적이다.

그러나 지금 관중들은 쉽게 진정할 분위기가 아니었다.

활활 타오르는 모습이 불이 붙어도 단단히 붙어버렸다.

윤환이 한수를 보며 말했다.

"잠깐 킬링타임으로 써먹으려 했는데 이건 뭐…… 인마, 네가 벌인 일이니까 네가 책임져라."

"예? 그게 무슨 말이에요? 제가 어떻게 책임을 져요!"

"너 잘하는 거 있잖아."

"제가요? 뭐요?"

"모창. 모창 몇 곡만 더 해. 태호 형님 모창해도 좋고. 다른 가수 모창해도 좋고. 어쩌겠어. 시간 초과해야지."

"……."

한수는 어처구니없다는 얼굴로 윤환을 보다가 하는 수없이 마이크를 재차 쥐었다.

그가 마이크를 든 건 윤환의 말 때문만은 아니었다.

이렇게 수많은 관중 앞에서 노래를 부를 수 있다는 건 어떻게 보면 기회나 다름없었다.

게다가 그들이 야유하고 뭔가를 집어 던지는 게 아니라 환호하고 앵콜을 목놓아 외치고 있다는 건 한수에게 있어서는 벅찬 감동이나 다름없었다.

그렇게 재차 마이크를 붙잡고 노래하는 한수를 보며 윤환이 3팀장에게 물었다.

"형, 이거 콘서트 수익 어떻게 해야 돼? 저 녀석도 일부 떼어줘야 돼?"

"……그, 그래야 하지 않을까?"

윤환이 눈매를 좁혔다.

그리고 그는 열창하고 있는 한수를 쳐다봤다.

그때 홍대에서 처음 봤을 때부터 느꼈다.

저놈은 타고난 끼가 있다고. 재능을 갖고 있다고.

그리고 자신의 그 예상이 맞아떨어졌다.

윤환이 보기에 확실히 한수는 스타가 될 자질을 충분히 갖추고 있었다.

2시간 30분짜리 콘서트는 40분을 더 넘긴 뒤에야 마무리가 됐다.

무려 3시간 10분짜리 콘서트였다.

집으로 돌아가는 관중들의 발걸음은 가볍기 이를 데 없었다.

그들에게 오늘 콘서트는 '혜자', 그 자체였다.

윤환의 콘서트를 보러 왔던 기자들도 인터넷에 기사를 써 올리기 시작했다.

['소문난 잔치에 먹을 게 많았다!' 꽉꽉 채운 3시간짜리 뷔페 같은 한류 스타 윤환의 콘서트]

[윤환 콘서트의 신 스틸러는 따로 있더라. 100% 대만족!]

기사들을 클릭하던 윤환이 미소를 띠었다.

본의 아니게 시간이 좀 초과하긴 했지만 그래도 호의적인 반응이 줄을 잇고 있었다.

이 정도면 만족스러운 결과였다.

윤환 옆에 앉아 있던 3팀장이 한수를 보며 말했다.

"한수야, 너 내일 시간 되는 거 맞지?"

"예, UBC 들어가야 해서 그러시는 거죠?"

"그래, 내일 박 피디 보러 갈 거니까 일찍 회사로 와."

"예, 알겠습니다."

내일은 UBC에 들어가서 「스타 플러스 라디오」의 박종석 피디를 만나야 했다.

그를 만나서 녹화 일정은 언제인지, 방송 일정은 언젠지, 진행은 어떻게 이루어질 것이며, 또 그 밖에 여러 디테일한 사항에 대해 논의해야 했다.

「스타 플러스 라디오」가 워낙 민감한 이슈를 거침없이 물어보는 프로그램인 만큼 구름나무 엔터테인먼트에서도 각별히 신경을 쏟는 중이었다.

그때 윤환이 종업원을 향해 소리쳤다.

"정찬아, 테이블마다 아낌없이 팍팍 넣어드려."

"예, 사장님!"

그들이 지금 있는 곳은 윤환이 운영하는 술집이었다.

콘서트를 무사히 끝마친 뒤 스태프들과 함께 뒤풀이를 가지는 중이었다.

윤환이 한수를 보며 물었다. 계속 궁금해하던 질문이 있었다.

"너 진짜 아까 기억 안 나? 네 목소리로 노래 불렀잖아."

"예, 진짜 기억 안 나요. 제가 정말 그랬었어요?"

"하, 답답하게 만드네. 진짜 그랬다니까? 형, 형도 들었지?"

"어, 나도 듣긴 했지. 정말 소름 돋을 정도로 잘 부르긴 하더라. 왜 환이가 너를 그렇게 극찬했는지 알 것 같았어."

"……."

한수가 그 말에 머리를 긁적였다.

정작 한수 본인은 그때 무슨 일이 있었는지 까마득하게 모르고 있었다. 그때는 분위기에 취해 마음껏 노래를 열창했기 때문이다.

아마 「K--POP TV」 가운데 발라드 부분에 관한 경험치가 100% 쌓이면서 생긴 현상일지도 몰랐다.

"뭐, 모를 수도 있지."

윤환이 대수롭지 않게 말을 이었다.

"그 벽을 한 번이라도 넘는 게 중요한 거야. 한 번 넘었다는 건 나중에 또 넘을 수 있다는 의미니까. 그러니까 크게 신경 쓸 거 없어."

쿨하게 말하는 윤환 모습에 한수가 고개를 끄덕였다.

그때 윤환이 비어 있는 술잔에 소주를 따라주며 말했다.

"축하한다. 진짜 가수가 된 걸 말이야."

'……진짜 가수.'

그전까지 윤환은 한수의 모창 능력은 인정했지만 그를 진짜 가수로 인정하진 않고 있었다.

그러나 드디어 윤환이 오늘 한수를 진짜 가수로 인정한 것이었다. 그것은 한수가 자신의 목소리로 노래를 부르기 시작했기 때문이었다.

한수는 벅찬 얼굴로 소주를 단숨에 털어 넣었다.

가슴이 뜨겁게 달아올랐다.

텔레비전의 도움이 없었다면 불가능했을 것이다.

텔레비전이 있었기에 이렇게 발전할 수 있었다.

그렇다고 해서 한수 본인이 노력하지 않은 건 아니었다. 더 잘 부르기 위해 코인노래방에 가서 수백, 수천 번 목 놓아 노래를 부르기도 했고 닥치는 대로 발성, 호흡, 창법 등 노래를 공부하기도 했다.

그건 「K-POP TV」에 대한 경험치를 쌓기 위한 것이었지만 또 한편으로는 한수가 그만큼 노래에 애정을 갖고 꾸준히 노력했다는 걸 입증하는 것이기도 했다. 그리고 오늘 그 노력을 보답 받았다는 생각에 한수는 그 어느 때보다 환하게 미소를 지어 보일 수 있었다.

다음 날 오전 한수는 일찍 구름나무 엔터테인먼트로 출근했다.

미리 모이기로 한 회의실 안은 조용하기만 했다.

3팀장도, 윤환도 보이지 않았다.

어떻게 해야 할까 고민하던 한수는 회의실의 비어 있는 자리에 가서 앉았다.

그런 다음 스마트폰을 꺼내 DMB로 텔레비전을 보기 시작했다.

명성 1,000을 확보한 뒤 그것으로 한수는 특별한 보상을 얻을 수 있었다.

이제는 텔레비전이 아니라 이 스마트폰 DMB로도 피로도를 소모할 수 있게 된 것이었다.

물론 페널티도 존재했다.

텔레비전으로 보는 것보다 경험치 획득량이 절반밖에 되지 않았다.

그 점이 조금 불만족스럽긴 했지만 버려지는 피로도를 유용하게 써먹을 수 있게 됐다는 건 그 단점을 충분히 덮고도 남을 만큼 커다란 장점이었다.

한수가 틀어놓은 건 「대한경제 TV」였다.

2학기 개강이 어느새 3주 앞으로 성큼 다가와 있었다.

그런데 「대한경제 TV」는 그동안 써먹지 않은 탓에 경험치가 15%까지 떨어진 상태였다.

2학기 때 또 경영학 관련 강의를 듣고 관련 공부를 할 생각을 하면 미리미리 경험치를 쌓아둘 필요가 있었다.

그렇게 한수가 이어폰을 꽂은 채 DMB 삼매경에 빠져 있을 때였다.

몇십 분 정도 지났을 때 회의실 문을 열고 윤환이 들어왔다.

그는 멍한 얼굴로 DMB에 푹 빠진 한수를 신기하다는 듯 쳐다봤다.

'도대체 뭘 보는 거야?'

그리고 DMB 화면을 본 윤환이 눈매를 좁혔다.

지금 DMB를 통해 한창 흘러나오고 있는 건 보기만 해도 머리가 복잡해지는 주식 강좌였다.

윤환이 한수를 툭툭 쳤다.

잠시 뒤 한수가 깊은 싱크로 상태에서 벗어났다.

"어? 형?"

"야. 너는 무슨 아침부터 그렇게 재미없는 걸 보고 있냐?"

"아, 이거요?「대한경제 TV」라고 경제 관련 프로그램이에요. 이제 곧 있으면 2학기가 개강하니까 미리미리 준비해 두려고요."

가만히 한수를 쳐다보던 윤환이 한숨을 내쉬며 입을 열었다.

"휴, 자꾸 충고하고 설교하면 꼰대가 되어버리는 거 같아서 가급적 말을 안 하려고 하는데 말이야. 너 학교 계속 다닐 거냐?"

"예, 그래야죠."

"한수야, 이게 인기라는 게 말이지. 거품이나 먼지 같은 거야. 막 손바닥 위에 엄청 많이 쌓여 있다가 바람 한번 불면 순식간에 혹 날아가서 사라져 버려. 너도 알지? 정수아 지금 어떻게 됐는지."

한때 충무로 최고의 여배우라고 불리며 영화사 곳곳에서 러브콜을 받던 그녀는 「자급자족 in 정글」 낙오 사건 이후 미국으로 떠난 뒤 아예 흔적조차 남아 있지 않았다.

일부 수아즈들이 여전히 그녀를 그리워하고 있긴 했지만 지금 그녀는 사실상 유령이나 다름없었다.

"정수아도 한순간에 몰락할 수 있는 게 이 바닥이야. 부자는 망해도 삼 년 간다지만 연예인은 그렇지 않아. 진짜 인기라는 게 반짝이라서 조금만 방심하고 있으면 혹 꺼져 버리거든."

한수는 윤환이 왜 이런 말을 하는지 알고 있었다.

지금 자신한테 찾아온 관심은 신기루 같은 것이었다.

「숨은 가수 찾기」에서 연달아 두 번 우승하며 모창 능력자로 인기를 얻긴 했지만 이건 언제 사라져도 이상하지 않을 그런 거품 같은 인기였다.

"석준 형도 그거 때문에 고민이 많아. 한번 인기 받고 잘나갈 때 계속 띄워주고 이곳저곳에 얼굴 비추게 하고 그러려는 게 인지도 올리는 게 정말 어려운 일이라 그런 거거든. 실시간 검색어 1위 뜨는 게 소원인 연예인들도 수두룩한데 그런 거 보면 넌 진짜 운이 엄청 좋은 거야. 그러니까 잘 생각해. 이 관심, 내년이나 내후년에 또 온다는 보장 없어."

"예. 감사합니다, 형."

한수가 고개를 끄덕였다.

윤환의 말은 뭐 하나 틀린 게 없었다.

확실히 그의 말이 옳았다.

그때 회의실 문이 열리고 3팀장이 들어왔다.

봉두난발에 까치집 머리를 하고 있는 3팀장은 회사에서 밤을 새웠는지 눈이 퀭했다.

윤환이 그런 3팀장을 보며 한소리를 했다.

"아, 형. 방송국 갈 건데 몰골이 그게 뭐야. 좀 씻고라도 오든가."

"그래, 씻고 올 테니까 좀 기다리고 있어. 금방 올게."

그리고 얼마 지나지 않아 그나마 조금 멀쩡해진 3팀장이 돌아왔다. 그리고 그들 셋은 곧장 UBC로 향했다.

그 뒤 UBC 예능국 회의실에서 그들은 곧장 「스타 플러스 라디오」의 박종석 피디를 만날 수 있었다.

둥글둥글한 얼굴에 빵빵한 볼, 흡사 호빵맨을 연상케 하는 박종석 피디는 순둥순둥한 이미지에 얼굴 가득 미소를 띠고 있었다.

"어서 오세요. 제가 좀 기다리게 했나요?"

"아닙니다. 저희도 방금 막 왔습니다."

"어제 콘서트 후기 봤어요. 반응이 정말 좋더라고요. 그래서 쇠뿔도 단김에 빼라 했다고, 늦어도 이번 주 목요일에는 녹화하고 다음 주 수요일에 방송에 내보내면 어떨까 싶거든요. 박 팀장님은 어떻게 생각하세요?"

"예? 너무 일정이 타이트하지 않을까요? 편집하려면……."

"걱정 마세요. 그 부분은 우리 쪽이 알아서 케어할 테니까요. 팀장님도 아시겠지만 이런 건 관심이 시들기 전에 곧장 붙여줘야 활활 불이 타오르거든요. 그러니까 목요일 스케줄만 비워주세요. 바로 녹화 들어갈게요."

생각보다 박종석 피디의 반응은 호의적이었다.

일은 일사천리로 척척 진행됐다.

그리고 목요일, 「스타 플러스 라디오」 녹화가 시작됐다.

동물의 왕국, 사바나가 개장했다.

한수는 눈에 익은 세트장을 둘러봤다.

평소 텔레비전으로 보던 세트장에 이렇게 앉아 있다는 것 자체가 설레는 일이었다.

그러나 이제 곧 닥쳐올 일을 생각하면 긴장의 끈을 바짝 조여야만 했다.

「스타 플러스 라디오」를 이끄는 네 명의 MC 군단.

그들이 언제 어떤 질문을 불시에 터뜨릴지 알 수 없는 일이었다. 게다가 급작스러운 녹화 때문인지 그들의 표정은 썩 탐

탁지 않아 보였다.

한수는 세트장 옆 간이 대기실에 앉아 이야기 중인 네 명의 MC를 쳐다봤다.

「스타 플러스 라디오」에서 가장 깐족거리는 인물로 가요계의 대선배이자 싱어송라이터이기도 한 가수 윤학성, 예능계의 살아 있는 신화이자 한때 그의 이름을 딴 빵이 나오기도 했을 만큼 이름이 드높았던 김승태, 독설 하나만큼은 1인자라고 할 수 있는, 떠오르는 대세 박구철, 그리고 보이 그룹 멤버이자 입대를 얼마 안 남겨둔 막내 인호까지.

이들이 바로 「스타 플러스 라디오」를 이끌고 있는 호화 MC 군단이었다.

그때 세트장 앞에 앉아 있던 작가들이 손짓했다. 그리고 화이트보드를 들어 올렸다.

세트장 안으로 들어가시면 됩니다.

임태호를 필두로 윤환, 한수가 뒤따라 일어났다.

그러자 윤학성이 손수 세트장 문을 열어주며 마중을 나왔다. 그러고는 임태호를 향해 깍듯하게 고개를 숙여 보였다. 그건 인호도 마찬가지였다.

자리에 앉아 있는 건 김승태와 박구철, 두 사람뿐이었다.

"선배님, 어서 오십시오. 여기 앉으시죠."

윤학성과 인호가 임태호와 윤환을 위해 의자까지 빼줬다.

가만히 그 모습을 보던 박구철이 눈살을 찌푸리며 말했다.

"아, 또 쓸데없는 짓 하고 있네. 그러지 말라니까 또 저래. 그래 봤자 게스트 기 살리기밖에 더 돼? 어?"

"가요계 대선배님이신데 당연하지."

"하여간, 쯧쯧. 저거 봐. 인호 저 녀석은 벌써 얼었잖아. 이 래서 게스트를 너무 세게 받아도 안 된다니까?"

박구철이 툴툴거렸다.

그때 김승태가 임태호를 바라보며 정중하게 인사를 건 넸다.

"반갑습니다, 임태호 씨. 김승태입니다."

"저도 어렸을 때 승태빵 종종 사 먹곤 했습니다, 허허. 잘 부탁드립니다. 임태호입니다."

박구철이 인상을 구기며 중얼거렸다.

"이거 뭐야? 나만 악역인 거야? 다들 그만 무게 잡고, 시청 자 보면서 인사나 좀 하시죠. 누가 보면 목에 깁스한 줄 알겠 어요."

박구철은 여전히 까칠했다.

그 말에 태호가 먼저 메인 카메라를 보며 고개를 꾸벅 숙 였다.

"시청자 여러분, 오늘 스플라를 통해 인사드리게 되어 반갑습니다. 가수 임태호입니다."

"만능 엔터테이너 윤환입니다."

"……강한수입니다."

가만히 그들이 인사하는 모습을 보던 박구철이 잘됐다는 듯 한수를 쳐다보며 말했다.

"두 분은 가수라고 치고 그쪽은 누군데 나온 겁니까?"

"예? 어, 그러니까…….."

"구철아, 그만 좀 해라. 오늘이 「숨은 가수 찾기」특집이라고 몇 번을 말해. 저분은 모창 능력자 강한수 씨라고."

"모창 능력자? 얼마나 모창을 잘하길래 모창 능력자라는 말이 붙었어?"

"그건 이따 2부에서 확인해 봐야지."

"아, 태호 씨. 저 임태호 씨한테 궁금한 게 있는데 하나 물어봐도 됩니까?"

"예, 뭐든 물어보시죠. 박구철 씨."

"이번에 스플라 나온 거 콘서트 홍보 때문이라던데, 사실입니까? 며칠 뒤 고척돔에서 콘서트 여신다면서요? 그거 홍보차 나오셨다던데요?"

"뭐, 제 콘서트를 홍보하러 나온 것도 있지만 이 두 사람하고 작게나마 인연이 닿아서 겸사겸사 나온 것도 있습니다. 껄껄."

호탕하게 웃어 보이는 임태호 모습에 박구철이 눈살을 찌푸렸다. 애초에 임태호는 그도 공략하기 조금 어려운 인물이었다.

괜히 기분 상했다며 녹화를 갑자기 관두고는 세트장을 박차고 나갈 수도 있는 인물이었기 때문이다.

그 대신 박구철이 타겟을 바꿨다.

임태호보다 조금 더 만만한 윤환이 그 대상이었다.

"윤환 씨, 어제 콘서트 대박 났다면서요? 기사 잘 봤습니다."

"아, 감사합니다."

생각보다 호의적인 구철 말에 윤환이 멋쩍게 웃어 보일 때였다.

"콘서트 수익은 얼마나 났습니까? 못해도 몇십억은 벌었겠죠?"

"예? 어림도 없습니다. 그리고 콘서트 수익이 뭐가 중요합니까? 이게 다 팬들을 위해……."

"정말 수익이 하나도 안 중요합니까? 그럴 거면 자선 콘서트를 해야지 티켓 값은 왜 받아요?"

"하하, 사실 고생한 스태프들을 위해서 수익도 중요하긴 하죠. 그래도 제 동생이 도와준 덕분에 반응이 꽤 좋았습니다."

인호가 불쑥 말을 이었다.

"아, 저도 기사 봤습니다. 강한수 씨도 콘서트장에서 노래를 부르셨다고 하더라고요. 오만 명 앞인데 안 떨리셨어요? 저도 단콘을 한번 해보긴 했는데 진짜 장난 아니었거든요."

"처음에는 진짜 압도당했었는데 차츰 하다 보니까 익숙해지더라고요. 그리고 다들 환호해 주셔서 부담 없이 즐길 수 있었던 거 같습니다."

가만히 듣던 윤학성이 웃으며 말했다.

"오늘은 분위기가 참 화목하네요. 이것도 나름 신선한데요?"

"신선하긴. 아, 한수 씨라고 했죠. 한수 씨한테 궁금한 게 하나 있는데."

"예? 저한테요?"

한수가 박구철을 빤히 쳐다봤다.

박구철이 음흉한 미소를 지으며 물었다.

"거, 기사 뜬 거 봤어요. 3박 4일 동안 여배우하고 단둘이 무인도에서 갇혀 있었다면서요."

"예, 그런 일이 있긴 있었습니다. 갑작스러운 기상이변으로 배가 전복되면서 벌어진 사고였죠."

"여기 우리끼리니까 솔직히 까놓고 말해봅시다. 그때 무인도에서 뭔 일 없었어요?"

"무슨 말씀이시죠?"

"아, 여기 남자밖에 없으니까 시원하게 까놓자고요. 국내 톱스타인 여배우하고 3박 4일 동안 함께 밤을 보냈는데 아무 일도 없었어요?"

한수가 그 말에 눈살을 찌푸렸다.

"제가 유튜브에 그동안 무슨 일이 있었는지 전부 다 공개했습니다. 못 보셨습니까?"

"보기야 봤죠. 근데 군데군데 잘린 곳도 있고, 시간이 텅 빈 곳도 있고 그렇더라고요. 아무래도 그게 또 사람의 상상력을 자극하다 보니까……."

그럴 수밖에 없는 이유가 있었다.

DV 테이프와 배터리 모두 수량에 제한이 있었다.

그리고 밤이 되면 한수도 잠을 자야 했기 때문에 중간에 일어나서 DV 테이프를 갈고 배터리를 교체해 넣을 수가 없었다.

또, 가끔 정수아가 쉘터를 빠져나와 주변을 둘러보러 간 적도 있었기 때문에 그녀의 눈치 보느라 테이프를 갈지 못한 적도 있었다.

그렇다 보니 중간중간 시간이 비는 부분이 있는 것이다.

그런데 박구철이 그걸 집요하게 따져 물을지는 미처 생각지도 못한 일이었다.

실제로 박구철 말처럼 강진요(강한수에게 진실을 요구합니다.)라는 카페를 만들어서 행동하는 일부 몰상식한 정수아 팬들도 있을 정도였다.

아직은 얼마 안 되는 규모이지만 구름나무 엔터테인먼트에서도 그들의 활동을 예의주시하고 있었다. 손으로 막을 수 있는 걸 삽으로 막게 될지도 모를 일이었으니까.

그런데 이렇게 박구철이 그 이야기를 재차 꺼내놓는 건 한수에게 좋지 않은 일이었다.

어쨌거나 이 일은 한수에게도 영 껄끄러운 일이었기 때문이다. 상황을 지켜보던 김승태가 중재에 나섰다.

"뭐 본인이 아무 일도 없었다잖아요. 상상은 구철 씨 머릿속에서 실컷 하세요."

"그냥 호기심이었어요. 저 말고도 많은 분들이 궁금해 하더라고요. 다들 그런 상상은 한 번쯤 해보잖아요. 윤환 씨는 그런 상상해 본 적 없으세요?"

"정수아 씨하고 무인도에 단둘이 갇히는 상상요? 생각도 하기 싫네요."

"그러고 보니 정수아 씨, 미국에 건너가서 소식이 끊겼다는데 뭐 하고 지내는지 모르겠네요."

박구철의 말 이후로도 근황 토크가 줄줄이 이어졌다.

「숨은 가수 찾기」에 출연하게 된 계기, 향후 콘서트는 어떤 일정으로 이어지는지, 그 밖에 여러 가지 이야기가 오갔다.

바짝 날을 세우고 있던 박구철도 웬만한 이야깃거리는 다 끝났다고 생각하는지 한결 독기가 빠진 목소리로 틈틈이 잽만 날리고 있었다.

그렇게 1부 근황 토크가 끝이 나고 2부 음악 토크가 이어졌다.

애초에 이번 「스타 플러스 라디오」의 메인 무대는 바로 이음악 토크였다.

약간의 음악 이야기가 있고 난 뒤 태호가 먼저 무대에 올라와서 노래를 부르기 시작했다.

중저음의 묵직한 목소리가 스튜디오에 깔렸고 네 명의 MC가 탄성을 토해냈다.

독설 일색이던 박구철도 이때만큼은 눈을 감은 채 노래에 집중하는 모습을 보이고 있었다.

그렇게 태호의 무대가 끝이 난 뒤 이번에는 한수가 마이크를 건네받았다.

임태호가 노래를 부르면 한수가 모창을 하고, 윤환이 노래를 부른 다음 한수가 또 모창을 하고.

진짜 한수가 「숨은 가수 찾기」에서 불렀던 것만큼 모창 능력자가 맞는지 알아보는 게 오늘의 키 포인트였다.

그리고 실제로 한수는 임태호가 만든 명품 무대를 거의 완벽하게 따라 하며 MC들의 박수갈채를 끌어내는 데 성공했다.

그들은 혀를 내두르며 한수를 쳐다봤다.

「숨은 가수 찾기」에서 어느 정도 편집을 거친 게 아닌가 싶었는데 그게 아니었다.

그의 모창 실력은 진짜였다.

"이거 진짜 죽이네."

"승태 형, 아까 절대 모창 불가능하다면서요?"

"그, 그건 그거고. 누가 이렇게 잘할 줄 알았나?"

MC들이 티격태격하는 사이 윤환이 마이크를 건네받았다. 그가 노래를 부른 뒤 한수도 연달아 노래를 불렀고 또 한 번 MC들은 탄성을 토해낼 수밖에 없었다.

그렇게 연달아 네 번의 무대가 이어진 뒤 잠깐 숨을 돌리는 사이, 박구철이 전문가 못지않게 해박한 지식을 토해내기 시작했다.

"대단했어요. 와, 진짜 제가 말이죠. 퀸스라이크라는 밴드의 보컬리스트 제프 테이트를 정말 좋아하는데 방금 한수 씨 노래는 그 제프 테이트를 생각나게 할 정도였어요. 크, 말이 나왔으니 말인데 혹시 제프 테이트 노래 아는 거 있으면 한번 모창해 줄 수 없을까요?"

구철이 와이셔츠 단춧구멍만큼 작은 눈동자로 한수를 애절하게 바라보며 물었다.

한수가 그 말에 멋쩍게 웃었다.

"죄송합니다. 제가 팝송은 부를 줄 몰라서요. 아는 노래도 없고요."

"뭐라고요? 아니, 어떻게 제프 테이트를 모를 수가 있죠? 그보다 진짜 팝송은 못 불러요?"

"예."

한수가 얻은 채널은 「K-POP TV」다. K-POP을 다룰 뿐 팝송까지 다루고 있는 건 아니다.

경험하지 못한 분야다 보니 한수는 소화해 낼 수가 없었다.

"이거 뭐야? 모창 능력자라며! 나 인정 못 해! 아니, 인정 안 해! 때려치워!"

"조금 전까지 넋 놓고 턱 쭉 뺀 채 듣더니 인제 와서 뭘 인정 못 한다는 거야?"

"아니, 제프 테이트를 모른다잖아! 아오."

그들이 투덜거릴 때 그동안 조용히 노래만 듣고 있던 인호가 한수를 보며 물었다.

"강한수 씨, 뭐 하나만 마지막으로 물어봐도 될까요?"

또다시 질문한다는 말에 한수가 순간 멈칫했지만, 그것도 잠시 고개를 끄덕였다.

설마하니 아까 전 박구철이 했던 질문보다 더 센 질문을 할까 하는 생각에서였다.

그때 인호가 조심스럽게 물었다.

"오늘 두 번 노래를 부르셨잖아요. 둘 중 어떤 무대가 더 좋았어요?"

"예?"

한수가 당황한 얼굴로 인호를 쳐다봤다.

그것도 잠시 양옆에서 자신을 노려보는 눈길이 거세게 틀어박혔다.

한수는 자신도 모르게 침을 꿀꺽 삼켰다.

윤환이냐 임태호냐.

선택의 갈림길에 놓이고 말았다.

"형, 왜 그래요, 형! 같이 가요!"

한수가 애타게 윤환을 쫓았다.

그러나 윤환의 표정은 잔뜩 구겨져 있었다.

그가 퉁명스러운 목소리로 말했다.

"형은 무슨. 네 형님은 저기 걸어가고 계신다. 빨리 쫓아가 봐."

한수가 내린 결정은 임태호였다.

그건 순전히 임태호의 선곡이 한수에게 더 꽂혔기 때문이었다.

그 이상의 특별한 이유는 없었다.

그러나 윤환은 섭섭하다는 티를 팍팍 내고 있었다.

반면에 임태호는 싱글벙글한 얼굴로 앞서 걷고 있었다.

"한수 씨, 아까 질문 너무 과했으면 미안해요. 일부러 그런 건 아니고 진짜 궁금해서 물어봤어요. 아마 대부분 한수 씨가 공개한 유튜브 영상 때문에 그러려니 하면서 넘어간 거지 여전히 궁금해 하고 있을 거예요. 누가 여배우하고 단둘이 무인도에 갇힐 거라고 생각하겠어요? 안 그래요?"

녹화가 끝나고 박구철이 다가와서 정중하게 말을 건넸다.

"괜찮습니다. 정말 아무 일도 없었다는 게 팩트거든요."

"거참, 사람 단호하네. 뭐, 그렇다고 칩시다."

한수가 박구철과 마저 인사를 나눈 뒤 윤환을 따라잡으려 할 때였다.

그를 붙잡는 사람이 또 있었다.

「스타 플러스 라디오」의 메인 피디 박종석이었다.

"아, 피디님. 오늘 고생 많으셨습니다."

"아닙니다. 한수 씨야말로 수고 많으셨어요."

"……저한테 하실 말이라도 있으신가요?"

잠시 뜸을 들이던 박 피디가 한수를 보며 물었다.

"한수 씨, 스플라 스페셜 MC 해볼 생각 있으세요?"

"뭐라고? 박 피디가 뭐라 했다고?"

밴 안에서 기다리고 있던 윤환이 눈을 휘둥그레 뜨며 물었다.

"저보고 스플라 스페셜 MC 해볼 생각 없냐고 물어보더라고요."

"스페셜 MC? 음, 석준이 형은 아직 안 오나? 이런 건 석준이 형한테 물어봐야 하는데."

호랑이도 제 말 하면 온다고 했던가.

다급히 뛰어오는 3팀장 모습이 보였다.

"어후, 늦어서 미안하다. 양 부장님하고 마저 대화 좀 하느냐고. 별일 없지?"

"별일 없긴. 양 부장님한테 이야기는 들었어?"

"무슨 이야기?"

"자세한 건 가면서 이야기해."

그들을 태운 밴이 빠르게 상암동을 벗어나기 시작할 때 한수는 아까 전 박 피디한테 들은 말을 그대로 전했다.

3팀장이 고개를 끄덕였다.

"박 피디가 스페셜 MC 해볼 생각 있냐고 물어봤다는 거지? 음, 충분히 그럴 수는 있지."

"왜? 형은 뭐 아는 거 있어?"

"일단 지금 MC 보는 인호가 곧 입대가 얼마 남았다더라. 이제 2주 남았다던가? 아마 걔 없어지면 그 빈자리 메워야 할 텐데 또래 나이로 채우려 할 거야."

거기까진 윤환과 한수도 알고 있는 내용이었다.

3팀장이 계속 말을 이었다.

"스플라 쪽에서 재미있는 기획을 할 거란 이야기가 있긴 했어. 괜찮은 포텐 있는 몇몇 예능돌과 출연자들 적당히 추린 다음 스페셜 MC로 뽑아서 한 주씩 맡겨볼 생각이라고 하던데? 사전에 어느 정도 테스트는 거치겠고."

"일종의 MC 콘테스트 같은 거야?"

"비슷해. 요새 오디션 프로그램이 얼마나 많냐? 스플라도 그런 식으로 MC 뽑아보려 하는 거 같더라고. 이미 제안받은 사람이 적지 않은 걸로 알고 있어. 개중에는 예전에 스플라 MC 했던 사람도 있고 현역 MC도 있을 거야."

"뭐야? 그러면 한수가 고정 자리 꿰어차는 건 어렵다는 거 잖아?"

"그건 그렇지. 한수가 여태까지 보여준 건 모창하고 「자급자족 in 정글」에서 집 짓고 불 피우고 사냥하고 이런 건데. 이것만으로는 부족하긴 하지. 한국 대학교 재학생인 게 프리미엄이 되어줄 순 있지만 아무래도 MC를 보려면 순발력이 제일 중요하거든. 말발도 필요하고 경험도 있어야 하고. 어차피 박 피디가 양 부장하고 논의해서 뽑겠지만."

"형은 추천하는 거야? 추천 안 하는 거야?"

"한 번 정도는 기회로 생각하고 나가서 배워볼 수도 있지. 선택은 어디까지나 한수 몫이고."

한수가 그 말에 고개를 끄덕였다.

박 피디가 스페셜 MC 자리를 제의한 건 기분 좋은 제안 이었지만 아직 자신이 맡기엔 부족한 자리라는 것도 알고 있 었다.

지상파 토크쇼의 MC 자리를 꿰차려면 다년간의 방송 경험 이 필수적이었으니까.

아마 텔레비전을 통해 더 폭넓은 경험을 쌓는다면 모를까, 지금 당장으로는 어려운 일이었다.

그래도 3팀장 말대로 한 번 정도 도전해 보는 건 나쁘지 않 은 일이었다.

📺

며칠 동안 한수는 집에서 푹 쉴 수 있었다.

윤환은 지방으로 콘서트를 떠난 상태였는데 더는 게스트로 한수를 부르지 않았다. 지난번 콘서트에서 한수의 위력을 새삼 실감했기 때문이다.

그리고 얼마 지나지 않아 고척돔에서 임태호도 콘서트를 시작했다.

그러는 동안 한수가 한 일은 집에서 텔레비전을 보며 느긋하게 경험치를 쌓는 일이었다.

그동안 바쁜 스케줄 때문에 피로도를 제대로 써먹지 못한 경우가 많았다. 그러면서 놓친 경험치가 적지 않았다.

지금이라도 그동안 놓친 그 경험치를 부지런히 쌓아둬야 했다.

그렇게 쉬는 사이 시간은 순식간에 흘러갔고 수요일 저녁, 「스타 플러스 라디오」가 할 시간이 되었다.

백수가 된 아버지도, 집에서 소일거리 중인 어머니도 오랜만에 텔레비전 앞에 앉았다.

「숨은 가수 찾기」는 종편이었지만 오늘은 한수가 처음으로 지상파 예능 프로그램에 출연하는 날이었다.

기대될 수밖에 없었다.

한수도 소파에 기대앉은 채 노트북을 켰다.

이미 인터넷도 반응이 뜨거웠다.

다들 치킨 시켜놓았다며 각 잡고 본방 사수할 것을 알리고 있었다.

그리고 「스타 플러스 라디오」가 시작됐다.

그러나 1부 근황 토크는 워낙 4명의 MC가 거칠게 시작하기 때문에 부모님이 보기에 썩 좋은 내용은 아니었다.

특히 신랄하게 한수를 헐뜯는 박구철을 보며 엄마는 연신 분노를 토해내고 있었다.

그것이 절정에 이른 건 「자급자족 in 정글」 낙오 때 일어난 사고를 또 한 번 언급하면서였다.

한수는 슬그머니 인터넷 기사를 확인했다.

실시간으로 텔레비전을 보며 기사를 작성하는지 연예란에 줄줄이 기사가 뜨고 있었다.

개중에는 노골적으로 한수를 힐난하는 기사도 있었다.

그러나 곧장 반박기사가 올라오며 그 기사를 묻어버렸다.

그것을 보며 한수는 구름나무 엔터테인먼트 홍보팀이 움직이고 있다는 걸 눈치챌 수 있었다.

실제로 박구철이 언급했던 자극적인 내용은 쏙 빠진 채 한수가 낙오된 뒤 보여준 모습에 초점을 맞춘 기사들이 줄줄이 올라오는 중이었다.

그렇게 1부 근황 토크가 끝나고 2부 음악 토크가 이어졌다.

임태호가 노래를 불렀을 때 방송을 통해 그 무대를 보던 사람들이 그대로 탄성을 내질렀다.

확실히 임태호의 무대는 무언가 남들과는 구별되는 게 있었다.

대부분 가수가 텔레비전을 통해 보이는 무대와 실제 무대의 차이가 큰 것에 비해 임태호의 무대는 그 간극이 비교적 적은 편이었다.

그렇다 보니 대중들은 임태호가 노래를 부를 때면 다른 가수들에 비해 비교적 빨리 몰입할 뿐만 아니라 또 순식간에 감정이 동요되곤 했다.

그렇게 임태호가 노래를 부른 뒤 한수가 연달아 그 무대를 모창해서 부르기 시작했다.

처음에만 해도 한수가 망신을 당할 거라는 분석이 주를 이뤘지만 노래가 끝이 난 뒤 사람들의 반응은 백팔십도 바뀌어 있었다.

─와, 방금 미쳤다. ㄹㅇ

─진짜 사기다. 모창도 저 정도면 사기 아니냐? ㅋㅋ

─어이가 없어서 헛웃음만 나온다. ㅋㅋ 나도 윗님 말에 공감.

─근데 쟤는 왜 가수 데뷔 안 하냐? 저 정도 실력이면 가수 데뷔해도 충분한 거 아님?

└한국 대학교 재학 중이라던데? ㅋㅋ

└ └다 가지고 태어났네. 개부럽다.

─그보다 정수아하고 무인도에서 무슨 일 있었는지 궁금한 사람 없냐? 궁금하면 여기 카페 가입해라. 지금 자료 모으고

있다.

ㄴ강진요 꺼지셈 ㅗ

ㄴㄴ쟤넨 할 짓이 저렇게 없나? 정수아한테 그 말 들어놓고 팬질 한다는 게 소름.

ㄴㄴㄴㄹㅇ 저래도 팬질 한다는 게 참······.

―우리 수아 여신님 무시하냐?

ㄴ너네 수아즈 아직 해체 안 함?

찬찬히 코멘트를 읽어보던 한수가 눈매를 좁혔다.

링크를 클릭해 볼까 하던 한수는 이내 마우스를 멈췄다.

어차피 이 부분은 구름나무 엔터테인먼트에서 자체적으로 해결하겠다고 한 상황이었다.

괜히 긁어 부스럼을 만들 필요는 없었다.

그래도 부정적인 의견보다 옹호하는 의견이 더 많다는 건 여러모로 다행이었다.

그 상황에 그 정도 인내심을 발휘한 게 대단하다고 한수를 응원하는 목소리도 적지 않았다.

또 하나 한수에게 득이 된 점이 있었다.

방송에 나간 즉시 명성 수치가 쌓이기 시작했다.

게다가 한수의 이름이 기사에 오르고, 사람들 입방아를 타면서 명성은 꾸준히 차오르고 있었다.

지난번 1,000의 명성을 소모해서 스마트폰 DMB로도 피로도를 쓸 수 있는 보상을 확보했다.

그러나 그것 말고도 다양한 보상들이 존재했다.

문제는 좋은 보상일수록 더 많은 명성치를 필요로 한다는 점이었다.

꾸준히 명성이 오르고 있지만, 한수가 목표로 하는 명성에는 턱없이 부족했다.

전화위복이라고 지금 쌓이는 명성이 자신에게 여러모로 도움이 되어줄 게 분명했다.

그런데 녹화가 끝나고 서로 인사가 오갔는데도 여전히 방송이 끝나질 않고 있었다. 방송 사고인가 하는 생각에 고개를 갸웃거릴 때였다.

―……누가 여배우하고 단둘이 무인도에 갇힐 거라고 생각하겠어요. 안 그래요?

박구철이 한수에게 다가와서 묻는 장면이 카메라에 잡혔다.

박구철은 끝까지 무인도에서 무슨 일이 있던 게 아니냐고 캐묻고 있었다.

―괜찮습니다. 정말 아무 일도 없었다는 게 팩트거든요.

그제야 한수는 마지막 이 장면이 몰래카메라였음을 눈치챌 수 있었다. 카메라가 돌아가지 않을 때 일부러 자신의 반응을 떠본 게 분명했다.

덕분에 잠잠해졌던 인터넷 게시판 반응은 후끈 달아올랐다.

며칠 동안 인터넷 게시판은 야단법석이었다.

「만약 여배우와 단둘이 무인도에 갇히게 된다면 어떻게 할 것인가?」

웬만한 대형 커뮤니티들은 이 주제를 놓고 갑론을박을 벌이고 있었다.

한수는 그것을 보며 새삼 지상파 예능 프로그램이 미치는 영향이 엄청나다는 걸 깨달았다.

종편에서 방송됐던 「숨은 가수 찾기」도 적지 않게 화제였지만 「스타 플러스 라디오」에 비할 바는 아니었다. 물론 「스타 플러스 라디오」에서 다루고 있는 주제가 훨씬 더 자극적이기 때문에 벌어진 일이기도 했지만.

그렇지만 이 불씨가 오래 갈 일은 없을 게 분명했다.

어차피 또 다른 자극적인 사건이 연이어 터져 나올 테니까.

실제로 한수의 예상은 정확히 들어맞았다.

아이돌 남녀 한 쌍이 그동안 비밀 연애 중이었던 사실이 폭로되며 전세는 단숨에 역전되고 말았다.

양쪽 아이돌 팬들끼리 물고 뜯고 싸우는 통에 「스타 플러스 라디오」에서 다뤘던 한수의 이야기는 귀신같이 파묻힌 지 오래였다.

그러는 사이 8월도 성큼 지나갔고 어느덧 9월이 되었다. 그리고 한수는 오랜만에 가방을 챙기고 한국대학교입구역으로 향했다.

오늘은 1학년 2학기가 시작하는 날이었다.

가방을 챙기고 집 밖으로 나온 뒤 한수는 지하철을 타기 위해 역사로 향했다.

그런데 주변에서 힐끔거리며 자신을 쳐다보는 시선들이 느껴지고 있었다.

한둘이 아니었다.

그동안 텔레비전에 적잖게 나오며 얼굴이 팔렸으니 그럴 수도 있겠다는 생각이 들었다.

그러나 지하철을 탔을 때 한수는 자신을 둘러싸고 수군거리는 소리를 들을 수 있었다.

"강한수 맞지?"

"맞는 거 같은데? 학교 가는 건가?"

"한국대랬지? 와, 이렇게 보니 신기하네."

"사인이라도 받을까?"

"안 해준다고 하면 어쩌지?"

자신을 둘러싸고 오가는 이야기에 한수는 모자를 푹 눌러 썼다.

혹시 하는 생각에 모자를 쓰고 나왔지만 그건 별다른 도움이 되어주질 못하고 있었다.

그러는 사이 지하철이 한국 대학교 입구 역에 멈춰섰다.

한수는 인파를 헤치고 지하철역을 빠져나왔다. 그리고 버스를 타기 위해 정류장에 도착했을 때였다.

이번에도 적잖은 사람들이 주변에 몰려들었다.

처음에는 버스를 기다리는 줄로만 알았다.

그러나 그 생각이 바뀌기 시작한 건 자신을 둥근 원으로 감싼 그들의 대형 때문이었다.

그리고 그 소란을 뚫고 앳되어 보이는 여학생이 한수에게 말을 건넸다.

"저 강한수 오빠 맞으시죠? 여기 사인 한 장만 해주시면 안 돼요?"

수줍은 얼굴로 그녀가 노트와 볼펜을 내밀었을 때 그들 사이에 존재하던 신경전이 산산조각 깨져 나갔다.

그리고 마치 먹잇감을 발견한 좀비처럼 그들이 한수를 향해 가까이 밀집해 들어오기 시작했다.

"잠시만요. 다들 밀지 마세요."

"오빠!"

한수는 그들을 보며 혀를 내둘렀다.

어느새 주변에 수백 명이 넘는 인파가 몰려 있었다.

그거 때문에 주변 교통이 마비될 정도로 심각한 상태였다.

결국, 한수는 교통을 정리하러 나온 경찰의 도움을 받아 가까스로 자리를 피할 수 있었지만 새삼 이런 일이 일어날 줄은 생각지도 못했었다.

'도대체 이게 무슨 일이야……'

택시를 타고 경영학부 58동으로 올라가던 한수가 혹시 하는 생각에 명성 수치를 확인했다.

그리고 그는 자신이 본 명성 수치를 보고는 눈을 비볐다.

그렇지만 자신이 본 수치는 변함이 없었다.

"도대체 이게 무슨……."

분명 며칠 전까지만 해도 명성 수치는 800 정도에 불과했다.

그것은 「스타 플러스 라디오」가 방송되고 얼마 지나지 않아 확인했던 수치였다.

그러나 지금 재차 확인한 수치는 무려 2천을 넘어가고 있었다.

갑작스러운 그 수치에 한수는 다급히 휴대폰을 확인했다.

집에만 틀어박힌 채 텔레비전을 보며 경험치를 쌓는 사이 무슨 일이 터진 게 분명했다.

그리고 그는 연예란 메인 페이지에 떠 있는 기사를 보곤 어떻게 된 일인지 깨달을 수 있었다.

「자급자족 in 정글」 vs 「트루 라이즈」, 이 대결의 승패를 쥐고 있는 인물은 다름 아닌 강한수? 강한수의 캐스팅 뒤 숨겨진 이야기는?

「트루 라이즈」 시즌4와 재촬영한 「자급자족 in 정글」이 같은 날 동시에 방송되기까지는 이제 불과 한 달 남짓 남아 있었다.

TBC 예능국 「트루 라이즈」팀은 계속해서 실시간 검색어 순위를 확인하고 있었다. 그뿐만 아니라 그들은 SNS에서 오가는 버즈량도 체크 중이었다.

"실검 2위예요!"

"SNS에서도 반응 폭발적이에요."

"클립 영상 조회 수 10만 건 돌파했어요."

반응은 뜨거웠다.

「트루 라이즈」 시즌1부터 시즌3까지 함께 했던 골수 팬들이 바글바글 모이고 있었다.

시즌4 클립 영상이 하나씩 공개될 때마다 조회 수가 폭발적으로 쌓였고 여론의 반응도 호의적이었다.

그전까지 거무죽죽했던 장 피디는 입가에 미소를 그렸다.

「트루 라이즈」 골수 팬들을 끌어모으게 만든 원동력은 오늘 오전 개인적인 친분이 있는 기자한테 부탁했던 기사 한 줄 덕분이었다.

그 기사는 현재 국내 최대 포털 사이트 연예란 메인 페이지에 걸려 있었고 댓글 수도 이미 2천 개를 넘어선 뒤였다.

2천 개가 넘는 댓글에 가장 많은 화력을 보탠 건 「트루 라이즈」 시즌1부터 시즌3까지 모든 방송을 생방송으로 보고 또 재방송으로 보고 그것도 모자라 VOD까지 구매한 골수 팬들이었다.

"와, 요즘 뜬다 하니까 너무 한 거 아니에요? 지상파 섭외 왔다고 바로 케이블 무시한 거 맞죠?"

"또, 또 말해봐."

"열 받고 분하고 억울해서라도 「트루 라이즈」 시즌4 닥본사 갑니다."

장 피디는 막내 피디가 기사 베스트 댓글을 읽어주는 걸 들으며 그동안 막혔던 콧구멍이 뻥 뚫리는 기분을 느꼈다.

상쾌하고 날아갈 것만 같았다.

한수가 「숨은 가수 찾기」하고 「스타 플러스 라디오」에 섭외되고 방송에 나온 건 「트루 라이즈」 섭외 이후의 일이지만 그건 그에게 중요하지 않은 팩트였다.

실제로 몇몇 한수 팬, 혹은 중립 팬들이 옹호하는 댓글을 달고 있었지만 「트루 라이즈」 골수 팬들에게 화력에서 압도당하는 양상을 보이고 있었다.

"이거야. 이제 「트루 라이즈」 편집만 잘 뽑히면 딱인데. 1화 잘 뽑혔다고 했지?"

"예, 이제 2화 작업 들어갈 거라고 하시던데요?"

"후, 1화만 잘 뽑히면 돼. 드라마 봐. 1화에서 시청률 밀리면 아무리 웰메이드라고 소문나도 의미 없어. 「자급자족 in 정글」이 지상파이긴 해도 입소문이 나잖냐."

"예, 요새 지상파하고 케이블하고도 별 차이 없잖아요. 걱정 붙들어 매셔도 될 거 같습니다."

막내 피디 아부에 장 피디가 고개를 까닥거렸다.

이제 남은 한 달 동안 홍보팀과 마케팅팀에서 힘 좀 써주면 만사가 술술 풀리는 상황이었다.

"자, 다들 바짝 이 기세를 몰아가자고. 시청률 5%, 아니, 6% 찍어보잔 말이야. 유 작가, 너도 잘하고 있지? 인마, 1화에서 좀 말아먹긴 했지만, 앞으로만 잘하면 돼. 무슨 말인지 알겠어?"

「트루 라이즈」 시즌1의 최고 시청률은 3.3%.

이번 시즌4로 5%만 넘길 수 있다면?

TBC 간판 프로그램을 넘어서서 아직 완판되지 않은 광고도 다닥다닥 붙을 게 분명했다.

자연스럽게 PPL도 더 많이 확보할 수 있을 테니 제작비가 쓰나미 밀려올 듯 들어올 건 자명한 일이었다.

장 피디는 며칠째 씻지 못해 덥수룩하게 자란 수염을 쓰다듬으며 함박웃음을 지었다.

위기는 기회로.

그게 바로 평소 그가 확고하게 가지고 있는 지론이기도 했다.

한수는 택시에서 내려 경영관으로 들어가는 내내 경영학부 선배와 동기들의 눈총을 견뎌야 했다.

개중 친분이 있는 몇몇은 대놓고 다가와서 어떻게 된 일인지 묻기까지 했다.

조금 전에는 구름나무 엔터테인먼트의 3팀장하고도 통화를 나눴다.

다른 사람들과 달리 일의 전모를 알고 있던 3팀장은 욕을 한 사발 내뱉었지만 그건 어디까지나 심증이고 또 개인과 개인 간의 대화였던 만큼 맞받아치는 게 어려웠다.

"형, 사실이에요? 「트루 라이즈」까고 「자급자족 in 정글」들어간 거라고 기사 떴던데 사실 아니죠?"

"그건 왜?"

"아니, 그냥 궁금해서요. 제가 「트루 라이즈」 시즌1부터 시즌3까지 다 찾아봤을 만큼 골수 팬이거든요. 그래서 좀……."

"자신 있게 말해 봐. 내가 진짜 그런 거라면 기분 나쁘다, 뭐 그런 거야?"

"에이, 제 말뜻은 그런 게 아니고요. 게다가 설마 형이 그랬겠어요? 제가 아는 형은 그럴 사람이 전혀 아닌데…… 아니죠?"

한수는 동기를 보며 눈살을 찌푸렸다.

이 녀석은 모른다.

장 피디, 그가 한국 대학생에게 가진 열등감이 얼마나 큰지.

그렇지만 그걸 직접 까놓고 이야기할 수는 없었다.

어쨌든, 여론은 한수에게 좋지 않았다.

시즌4가 하길 오매불망 기다리고 있던 「트루 라이즈」 성골 팬들이 분기탱천하며 선전포고를 일으켰고 「트루 라이즈」 라이트 팬들마저 거기에 가담했다.

덕분에 한수는 시건방진 놈으로 낙인찍히고 있었다.

결국, 한수는 강의 도중 한국 대학교를 빠져나와야 했다.

도저히 강의를 들을 상황이 아니었다. 그 대신 한수가 향한 곳은 구름나무 엔터테인먼트였다.

대책을 마련할 필요가 있었다.

한수가 구름나무 엔터테인먼트에 도착했을 때 구름나무 엔터테인먼트도 폭격을 받은 것처럼 시끌벅적해져 있었다.

이미 한수가 구름나무 엔터테인먼트하고 전속계약을 했기 때문에 기자들 대부분 이쪽으로 전화를 걸어 진위를 캐묻고 있는 것이었다.

한수가 도착하자 3팀장이 그를 반겼다.

"괜찮냐?"

"말도 마요. 학교에서 그 일로 얼마나 시달렸는지 몰라요."

"그럴만하지. 하여간 장 피디, 그 인간 언제 한번 사고 터뜨릴 줄은 알았지만, 하필 오늘일 줄은 생각도 못 했다."

"어떻게 하는 게 좋을까요?"

"네가 나선다고 해서 상황이 나아질 리는 없다는 거 알고 있지?"

"예, 오히려 불난 곳에 기름 부은 것처럼 더 안 좋아지겠죠."

어쭙잖은 인터뷰 했다가 오히려 지금 이 상황이 악화될 수도 있었다.

차라리 여기서 한수는 나서지 않는 게 맞았다.

"그리고 장 피디가 저렇게 무리수를 던진 건 그럴 만한 이유가 있어서야."

"무슨 이유요?"

"그만큼 편집이 잘 안 됐다는 거지. 이건 어디까지나 이야기이긴 한데 촬영장 분위기가 개판이라는 말까지 나오고 있거든. 장 피디가 컨트롤을 제대로 못 하고 있다는 거겠지."

"그러니까 화제성이라도 높이려고 저를 희생양으로 삼았다는 거군요."

"그렇지. 왜냐하면, 장 피디는 너를 안 뽑으려 한 게 아니고 최종 섭외까지 했지만 불발됐다. 그랬는데 알고 보니 네가 「자급자족 in 정글」에 출연하느라 그게 불발됐다, 이렇게 주장하고 있는 거거든."

"그건 사실과 다른데요? 저는 정중하게 거절부터 했고 그랬다가 그 이후에 「자급자족 in 정글」에 지원서 낸 걸로 뽑힌 건데요? 엄밀히 말하면 두 프로그램 사이엔 아무 상관관계도 없잖아요."

"대중은 그런 건 관심이 없거든. 그냥 자극적이면 장땡이야. 그래서 「트루 라이즈」 골수 팬들이 너한테 반감을 가진 거고. 걔네들 입장에서는 자신들이 생각하는 최고의 프로그램을 네가 「자급자족 in 정글」에 출연하려고 가차 없이 차 버린 걸로 보인다는 거지. 장 피디가 그걸 예리하게 캐치한 거고."

"그럼, 방법은 없는 거예요?"

「트루 라이즈」는 아무래도 머리를 쓰는 프로그램이다 보니 20대에서 30대 사이에 인기가 많았다.

특히 대학생들도 즐겨보는 프로그램이었는데 한국대에도「트루 라이즈」골수 팬들이 적지 않았다.

오늘 자신한테「트루 라이즈」이야기를 꺼낸 것도 그런 골수 팬이 대다수였다.

"뭐, 일단 방송 타기 전까지는 당분간 이렇게 흘러간다고 봐야겠지. 그래도「자급자족 in 정글」도 덕분에 입소문이 돌아서「트루 라이즈」만큼은 아니지만 지금 꽤 핫한 편이야. 어부지리로 이득 보고 있는 셈이지."

"잠깐만요. 그때 제가 장 피디한테 까였을 때 저한테「자급자족 in 정글」소개시켜 줬던 게 이영민 기자님이었거든요. 그분한테 한번 도와달라고 해보면 어떨까요?"

"뭐야? 너 이 기자님하고도 친분이 있었어? 음, 이영민 기자님이야 워낙 대쪽같은 기사를 쓰다 보니까 이래저래 인망이 두텁긴 하지. 그것 때문에 프런트에서는 조금 꺼리긴 하지만. 뭐, 이영민 기자님이 지원사격 해준다면 도움이 되겠지만 소스 없이 움직이진 않을걸?"

그 말에 한수가 곰곰이 기억을 더듬었다.

그리고 생각난 얼굴이 두 사람 있었다.

「트루 라이즈」때 면접을 봤던 남작가, 그리고 그와 절친으로 보이던「자급자족 in 정글」의 막내 피디.

이 두 명에게서 어떻게 소스를 얻어낼 수 없을까?

그렇다면 장 피디에게 빅엿 한 방을 날려줄 수 있는 최고의 무기를 만들 수 있지 않을까 싶었다.

한수는 곧장「자급자족 in 정글」의 막내 피디에게 전화를 걸었다.

얼마 지나지 않아 상대가 전화를 받았다.

─한수 씨, 어쩐 일이세요?

"아, 별일 아니고 저희 다음 촬영 일정이 나왔나 궁금해서요."

─이번 서수마트라 편으로 10주는 갈 거라서요. 제가 듣기로 12월 중순은 되어야 끝난다고 알고 있거든요. 거기에 추석 연휴 겹치면서 1주 더 늦춰질 수도 있고요. 아마 다음 달에 로케이션 조사 들어가고 이것저것 하다 보면 빨라야 10월 초에 촬영 일정 잡힐 가능성이 커요.

"서수마트라 편이 방송될 때쯤 결정 난다는 거네요?"

─예, 그런 셈이죠. 그래도 보통 겨울에는 남반구 가서 촬영하는 편이어서요. 이번에도 뉴질랜드로 갈 가능성이 농후하다고 봐야겠죠? 그거 때문에 전화 주신 거예요?

"그거 말고 또 물어보고 싶은 게 있긴 해요."

─뭔데요? 뭐든 말씀하세요.

"저번에 제가 본 게 잘못된 게 아니라면「트루 라이즈」남작가님과 꽤 친하신 거 같더라고요. 그렇죠?"

─예? 아, 승철이요? 어, 음, 친하긴 하죠. 고등학교 동창이
라서……

한수가 슬슬 떡밥을 뿌렸다.

"제가 친하게 지내는 기자님이 계신데요. 그 기자님 말로는
장 피디님이 제가 「자급자족 in 정글」에 출연하는 걸 알게 된
게 누군가 미리 알려줘서 그렇다던데…… 혹시 피디님께서 알
려주신 건가 해서요."

─예? 제가요? 그럴 리가요. 저는 그냥 만나서 술 마신 게
다인데요? 혹시 지금 저 의심하시는 거 아니죠?

"오늘 기사 뜬 거 보셨죠? 피디님도 아시지만, 저 「트루 라
이즈」 최종 거절하고 그다음 「자급자족 in 정글」 뽑힌 거잖아
요. 그런데 이렇게 기사 뜨고, 지금 저도 골치 아파 죽겠다니
까요? 오늘 제가 「트루 라이즈」 골수 팬들한테 얼마나 시달렸
는지 아세요? 그래서 말인데 피디님이 그 작가님한테 한번 도
와달라고 부탁 좀 드려주실 수 있을까요? 중간에 껴서 제일
억울한 건 지금 저잖아요."

─휴, 알겠습니다. 제가 한번 승철이 만나서 이야기 좀 해볼
게요.

"감사합니다, 피디님."

전화를 끊은 뒤 한수는 곧장 이영민 기자에게도 연락을 취

했다. 그리고 그는 자신을 걱정하는 이영민 기자에게 의심 가는 정황을 이야기하고 그 부분과 관련해서 인터뷰를 따줄 것을 부탁했다.

이영민 기자도 이번 일에 자신도 어느 정도 연관이 되어 있다는 걸 알아서인지 한수의 부탁을 스스럼없이 들어줬다.

그렇게 며칠 뒤 여전히 인터넷 여론이 시끌벅적할 때 이영민 기자가 단독으로 올린 기사가 떴다.

[취중 Talk : 한국대 학생 강한수의 캐스팅에 얽힌 비하인드 스토리를 파헤치다.]

그 많은 기레기 중에서 그래도 진짜 기자로 인정받고 있는 이영민 기자의 단독 보도였다.

왜 한수가 「트루 라이즈」 최종 섭외를 받았는데도 출연이 불발됐는지, 그리고 그 이후에 「자급자족 in 정글」에 정식으로 지원서를 내고 최종 합격한 것까지, 상세하게 다루고 있었다.

뒤늦게 기사를 본 장 피디 얼굴이 새빨갛게 달아올랐다.

"빌어먹을! 이거 뭐야! 누가 이딴 식으로 인터뷰 했어? 어?"

그러나 회의실 안은 조용하기만 했다.

다들 쉬쉬할 뿐 아무도 나서지 않았다.

장 피디가 눈알을 부라렸다.

한창 달아올랐던 「트루 라이즈」 팬덤의 화력은 조금씩 잠잠해지고 있었다.

물론 대부분의 골수 팬을 텔레비전 앞으로 끌어모으는 효과를 얻긴 했지만, 장 피디가 기대한 것만큼은 아니었다.

평소에는 서로 싸우더라도 외부의 큰 적이 개입하면 그 즉시 내전을 관두고 외적과 맞서 싸우듯, 팬덤이 똘똘 뭉쳐서 하나 된 모습을 보여주길 기대했다.

하지만, 이영민 기자의 단독 보도 하나 때문에 팬덤이 어느 정도 뭉치긴 했지만 시즌4를 맹목적으로 기대하는 쪽과 보고 나서 판단하자는 쪽으로 나뉘고 있었다.

그러는 사이 「자급자족 in 정글」 팬덤이 오히려 똘똘 뭉치면서 본격적으로 1화가 어떠냐에 따라 시청률이 한쪽으로 쏠릴 가능성이 농후해지고 있었다.

그런 상황에서 또 하나 「자급자족 in 정글」 팀에 호재가 발생했다.

한수가 유튜브에 올렸던 무편집 영상.

그것이 돌고 돌아 해외 언론 매체에도 보도가 됐고 많은 사람이 트위터로 유튜브 영상 링크를 공유하다가 한 영국인에게도 그 영상이 공유되었다.

평소 그 영국인과 친분이 두텁던 트위터리안이 도발적인 메시지와 함께 링크를 남겨놓았던 것이다.

@BearGrylls. 헤이, 이 영상 봤어? 둘이 「Man vs Wild」 찍는다면 누가 이길 수 있을 거 같아?

그리고, 수천, 수만 번 RT(리트윗)된 그 멘션에 새로운 트윗이 달렸다.

I'm the best. Let's make a bet. (내가 최고지. 내기 한번 할까?)

to be continued

뜨겁게 던져라

세상S 장편소설

프로야구 역사상 최악의 먹튀 강동원.
은퇴 후 마지막 기회가 주어진다.

그러나.
트라이아웃에 참가하기 위해
서울로 향하던 강동원은
불의의 사고를 당하고 마는데…….

눈을 떠보니 2015년 봉황기 준결승전?

꼬인 실타래를 바로잡고 오랜 꿈이던 메이저리그로!

'제2의 최동원이라고? 노노!
난 메이저리그 에이스 강동원이야!'

지갑송 퓨전 판타지 장편소설

레벨업하는 몬스터

[특성개화 100% 완료]

시스템 활성화
특성 개화로 인하여 종족 변경:
인간 ➡ 몬스터

인간과 몬스터가 공존하는 현대.
갑작스런 특성의 개화.
기사도 사냥꾼도 아닌 몬스터로 종족이 변했다!
더 이상 인간으로 생활이 불가능한 상황!

"도대체 뭘 어떻게 하면 되냐고!"

처절하게 레벨을 올려야
사람으로 살 수 있다!

SUPER ACE
슈퍼에이스

예성 장편소설

야구 선수의 프로 계약금이 내 꿈을 정했다.

"왜 야구가 하고 싶니?"

"돈을 벌고 싶어요!
집을 살 수 있을 만큼!"

시작은 돈을 벌기 위해서였다.
하지만 이제는 꿈의 그라운드를 위해서
메이저리그 명예의 전당을 노린다!

스킬의 제왕

이형석 퓨전 판타지 장편소설

인간군 검병2부대 소속, 강무열.
과거로 돌아오다.

검과 마법, 그리고 정령까지.
인류가 염원하는 그 힘을 얻을 방법이 내 기억 속에 남아 있다.
미래의 스킬을 아는 자.

후회의 전생을 딛고 신의 땅에서
인류의 멸망을 막기 위해
제왕이 되고자 일어서다!

"이제 내가 권좌에 오르겠다."